회춘이 최고의 노후 대책이다

회춘이 최고의 노후 대책이다

발행일　　2024년 10월 18일

지은이　　백성삼
펴낸이　　손형국
펴낸곳　　(주)북랩
편집인　　선일영　　　　　　　　　　편집　　김은수, 배진용, 김현아, 김다빈, 김부경
디자인　　이현수, 김민하, 임진형, 안유경　　제작　　박기성, 구성우, 이창영, 배상진
마케팅　　김회란, 박진관
출판등록　2004. 12. 1(제2012-000051호)
주소　　　서울특별시 금천구 가산디지털 1로 168, 우림라이온스밸리 B동 B111호, B113~115호
홈페이지　www.book.co.kr
전화번호　(02)2026-5777　　　　　　　　팩스　　(02)3159-9637

ISBN　　979-11-7224-335-7 03810 (종이책)　　　979-11-7224-336-4 05810 (전자책)

(주)북랩 성공출판의 파트너

북랩 홈페이지와 패밀리 사이트에서 다양한 출판 솔루션을 만나 보세요!

홈페이지 book.co.kr　•　**블로그** blog.naver.com/essaybook　•　**출판문의** text@book.co.kr

작가 연락처 문의 ▸ ask.book.co.kr

작가 연락처는 개인정보이므로 북랩에서 알려드릴 수 없습니다.

80년의 지난 삶을 돌아보며 회춘으로 100세 준비한다

회춘이 최고의 노후 대책이다

백성삼 지음

북랩

마도로스 고동 소리
갈매기 날고
반짝이는 등댓불
활기차고 사랑 노래 넘치는
불 밝은 항구
아침 햇살 빛내며 밝아 오네
사랑 가득한 행복한 항구

사랑을 대신할 행복은 없다.
사랑 없는 삶은 영혼 없는 삶이다.
가족은 울타리, 이웃은 숲이다.

경영은 휴먼 엔지니어링이다.
경영 성과 좋다 해서 행복한 삶이 되는 것은 아니다.

가족을 내 몸같이 사랑하고 주위를 배려하고 감사하는 마음으로 현실 적응에 본능적인 순발력을 발휘하여 장수 시대에서도 사랑을 뿌리내려야 한다.

뒤늦게 사랑을 깊이 깨달아 글을 쓰고 있다.

청춘 없는 인생, 청춘 없는 영생이다.

2024년 10월

백성삼

차례

화차 지붕 타고

　배급받은 밀가루 한 포대로 찐빵을 만들고 포대는 배낭 만들어 피난길에 올랐다. 1월 추운 겨울, 빵 배낭은 내가 지고 얼어붙은 마포강 건너며 넘어지며 한밤에 영등포역에 갔다. 역에는 몰려든 피난민이 화물열차 지붕에 서로 자리 차지하려고 아우성들이다.

　1·4 후퇴 소문이 나자 피난 갈 여유도 없이 있다가 죽 장군 치하에서 고생했던 악몽이 되살아나 놀란 서울 시민들이 화물차 지붕에라도 올라 피난 갈 용기가 생긴 것이다.
　그래도 간신히 우리 식구는 자리를 잡을 수 있었다. 화차가 지붕에 피난민을 가득 태우고 움직이기 시작한다.

　이불을 깔고 잠자려고 하는데 누군가 "굴이다!" 하는 소리가 들린다. 모두 어찌할 줄 몰라 당황하고 있는데 "엎드려!" 하는 소리와 함께 굴 안은 매연으로 숨 쉴 수도 없었다.
　역에 정차할 때면 용변 보는데도 언제 차가 떠날지 몰라 불안했는데 몇 정거장 가다 보니 그럴 걱정은 없었다. 떠날 때마다 기적이 울리기 때문에 밥도 짓게 되고 얼음도 깨서 먹고 눈도 녹여 먹을 여유도 생겼다.

우린 가지고 간 빵 덕분에 며칠 밥을 안 해도 됐다. 차가 역에 정차하면 식구들 모두 내려 얼음 깨 오고 나무해 오고 논두렁에 솥 걸고 쌀을 붓고 얼음 붓고 끓이다가 기적 소리 나면 솥 들고 올라가 차 위에서 솥 주위에 둘러앉아 숟갈만 들고 반찬 없이 설익은 밥을 먹으면서 일주일 걸려 부산진역에 도착했다.

오는 동안 자다가 차에서 떨어져 죽은 사람, 동사해 죽은 사람도 있었으나 우리 가족은 모두 무사히 잘 왔다.

그리고 고등어자반을 사서 반찬 있는 밥을 먹고 나니 살 것 같았다. 역 대합실이 너무 좁아서 용변을 보러 나갔다 오면 자리가 없어지기 때문에 보통 문제가 아니었다. 그래서 한 사람 나갔다 오면 교대로 한 사람은 밖에 나가 있는 방식으로 자리를 지키는 수밖에 없었다.

그래도 노숙자 수는 늘어만 가서 미군이 역 광장에 큰 야전 텐트를 쳐주고 야전용 온풍기를 틀어주고 큰 솥을 걸어놓고 죽을 끓여주기 시작했다.

어린 시절

일장기 시절 평북 용천에서 태어나 8·15 해방을 맞고 인공기 시절 토지 몰수당해 월남했다.

성조기 태극기 시절 부친은 일찍 돌아가시고 어머니 홀로 7남매와 함께 6·25를 만난다. 청파초교 입학하고 얼마 되지 않아 6·25 전쟁 만나 학교에 가니 전쟁 났다며 집에 가라고 한다. 효창공원을 지나가려는데 군인들이 통행을 통제해서 공원 밖으로 돌아 한나절 걸려 집에 왔다.

서울이 함락되자 아이들을 동회에 모아 놓고 장군가, 적군가를 부르며 학습이 시작되고 청년들은 의용군으로 소집된다. 서울시청 오른쪽 벽에 스탈린 초상화, 왼쪽 벽에 김일성 초상화 보며 군수물자를 실은 화차가 끊임없이 지나간다.

정오만 되면 폭격기가 한강에 설치된 부교를 폭파하고 이어서 인민군이 거리에서 행인들을 붙잡아 부교 복구 작업하는 것이 일상화된다. 철로 보수 공사에 동원된 미군 포로가 폭격기 폭탄 투하하는 중에도 숨지 않고 모자를 벗어 흔드는 모습도 본다.

한강 둑에는 시체가 즐비하여 시체 썩는 특유한 냄새가 코를 찌르고, 참외 먹고 버린 데서 참외가 나와 먹기도 한다. 남대문 지하도에는 처리하지 못한 시체가 가득하고, 가로수에는 사체의 일부가 걸려 있는 것도 보인다.

전쟁이 나고 서울이 함락되자 남한 돈은 휴지가 되어 물물교환 시대가 된다. 한순간 서울 시민은 돈 없는 거지가 된 셈이다. 한 달 만에 서울 시내 쌀은 동이 나고 쌀 바꾸러 수원, 평택, 오산으로 사람들이 무리 지어 가서 서빙고 나루터는 물물교환의 중요한 거점 역할을 한다.

식량 부족으로 죽만 먹던 사람들에게 죽 장군 소문이 돌기 시작한다.

서빙고 나루터 가는 길목인 삼각지 근방에서 공습경보로 옥수수밭으로 피했다. 공습경보가 해제되어 가려는데 앞에 숨어 있던 2명의 인민군 병사가 부르더니 캔을 따서 비스킷을 주면서 먹어보란다.

내가 먹었더니 이들은 서로 얼굴을 보면서 먹어도 되는 모양이라며 먹기 시작한다. 짭짤한 비스킷이 먹을 수 있는 것인지 궁금했던 것이다.

서빙고 나루터 가는 중에 비탈길을 내려가고 있는데 전투기 소리가 나는가 싶어 피하려는데 기총소사와 함께 저 앞에 가던 인민군이 쓰러진다.

나는 기총소사에 놀라서 실족하여 비탈에 굴러떨어졌다. 옆구리에 큰 상처를 입고 비상약도 없던 때라서 오랫동안 고생하고 지금도 그 상처가 남아 있어 전쟁의 흔적을 볼 수 있다.

폭격기가 주변의 중요 시설을 폭격한 여파로 인해 넘어지는 인파로 길이 막혔다. 폭격기가 지나가고 사람들은 신발 찾느라 아수라장이 되었다.

그 많은 신발 중에서 자기 신발을 찾을 수는 없기에 자기 발에 맞는 신발이 자기 것이 된다. 대강 골라 신은 신발이 며칠 지나고 나니 발뒤꿈치가 까져서 한동안 고생했다.

9·28 서울 수복

　어머니가 깨워서 일어나보니 요란한 포성과 포탄이 지나가는 소리가 들린다. 방공호로 달려가보니 들어갈 자리가 없다. 그때 안쪽에 있던 노인이 숨이 답답하다며 나와서 자리를 잡을 수 있었다. 마침 그때 밖에서 포탄이 터지는 소리와 함께 신음이 들린다.

　방금 나간 노인이 포탄 파편에 맞은 것이다. 아침에 집에 들어가보니 어젯밤 내가 덮었던 이불에 파편이 여러 개 박혀서 이불이 묵직하다. 쥐 죽은 듯 거리는 텅 비어 있다.

　조금 있으니까 청년들이 머리에 수건을 두르고 만세를 부르며 모여들어 거리를 메우기 시작했다. 모두 천장에 숨어 사느라 얼굴이 창백하다.

　그때 드르륵 따발총 소리가 나면서 몇 명의 인민군이 나타났다. 청년들은 순식간에 사라지고 몇몇 청년이 머리에 손을 얹고 잡혀가고 있다. 옆집 신혼부부 청년도 보인다. 이들을 철로가에 세워놓고, 따발총 소리와 함께 청년들이 쓰러진다.

　그리고 인민군들은 사라졌다. 그런데 한참 있더니 한 청년이 일어나 비틀거리며 걸어오고 있다. 옆집 신혼부부 청년이다. 총알이 목 뒤에 맞아 목을 관통한 것이다. 다행히 살아난 것이다.

　인천 상륙 작전으로 서울이 수복되어 중앙청에 태극기가 올라가고 시내 곳곳이 치열한 시가전으로 초토화되었다. 구호물자도 속속 배급되어 서울이 안정되어가고 있는데 그것도 잠시, 중공군 참전으로 서울이 또 위태롭게 됐다. 피난 못 가 고생했던 악몽으로 서울 시민은 피난 준비에 바쁘게 되었다.

　그나마 운 좋게 화차 지붕을 타고 부산에 도착하니 감회가 새롭다. 평북 용천서 태어나 안내자 등에 업혀 38선 넘고 화차 지붕 타고 부산까지 왔으니 운명인가 보다.

사랑은 기적의 시작

인구 30만 부산에 200만 피난민이 몰려들었으니 피난민들은 산에 움막을 짓고 살기 시작했다. 움막이라야 군수물자, 구호물자 들어올 때 들어온 포장재로 지은 A 텐트 모양의 움막으로 쌀가마니 깔고 살았다.

야전삽으로 나뭇가지를 잘라다 땔감으로 쓰고 터널 공사하다 중단된 영주 터널 지하수는 유일한 식수원이 되었다.

군용 휘발유 통은 식수 운반 통으로 사용되고 물장수, 간장 장수도 등장하고 산 입구에는 빈대떡 좌판, 삶은 고구마 좌판, 고래고기 좌판, 피난 학교도 생긴다. 나는 봉래초등학교 1학년에 입학했다.

산의 나무줄기에 칠판 걸어놓으면 교실이고, 납작한 돌 주워다 앉으면 자기 자리다. 비 오는 날은 휴교지만 선생님들은 열심히 가르쳤다.

군수물자로 들어온 보급품 중 일부가 흘러나와 시장을 형성하는 계기가 되었다. 육군 병원에는 부상병들이 들어찼고 상이용사들도 거리에 나돌기 시작했다.

위생시설이 열악한 전시 환경에서 장티푸스가 발병하여 사망자가 속출하였다. 주변의 내 또래 아이 3명이 발병하여 열흘 간격으로 2명은 죽고 이번엔 내 차례가 되었다.

"얘야, 너는 살아날 거야! 오늘 아침 까치가 울었어. 다른 애들은 다 죽을 때마다 까마귀가 울었거든" 하시는 어머니 말씀에 희망을 얻었는지, 그러고 나서 한 달 만에 나는 내 발로 자리에서 일어난 것이다.

어머니가 사랑의 눈으로 생명을 본 것이다. 전쟁 중에 약이라 곤 아스피린과 다이아찡밖에 없던 때라서 자력으로 일어나지 않으면 죽을 수밖에 없었는데 어머니의 말씀에 힘을 얻어 병마와 싸워 기적적으로 한 달 만에 자력으로 살아난 것이다. 생사의 갈림길에서 싸워 이긴 기억은 생존 본능에 자신감으로 남는다.

재수하여 중학교 가다

항구 바람 심한 부산에 겨울이 왔다. 다닥다닥 붙어 있는 피난민 움막촌 입구 산기슭에 빈대떡 포장집도 생기고 찬거리 장터도 생기고 밤에는 카바이드 불 밝히며 파는 먹거리 행상도 생겨서 제법 부산한 거리가 되었다.

한밤중에 화재가 발생하여 순식간에 불길은 강한 바람을 타고 움막을 태우며 산 전체를 휩쓸어버렸다.

휩쓸고 지나간 집에 돌아와보니 다 타버리고 덜렁 반쯤 타다 남은 쌀가마니만 남아 있었다. 그나마 당분간 식량이 되었다. 피난민은 삽시간에 이재민이 되어 세계 뉴스가 되었다. 세계 여러 나라에서 구제품이 보급되면서 경제가 살아나기 시작했다.

움막이 판잣집으로 바뀌고 교실은 천막 교실이 되었다. 피난민 교회도 활발히 전도하며 피난 생활에 큰 위안을 주게 되고 심령 대부흥회도 열려 희망을 주었다.

학교생활도 활발해져서, 영도초등학교에서 합창 대회가 열려 준비하느라 한 달 동안 연습하여 '등대지기'와 '보아라 용사'를 불렀다.

―등대지기―

얼어붙은 달그림자

하늘 위에 차고

한겨울의 거센 파도

모으는 작은 섬

생각하라 저 등대를

지키는 사람의

거룩하고 아름다운

사랑의 마음을

―보아라 용사―

보아라 용사 돌아온다

승리의 깃발 높이 흔든다

바람 속에 깃발 춤추고

이슬 맺은 풀잎 아침이 되어

이 한겨레 기쁨이여

멀리도 멀리 노래 부른다

　국제시장, 깡통시장도 자리 잡아 극장도 생기고 영화도 상영하며 배우의 이름이 사람들의 입에 오르내리기 시작하고 가수의 등장으로 시장에 레코드음악 소리, '눈보라가 휘날리는 바람 찬 흥남 부두에…', '아 아 신라의 밤이여 불국사의 종소리 들리어 온다…', '사랑해선 안 될 사람을 사랑하는 죄, 이라서…'로 시장 분위기는 활기로 가득했다.

서커스단도 등장하여 곡예와 노래로 시장은 볼거리 가득한 문화의 거리가 됐다.

크리스마스가 되면 집마다 크리스마스트리를 하느라 바쁘고 이브에는 성가대가 집마다 방문하여 찬송가를 부르고 따뜻한 떡국도 나눠 먹었다.

5학년 되어 서대신동으로 이사하여 동네 애들과 맨손 야구 하느라 해 지는 줄 몰랐다. 고교생 형이 다니던 학교가 송도 가는 해변 절벽 밑에 있어서 통학할 때 버스 탈 차비가 없어 같은 방향으로 가는 트럭에 가방을 던져놓고 달려가 타고 다른 방향으로 가면 내려서 갈아타며 다녔다. 신한 버스가 있긴 있었는데 학생들은 군용 야전용 백을 메고 다니며 이런 방법으로 학교에 다녔다.

여름에는 송도 해수욕장에 가서 물놀이도 하고 물속에서 발로 비비며 대합을 찾아내기도 했다. 가을에는 구덕산 수원지에 호두 주우러 가고 겨울에는 동네 애들과 구덕산 토끼몰이 사냥도 했다.

봄에 병아리 한두 마리 키우던 것이 마릿수가 점점 늘어나고 커지기 시작하자 먹을 것을 대기가 바빠졌다. 집에서 나온 밥찌꺼기를 주다가 보리 밀을 삶아서 주기 시작했다. 병아리를 계속 사는 재미에 사다 보니 중병아리, 중닭이 되면서 사료를 보충하려고 술도가에서 술 찌꺼기를 얻어다가 주었다. 술 찌꺼기 먹은 닭들이 취해 싸우고 비틀거리며 잠들기도 하는 놈도 있었다.

틈틈이 병아리 사는 재미로 사다 보니 닭 수가 수십 마리로 늘어나서 사료 대는 일이 문제였다. 시장에서 생선 찌꺼기를 걷어 다 끓여주고 무, 배추, 시래기 주워다주고 하느라 여념이 없었다. 세대가 다른 닭들이 같이 지내다 보니 큰 놈이 작은 놈을 못살게 하여 죽게 만들기도 했다.

닭 병이 생겼다. 많은 수가 죽어서 닭고기를 자주 먹는 일이 생겼다. 병아리 100여 마리 사서 넣었는데 십여 마리 닭밖에 남지 않았다. 모두 수놈이고 한 놈만 암탉이 되어 알을 낳았다.

용산중학교 시험에 낙방해서 2차로 본 중동중학교 시험에도 낙방했다. 원서 내러 갈 때 고교생 형이 같이 가서 냈는데 시험 보러 가는 날은 혼자서 가다가 길을 잘못 들어 물어물어 도착하니 첫째 시간 국어 시험이 거의 끝나고 있었다. 남대문 전차역에 내려 지하도를 통해 길을 건너야 하는데 출구가 두 개 있는 걸 모르고 가다가 생긴 일이었다.

6학년으로 다시 들어가 재수하게 되었다. 선생님은 오전은 수업만 하고 오후는 시험만 봤다. 시험 본 후에는 분단별 책임 점수 미달자는 앞에 불려 나와 삼삼칠 예식을 치렀다. 삼삼칠 예식이란 교탁 앞을 오가며 실력봉으로 손바닥 세 대 맞고 지나가고, 오면서 엉덩이 세 대 맞고 다시 지나가며 종아리에 회초리 세 대 맞는 예식이다.

산수 시험 보기 전에는 눈 감고 주문을 외웠다.

산수는 과학의 근본,

과학으로 이 나라 길이 빛내자.

1. 문제는 자세히 읽고

2. 그물을 뚫고 정확한 계산

3. 검산은 잊지 말고 되풀이한다.

그리고 삼삼칠 예식 끝나고 계산 틀린 애는 다시 삼삼칠, 계산 틀린 놈은 제일 나쁜 놈이라는 인식을 심어주었다.

국어 책의 한자 옆 한글 단어는 전부 먹으로 지우게 하고 책 읽을 때 한자 읽도록 하여 틀리면 삼삼칠 예식.

자연 책, 사회 책도 중요 단어를 먹으로 지우게 하고 읽도록 하고 못 읽으면 삼삼칠.

6·25 사변 때 파병한 16개국 병원선 5개국 이름을 외우게 하고, 단군조선 건립부터 1953년 7월 27일 휴전협정까지 연대표를 순서대로 외우게 하고, 24절기를 순서대로 외우고 틀리면 삼삼칠.

토요일에는 전과 지도서에 도표로 정리된 내용을 사진 박아 오라는 숙제를 내준다. 월요일 되면 백지를 내주고 사진 박은 내용을 그려놓고 읽는 시험. 이것도 삼삼칠.

분단 배치하는 분수 시험에서 내가 1등 하여 처음으로 1분단에 들어갔다. 그랬더니 이제까지 1등 하던 K가 자기 집에 초대했다. 어머니께서 자상하게 얘기하시면서 간식도 챙겨주고 해서 잘 놀고 저녁까지 먹고 왔다.

자기 아들 1등 자리를 처음 뺏은 애를 초대하여 어떤 앤지 관찰해 보려는 생각이었다.

다음 주부터 책임 점수 미달로 매일 삼삼칠 예식 치르느라 지옥 같은 나날을 보냈다. 3분단에서 1분단으로 간 대가를 치르면서 내가 있을 자리가 아니라 생각해서 다음 배치 시험 때 이름을 안 써넣었더니 장관 자리로 가게 되었다.

장관 자리는 꼴찌 5명 자리로 벽 쪽에 다섯 자리가 옆으로 앉도록 한 자리로 책임 점수 미달이 되어도 삼삼칠 면제 자리다. 이제 살았다 생각하며 좋아했는데 시험 끝나고 삼삼칠 후에 나를 부르더니 한번 1등 한 놈은 계속 1분단 책임 점수로 한다 하며 삼삼칠. 이젠 피할 길이 없어 앞이 캄캄해졌다.

점심 식사 후에는 분단 사이의 통로에 무릎 꿇고 마루에 양초 칠하고 선생님 구령에 맞춰 차돌로 문지르며 시조를 암송한다.

공부한 기억은 없고 맨손 야구하고 닭치던 소년 상경하여 중학교 시험 낙방하고 하루하루 긴장 속에서 산다.

동네에서 여자애들이 고무줄놀이를 하면서 부르는 노래가 있었다.

중학교에 들어간 우리 오빠는
모자에 반짝이는 중학교 배지
매일 아침 거울 보고 싱글벙글하면서

이 노래를 들으며 낙방생의 슬픈 마음과 좌절을 절감하고 달밤에 '오동추' 노래 들으며 눈물도 많이 흘렸다.

오동추야 달이 밝아
오동동이냐?
동동주 술타령에 오동동이냐?
아니야 아니야
궂은비 오는 밤 낙수 물소리
오동동 오동동 나는야 간다.
독수공방 나는 간다. 오동동이야

월요일 등교할 때 개나리 회초리 가져가서 1주의 삼삼칠 준비가 된다. 일요일에 선생님은 동네를 순회하며 누가 놀고 있는지 지켜봤다. 이런 긴장 속에서 소화불량에 시달리며 회초리 자국 때문에 짧은 바지도 못 입고 다녔다.

그래도 놀던 가락은 있어서 딱지치기, 구슬치기, 말뚝박기, 공차기로 해 저무는지 모르고 놀다가 교회 차임벨 찬송가 소리에 눈물 머금고 숙제 걱정하며 집으로 간다.

중학교 입학시험에서 우리 반은 경기 1명, 서울 3명, 용산 13명이
합격하어 최고 성적을 세웠다.

서울대학 가라

만들어보라

의자를 만들었다. 쪽 책상이 필요해서 의자에 쪽 책상을 붙였다. 쓰다 보니 거기서 낮잠을 잘 수 없을까 생각하여 의자 등받이 기둥이 가변되도록 3단으로 조정하는 레버를 달았다. 이제는 거기서 책을 보다가 레버를 젖히면 벤치가 되어 낮잠을 잘 수도 있게 되었다.

전자석을 만들었다. 여기에 떨림판을 붙였다. 전자 부저가 되었다. 여기에 방울을 달고 종을 붙였다. 초인종이 되었다. 집에 달고 사용했다. 고장 난 승압 트랜스를 분해해보고 승압 트랜스를 만들어봤다. 단권 승압 트랜스가 되어 전압은 상승 조정이 되지만 소음이 심해서 사용할 수는 없었다.

광석 수신기를 만들어봤다. 광석을 두 전극 사이에 넣고 두 개의 공중 안테나를 두 전극에 연결하고 이어폰으로 전극 사이의 광석을 조정하면서 들으면 약한 음파가 들리는 부분을 찾아 조정을 멈추면 아주 간단한 무전원 라디오 수신기가 된다. 지금 생각하면 광석은 반도체 소재 원광석으로 두 전극 사이에서 공중 전파가 검파 정류되어 수신음이 들리는 무전원 수신기가 된 것이다.

여기에 심취하여 라디오를 만들어볼 생각을 하게 되었다. 서울공대 최계근 교수의 라디오 공학으로 2구 진공관 라디오를 만들어봤다. 바리컨으로 선국 검파하는 간단한 라디오지만 너무 신기했다. 3구 진공관 라디오는 증폭 진공관과 볼륨을 추가하여 스피커를 단 가장 기본적인 라디오다. 4구 진공관 라디오까지 만들어 썼다.

안다고 할 수 있는 것은 아니다. 만들어서 써보면 자신감으로 학습된다.

너 혼자 가라

원효로에 사는 승호한테서 수영을 배웠다. 배우기 시작한 지 보름 만에 마포 강을 건넜다. 뒤에서 승호가 타이어 튜브를 타고 뒤따랐다. 마포 강 심한 물살에 강 건너 여의도 저 멀리까지 밀려 떠내려가 닿았다.

발이 강바닥에 닿는 순간 천 근 같은 몸무게지만 환희를 느꼈다. 매일 학교 갔다 오는 길로 책가방을 창문으로 던져 넣고는 그 길로 마포 강에 가서 헤엄을 쳤다.

그 당시 한강에는 골재 채취선이 만들어낸 섬이 여기저기 생겼다.

헤엄쳐서 그 섬에 놀러 가기 시작했다. 그런데 섬에서는 전쟁 때 불발된 포탄이 이따금 발견되었다. 신주머니에 공구를 가져가서 포탄의 뇌관을 분해하여 장약을 가져와서 화약 놀이를 하기 시작했다. 화약으로 우산대를 잘라서 로켓을 만들어보기도 했다.

어느 날 어머니께서 말씀하신다. "너 이제부터는 강에 갈 때 혼자 가라" 하신다. 마포 강은 물결이 세어서 매년 익사 사고가 일어나는 곳이기 때문에 걱정돼서 하시는 말씀이다. 다른 애들과 같이 가서 사고 나면 폐가 될까 그만큼 아들을 믿은 것이다.

장마철 지나고 한강 인도교 강수욕장에 혼자 갔다. 강 건너 흑석동을 바라보니 아득히 보인다. 외로움과 두려움에 잠깐 망설이다가 강을 건너가기로 했다. 도중에 무언가 철썩 몸을 감는다. 뱀인가 놀라며 보니 장마에 밀려 떠내려오던 지푸라기 같은 것이었다.

흑석동 강가에 발이 닿았을 때 몸은 천 근같이 무겁기는 하지만 콜럼버스가 신대륙을 발견한 것 같은 환희를 맛보았다. 혼자서 강을 헤엄쳐 건넌 것이다. 자식에 대한 어머니의 믿음이 강한 자신감을 심어 준 것이다.

목숨 걸고 얻는 자신감은 생존 본능이 되어 진화한다.

이민 갈 생각이다

고등학생이 되었다.

학교까지 동네 친구들과 어울려 한 시간 얘기하며 걸어 걸어 가는데 올 때는 중간에 우덕이 집에 들러 이탈리아 가곡 LP 레코드판 듣는 것이 즐거움이었다.

미국 유학 중인 우덕이의 큰형님이 보내준 원판인데, 보내면서 봉함엽서 안팎으로 깨알같이 잔글씨로 가득 사연을 보내준 기억이 인상적이었다.

오가며 듣던 스테파노, 마리오 란차, 카루소가 부른 '오 솔레미오', '남모르는 눈물', '넌 왜 울지 않고' 등 따라 불렀던 이탈리아 가곡에 매료되어 있었다.

다락방 만들다

지난가을 마루방을 온돌로 개조하고 나온 자재에서 못을 뽑고, 각재와 판재를 모아서 정리해두고 다락방을 만들어볼 궁리를 했다.

안방 천장 위, 지붕 밑 공간에 방을 만들어볼 생각이다. 벽에 난 틈새로 천장 상태를 관찰하며 여러 날을 보냈다. 천장을 지탱하고 있는 서까래 위와 지붕 밑 공간에 방 하나 들어갈 자리가 보인다. 우선 바닥 면적을 정하고 각재와 판재를 절단해두었다. 안방에서 천장으로 올라갈 사다리가 벽을 따라 수직으로 올라갈 수 있도록 각재를 절단해두었다.

식구들이 꽃구경 가는 날 따라가지 않고 일을 감행했다. 벽에 사다리를 만들어 달고 몸이 들어갈 만한 사각 구멍을 뚫었다.

그리고 절단해둔 마루 자재를 차례로 운반하여 서까래 위에 마루를 깔았다. 꽃구경 갔다 돌아온 식구들이 이 광경을 보고 난리가 났다. 내 설명을 듣고 기정사실로 인정하고 체념하게 되었다.

이제부터 시간 여유가 생겨서 마루에서 천장을 연결하는 기둥을 세우고 기둥 사이에는 시멘트 포장지를 발라 벽으로 사용했다. 천장을 지나가는 전선을 따서 전등을 켰다.

마루 판재로 책상을 만들고 의자도 만들었다. 각재를 사다 대패질하여 침상을 만들었다. 비록 종이 벽이기는 했지만 1인용 평상에 책상과 의자가 있는 완벽한 다락방이 됐다.

그런데 문제가 생겼다. 안방에서 올라오는 연탄 냄새 때문에 걱정되어 창문을 낼 궁리를 했다. 기와를 받치고 있는 서까래 세 개 사이의 기와를 걷어내면 창문은 나올 것 같은데 기와를 걷어낼 엄두가 나질 않는다.

기왓장을 들어내고 수습 못 하면 큰일이다. 생각하여 먼저 문틀부터 짜고 그것을 기초로 용마루와 연결하면 될 것 같았다. 문틀은 서까래 3개 위에 얹는 것으로 시작하여 문틀을 짰다. 여닫이 창문 두 개는 목수에게 맡겼다.

기왓장을 걷어내고 문틀을 달았다. 그리고 용마루에 연결하고 그 위에 기왓장을 덮었다. 여닫이 창문을 달았다. 책상에 앉았다 일어나서 여닫이창을 열고 밖을 보면 남산이 바로 보이는 멋진 다락방이 완성되었다.

멀리 내려다보이는 경치를 보면서 마리오 란차의 '오 솔레미오', 황태자의 첫사랑(for the first time yet the first time) 하는 소절이 떠올라 들뜬 마음에 사로잡히기도 했다.

며칠 후에 비가 왔다. 큰일이 벌어졌다.

안방에 비가 새서 방바닥에 모든 그릇이 동원되어 빗물을 받고 있었다. 빗물을 잔뜩 먹은 천장은 배가 불룩 늘어났다. 동네 미장이가 해결해주었다. 한동안 비만 오면 마음 졸이며 살았다.

서부 개척 시대의 서부 영화가 유행하던 때 존 웨인이 한 자루 권총으로 악당들을 물리치는 액션 영화가 젊은이들의 우상이 되었다. 먼저 보고 먼저 쏜 자가 승자가 되는 서부 영화 'OK 목장의 결투', '리오 브라보', '7인의 형제', 여기에 등장하는 커크 더글러스, 리키 넬슨, 딘 마틴, 버트 랭커스터의 액션 연기. 금맥을 찾아 벌어지는 무법천지 서부 개척 시대에 벌어지는 총잡이의 이야기와 보안관이 질서를 잡아가는 서부 영화에 매료되어 있던 때 브라질 이민 붐이 불었다.

나도 덩달아 이민 갈 엉뚱한 생각을 해본다. 장래에 대해 한번 생각해본 적도 없이 그저 살아왔던 때 브라질 이민 붐이 생긴 것이다. 막연하나마 새로운 목표가 처음으로 눈에 들어온 것이다.

집에서 이민 갈 형편이 안 되어서, 노동력이 부족한 가구에 편입하여 가는 방법이 있다고 해서 해볼 생각을 했다. 신문에 구한말 사탕수수밭에서 일하던 하와이 이민사가 소개되기도 했다. 리더스 다이제스트에서 읽은 적이 있는 팜파스 대평원을 생각하며 무엇을 어떻게 준비해야 하나 생각해봤다.

먼저 외국어가 되어야 하고, 농업 이민이므로 몸이 튼튼해야 한다고 생각했다. 브라질이 무슨 언어를 쓰는지 생각해본 적이 없어서 학교에서 배우던 영어, 독어를 공부하기로 하고 깡통에 시멘트를 부어넣어 역기를 만들어 하루에 400번씩 들면서 준비를 실행에 옮겼다.

5·16 사태가 일어난 날에도 내가 만든 다락방에서 안현필의 영어연구를 공부하고 있었다. 5·16 사태와 나와는 아무 관계가 없다는생각에서 이민 준비에 몰두했다. 새로운 목표가 생겨 희망찬 나날이새로웠다.

숙부께서 학비는 대시겠다며 서울대학에 들어가라는 결정이 났다. 집안에서 서울대학에 간 사람이 없는데 내가 집안의 막내니까 기회는 나밖에 없다는 이유에서 그렇게 결정된 것이다. 대학 갈 생각은 한 번도 한 적 없이 살아온 나에게는 거리가 너무 먼 일이었다.

더구나 중학교에도 재수해서 겨우 들어갔고 우등상 한 번 받아본적이 없는 나로서는 전혀 실감이 나지 않는 일이고 더구나 고교 2학년 여름방학에 일어난 일이라 준비할 시간도 없었다.

하지만 결정된 일이니 하는 수밖에 없는, 물러설 수 없는 숙명으로 알고 방법을 곰곰이 생각해봤다. 중학교에 재수하여 들어갈 때 생각이 났다.

문제를 이해하고, 어떻게 해야 하는지 정하고, 시험 보는 연습을 실전같이 반복하는 것이다. 서울대학에 들어가려면 시험을 잘 봐야 된다는 결론을 내리고, 그날부터 계획을 짜서 공부를 하기 시작했다.

그래도 역기는 하던 버릇대로 하루에 400번씩 들었다.

그해 겨울에 접어들 무렵 갑자기 몸이 부어오르는 급성 신장염에 걸렸다. 영양실조에 과로했던 것이 원인이었다. 4개월 병치레하다 보니 3학년에 올라가게 됐다.

서울대학은 꿈같은 일인 것 같다. 실패하면 건강 문제로 이민 갈 자신은 없고, 화전민이 되기로 했다. 그 당시 군사 정부에서 국토 재건 사업으로 장려하던 화전민이 눈에 들어온 것이다.

병치레하다 보니 3학년에 올라가게 됐다. 다른 애들은 미적분을 풀고 있는데 나는 1차 방정식도 어려웠다. 그래서 진단서를 떼어서 담임 선생께 휴학계를 내었다.

담임 선생께서 성적표를 보시더니 다른 성적은 볼 게 없는데 독어, 영어 성적이 좋으니 휴학하지 말고 학교 다니면서 재수하는 게 좋겠다고 말씀하시면서 출석 일수는 봐주시겠단다.

수학이 전혀 안 되기 때문에 한 달간 집에서 쉬면서 수학만 하여 진도를 맞춰볼 생각으로 제일 간단한 수학 800 문제집을 사다가 자습하기로 했다.

한 달간 수학 문제만 풀면서 겨우 미적분까지 진도를 맞추고 다른 과목 수업 시간에도 수학 문제만 풀었다. 일요일에는 일주일 분의 영어 교과서를 예습, 복습했다.

여름방학 전까지 영어, 수학만 했다. 병후 열악한 체력으로 자주 빈

혈이 생겨, 누워서 벽에다 수학 문제를 풀었다. 벽이 연습장이 되어 가득 차면 어머니께서 백지를 도배해놓았다. 암기 과목은 교과서를 두 권씩 사서 한 권은 먹으로 주요 단어를 지우고 읽어보고 문제집을 사서 시험 보기를 반복했다.

수학은 순열 조합까지 하고 확률 문제를 풀다 보니 시간이 너무 걸리고 분량도 너무 많아서 3년간의 서울대학 수학 문제를 분석해보니 순열 조합 확률에서 매년 한 문제 정도 나오는 경향이 있었다. 그래서 이 부분은 포기하고 나머지 부분에 집중키로 정했다.

왜냐하면 수학은 60점 정도가 합격 가능 점수로 보고, 순열 조합 확률을 포기해도 90점을 목표로 60점 이상 되면 된다고 생각해서다.

여름방학 끝나고 본 모의고사에서 150등을 했다.

그다음 달에는 75등, 그다음 달에는 75등 그리고 21등 하고 마지막 달에는 1등을 하고 교내 수학 경시대회에서 2등을 하여 전교생 앞에서 상을 받았다. 생애 처음 받아보는 상이고 마지막 상이었다.

이제 희망이 생기고 더구나 순열 조합 확률을 포기하고도 2등을 한 것이 힘이 되었다. 이런 방법으로 하면 합격할 수 있겠다는 확신이 섰다. 서울공대 전기과에 원서를 내기로 했다.

이제부터 겨울방학인데 새로운 문제를 더 풀어보는 것보다 과목별로 자주 틀렸던 문제들을 모아서 매일 전 과목을 집중 반복 연습했다. 그리고 오후에는 체능이 40점 배점이므로 이 부분을 집중 연습했다.

달리기는 출발 시점에 맞춰 출발하는 연습을 하고, 가슴을 펴고 발바닥과 앞꿈치로 달리고 마지막에 점프하여 진입하지 말고 정지선까지 계속 뛰어서 진입한다.

넓이뛰기는 점프한 후 두 발을 엉덩이에 바로 대야 두 발이 지면에 닿는 시간이 길어져서 거리가 난다.

던지기는 손목을 꺾는 순발력을 키워야 더 멀리 간다. 턱걸이는 역기를 한 덕분에 문제가 없었다.

마지막에는 전년도 각 대학 입학시험 문제로 시험 시간표대로 실제 상황과 같은 복장으로 시험을 보았다. 전체 평균 점수가 75점이 나왔다. 자신감이 더해졌다. 시험 당일, 시험 시간 사이 10분 연습할 수 있도록 과목별로 요점 정리하여 준비했다.

시험 당일 입시장에서 K를 만났다. 중학 재수 때 우리 반에서 1등하고 경기중 들어간 친구다. 금속과 지원했단다. 어머니께서 얼른 나를 알아보고 너는 여기 올 줄 알았다며 반가워했다.

영어 시험 첫 문제는 주관식 독해 문제인데 처음 두 줄을 읽어보니 내용이 금방 들어오지 않는다. 시사에 관한 내용 같은데 다 읽어보기에도 장문의 글이었다. 4지 선다형 문제로 4문제이고 배점은 4점씩 16점이다. 그다음은 객관식 4지 선다형 40문제로 40점이다. 그러니 영어는 56점 만점인 셈이다.

잠시 생각해봤다. 잘 이해도 되지 않는 독해력 문제는 읽었다 해도 답을 쓸 자신이 없었다. 그래서 독해력은 전부 2번을 찍고 객관식 문제에 집중하기로 했다.

수학 시험이다. 주관식 13문제인데 시간은 90분이다. 12문제를 풀고 마지막 문제를 보니 순열 문제로 240의 약수는 몇 개인가. 12문제는 3번 검산해보니 다 맞는 것 같다.

10분 남았는데, 순열 문제는 공부하다가 포기했는데 기억을 더듬어 풀어보기로 했다. 6, 8, 10, 12, 16… 숫자를 하나씩 소인수분해하여 약수를 세어보고 지수법칙을 유도하여 답을 썼다.

그날 저녁 신문에 정답이 발표되었다. 영어는 주관식 4문제에서 2개가 맞고 객관식에선 35문제 맞은 셈으로, 56점 만점에 43점 맞은 셈이다. 괜찮은 점수다.

그리고 수학은 만점이었다. 희망이 보인다. 처음 계획대로 된 셈이다.

단지 체능에서 열악한 체력의 열세에도 동작 분석으로 40점 만점에 맞춰냈는데 당일 역풍이 불어서 2점 감점된 건 아쉬웠으나 포기했던 순열 문제를 침착히 풀어서 기대 이상이고 영어 독해력에서 눈 감고 찍은 데서 2문제 맞았으니 운이 따른 것이다. 시험은 원 없이 치렀으니 이젠 모든 고뇌를 잊어도 되겠다는 생각이었다. 드디어 서울공대 전기과에 합격한 것이다.

중학교에도 재수하여 가고 우등상 한 번 받아보지 못하고 과외 공부, 학원 한 번 다녀보지 못한 사람이 병약한 몸으로 자력으로 서울공대 전기과에 합격한 것이다.

기적 같은 일이 현실이 된, 내 일생의 큰 사건이다.

이민 가려고 시작했던 영어가 밑바탕이 되어 시작한 입시 작전에서 중심축이 되었고 중학 재수 시절 습득한 시험 보는 연습과 암기 과목 접근 방법이 그대로 활용되었다. 또 마지막에 시간이 부족하여 공부를 포기했던 순열 조합 확률은 대담한 도박이었다.

마지막 수학 문제 순열에서 침착히 공식을 유도한 데는 살아남아야 하겠다는 절박한 순간에 본능적으로 자신감이 순발력을 발휘했다고 본다.

우리 반에서 제일 영어 잘한다는 우등생이 영어 독해 문제에서 1문제 맞았는데 문제는 읽지도 않고 찍은 내가 2문제 맞았으니 운이 따른 것이다. 중학 재수 때 우리 반에서 1등 하고 경기중에 간 K는 재수해서 이듬해 서울상대에 들어갔다고 한다.

실력이 있어야 우등생이 되지만 입학시험에서 실력을 발휘 못하면 불합격이 되는 것이다. 우등상 받을 실력은 안 되지만 열악한 체력으로 병마와 싸우면서 치밀한 계획을 실행하여 시험 보는 연습만 해서 합격 확률 1%도 안 되는 입학시험에 합격한 것이다.

장티푸스를 이겨내고, 재수하여 중학교에 가고, 수영해서 강을 건너가고, 라디오와 다락방을 만들면서 터득한 자신감이 본능적인 순발력을 발휘한 것이다.

우등상 한 번 받아본 적 없는 사람이 병마와 싸워가며 시험 보는 연습만 해서 합격했으니 성공 확률 1%도 안 되는 상륙 작전에 성공한 것이다. 이민 가려던 생각이 여기서 바뀌어 내 인생에 커다란 분기점이 되었다.

무장 공비 소탕 작전

통신학교 교관 시절 주 40시간 강의하느라 바쁜 가운데 유일한 즐거움은 점심시간에 배구하고 하숙집에서 저녁 식사 후 룸메이트 김필규 소위가 부르는 이탈리아 성악곡 노래를 듣는 것이었다.

후보생 시절 휴식 시간에 단상에 올라가 '오 솔레미오'를 부르고 피아노 앞에 가서 '창살 없는 감옥'을 부르며 피아노를 쳐서 청중을 제압하던 친구다.

이제 내 룸메이트가 되어 저녁마다 LP 레코드판으로만 들어오던 이탈리아 가곡 '오 솔레미오', '남몰래 흐르는 눈물', '별은 빛나건만', '여자의 마음', '넌 왜 울지 않고', '무정한 마음', '나를 잊지 말아주세요', '돌아오라 소렌토로' 등 생음악으로 몇 곡씩 듣고 마지막으로 발바닥 장단을 맞추며 맛깔스레 부르는 '섬마을 선생' 한 곡을 듣고 하루를 마감하는 재미로 군대 생활을 보내고 있었다.

김필규 소위는 대학 동기로 제대 후 기술고시를 보고 공학박사 학위를 받았다. 대통령 비서관을 지냈으며 교수 퇴임 후 독학으로 성악을 하여 이탈리아에서 테너 김필규로 데뷔, 성악 가수로 활동했다.

이 무렵 지방에 무장 공비가 자주 출몰하여 민심이 소란해지자 예비 사단에 기동 타격대가 구성되었다.

　장교 자원이 너무 부족한데 지원자도 없어서 난감해하고 있을 때였다. 한여름에 위험한 일에 지원자가 없는 것 같다. 그러나 한편으로 생각하면 이렇게 편한 군 생활을 하느니 군인다운 경험도 해볼 필요가 있을 것 같아서 지원하기로 했다.

기동 타격대

　중대 규모로 화기 소대가 없는 감소 편제로 소대에는 장교 1명, 선임하사 1명, 병사 27명으로 구성되었다.

　3주간 병사와 함께 유격 훈련을 받고 마지막에는 야간 산악 훈련을 받는데 지도 한 장 들고 심야에 오지에 내려놓고 다음 날 저녁 집결지로 집결하는 훈련이다.

　M2 카빈 자동소총으로 완전 무장하고 주먹밥 두 개씩 받아 독도법으로 집결지를 찾아가는 훈련이다. 지도 한 장 들고 소대를 지휘하여 집결지까지 뛰어가야만 하는 거리이기 때문에 분초를 아껴 시간을 써야 한다.

　산속 마을에서 물 한 모금 마시러 들렀더니 열무김치 국물 한 사발을 주어서 마셨는데 이렇게 맛있는 열무김치 국물은 평생 잊지 못할 것 같다.

금산지구에 공비 2명이 나타났다는 첩보로 공비 소탕 작전이 시작되었다. 추부면 마전초등학교에 작전 본부를 두고 우리 소대는 마전리 산중에서 수색 소대로 작전 중 저녁이 되어 야간 잠복하게 되었다. 삼거리 지점에 소대를 매복시키고 선임하사와 내가 경계를 선후 병사들을 경계하도록 한 후 잠들었다.

　"손 들어!" 하는 소리에 깨어보니 앞에 서 있는 괴한은 손은 들지 않고 엉거주춤 서 있고 소대원이 손전등으로 비추고 있다.

　우리 위치가 노출되어 위험하다고 생각해서 "앞의 괴한! 지금부터 계속 손뼉 쳐! 그렇지 않으면 쏘겠다!" 하고 우리 소대원에게 명령했다.

　"손전등 끄고 엎드려!"

　그러자 앞의 괴한이 도주하는 게 보인다.

　"쏴!" 하고 사격 명령을 내렸다.

　사격이 시작됐다. 잠시 후 "소대장님, 맞은 것 같습니다!" 하는 소리에 "사격 그만! 지금부터 움직이는 물체는 무조건 사격하라" 명령하고 날이 밝기를 기다렸다. 날이 밝아 현장 확인해보니 괴한 1명이 개천 옆에 넘어져 있었다. 주머니에서 감자 몇 알만 나왔을 뿐 다른 증서나 물품은 없다.

　중대장께 수하 불응 도주 괴한을 사살 확인 결과 민간인 같다고 보고했더니 현장 감시 1개 분대만 남기고 하산하라는 지시를 받았다.

　중대장과 함께 사단장께 작전 지도를 보면서 수하 불응 도주하는 괴한을 사살 확인 결과 민간인 같다고 내가 보고했다.

　"작전 수행 임무는 잘하고 있으니 가서 작전에 차질 없도록 하라!" 지시받고 돌아왔다.

군민 합동 현장 검증에서 "소대장! 총알이 앞에서 맞았으면 살인죄로 기소하겠소!" 민간인 검사는 비수 같은 한마디를 던진다. 20미터 전방에서 수하에 불응하고 90미터 지점에서 피격 사살된 것이다.

그러자 부사단장은 "야간 사격에서 이 정도 명중시킨 것은 대단한 지휘 능력이다. 소대장 표창 상신하라!" 수행 부관에게 지시한다.

군 수사기관원이 소대원을 상대로 상황진술서를 받고, 발사한 탄알이 28발 확인되었다. 괴한은 마늘을 훔쳐 도주하다 생긴 일이었다.

그중 총알 1발이 등에 맞고 왼쪽 앞가슴으로 나온 게 확인되었다. 불가항력 상황으로 인정되어 사건은 불기소 처분되었지만 이로 인한 정신적 충격으로 더 이상 작전에 참여할 수 없어서 63 육군 병원에 1개월 입원 치료 후 통신학교로 복귀되었다.

장군의 명령

SSB 통신기 개통하라

"백 소위! 통신감실에 가야 할 것 같아."

통신과장 김 대위가 이렇게 말하여 통신감실에 호출되어 갔더니 신형 통신 장비를 개통하라 하는데 자기는 할 수 없고 내가 할 수 있을 것 같다고 했다 한다.

다음 날 학부장이 불러서 나더러 내일 통신감실 이춘화 장군께 가서 신고하란다.

"귀관, SSB 장비를 개통할 수 있나?" 하는 통신감 이춘화 장군의 말씀에 나는 "TM은 있습니까?" 물었다.

"있다."

"예, 할 수 있습니다" 하고 대답했다. 그러자 통신감 이춘화 장군께서 "그래? 그럼, 양 대령! 백 소위 데리고 1주 내에 개통하시오!" 하며 옆에 있던 통신과장 양기현 대령에게 개통을 지시한다.

통신과장 양 대령은 서병기 중령이 휴가 중이니 임시 그 자리에서 개통하라며 나에게 자리를 정해준다.

통신과는 대령급 과장에 중령급 계장 3명, 소령급 계원 1명으로 앉을 자리가 없어서 휴가 중인 중령 자리에서 일을 보기로 했다.

TM(기술 교본)을 받아보니 바로 개통할 수 있을 것 같다. 그렇지만 장비 전체를 파악할 필요가 있을 것 같아서 며칠 더 전체를 읽어보고 3일 만에 개통했다. 그랬더니 급히 브리핑 차트를 작성하라는 지시로 차트 초안을 작성하였다. 그리고 통신감 이춘화 장군을 따라 참모총장 김계원 대장께 통신감 이춘화 장군이 직접 신규 도입되는 SSB 통신기의 브리핑을 시작한다.

"신규 도입된 SSB 통신기는 도입된 SSB 통신기 사단급 무선 통신기로 통달 거리가 1만 8천 마일로 베트남까지 갈 수 있으며…" 하자 참모총장께서는 내일 10시에 부산 군수기지 사령부와 육본 간 시험통화를 하라는 지시를 한다. 육본의 1대는 운용병을 교육하여 가동할 수 있게 해놓고 1대는 내가 헌병 1명과 함께 군용 야간열차로 부산으로 가져갔다.

부산 군수기지 사령부에 1대를 설치하고, 서울 육본과 시험통화를 완료하고 육본 통신감실에 갔다. 그날부터 통신감 지시로 연구관 직책으로 통신감실에 파견 근무하라 지시받고 비공식 파견 근무하게 되었다.

육본에는 부관 이외 위관급 자리가 없고 인사 발령도 낼 수 없어서 취해진 조치였다. 너무나 파격적인 의외의 조치였다.

그도 그럴 만한 이유가 있었었다. SSB 무선기는 트랜지스터 293석으로 된 무선기로서 현재 진공관 식인 무선기 체제에서는 처음으로 트랜지스터화되어 도입된 장비를 써본 사람이 아무도 없어서 통신감실에서는 내가 사단급 무선기 담당 교관이기에 나를 지명하였는데 본 적도 없는 장비를 개통할 수 있다고 자신 있게 대답하고 개통한 데 놀란 모양이다. 내가 전기공학을 전공하기는 했지만 전자공학을 공부한 적도 없고 통신공학은 더구나 전혀 다른 분야다.

단지 통신장교로 임관하고 통신학교에서 사단급 무선장비 담당이 되고부터 미 육군의 TM을 보면서 사단급 무선장비인 AN/GRC26D 정비 교범을 보면 누구나 알 수 있는 쉬운 말로 전기 원리를 설명하고 정비 절차도 고장 내용에 따라 점검 포인트에 전압 전류계로 측정한 수치로 매뉴얼대로 고장 개소를 찾아 그 부품을 바꿔주면 되기 때문이다.

전공과는 전혀 관련 없는, 누구나 교육 없이 바로 할 수 있는 시스템으로 되어 있어서 TM만 있으면 할 수 있다는 답변을 주저 없이 한 것이다.

지나고 보니 AN/GRC26D는 진공관식 무선기로 2.5톤 트럭에 장착한 장비인데 도입된 SSB 장비는 AN/GRC106로서 트랜지스터로 경량화되어 짚에 장착하여 운용되는 획기적인 장비였다.

물리, 수학과 전문적인 용어로 어렵게 배운 전기 원리를 누구나 알 수 있는 말로 설명하고 정비도 매뉴얼에 따라 고장 개소를 찾아 부품을 교환해주기만 하면 되는 교육 시스템이 강한 미군을 만든 것이다.

통신 두절 징계하라

어젯밤 전방에서 CPX 훈련 중 통신 두절로 훈련에 차질을 초래한 통신대대장에 대한 징계 회의가 통신과 사무실에서 열렸다. 나는 관련은 없는 일이지만 사무실에서 열리고 있어서 듣게 되었다. 듣고 보니 야간 무선 통신이 두절되어 훈련에 차질이 난 데 대한 징계였다. 주간에는 이상 없이 통신이 되었는데 야간에 통신이 안 된 게 문제였다. 통신기는 이상 없고 운용병도 잘못한 게 없으니 지휘 책임을 물어 대대장을 징계해야겠다는 내용이었다. 그런데 내가 보니 주파수가 잘못된 것 같았다.

그래서 내가 "과장님, 제가 보기에는 운용 주파수가 잘못된 것 같습니다" 했다. "뭐야? 자네가 무슨 근거로 그런 말을 하나?" 말씀하신다. "그 시간대에는 이 프로파게이션 차트(전파도표)에 의하면 2.8㎒대가 아닌 2.2㎒ 주파수대로 교신하게 되어있습니다" 하며 미 8군에서 보내준 프로파게이션 차트를 보여주었다. 그랬더니 모두 놀란 표정으로 나를 보고 있었다. 오히려 내가 더 놀랐다. 이분들은 이 표를 다 알고 있는 줄 알았는데 처음 보는 것 같았으므로 내가 더 놀란 것이다.

그러자 과장은 그럼 징계는 여기서 일단 중단하고 백 소위가 정한 주파수로 오늘 밤 실시해보고 내일 결정하자며 회의를 마무리한다.

이러고 보니 내가 공연히 끼어든 것이 아닌가 하는 걱정이 들기 시작한다. 다른 분들은 내가 이렇게 제시하면 금방 알아듣고 이해할 줄 알고 말했는데 전혀 모르고 있었던 걸로 보이니 걱정이 더 커지기 시작했다.

　밤새 잠을 설치며 새고 일찍 출근하여 주번 사관에게 어젯밤 훈련 상황을 물었더니 통신이 꽝 하고 잘 터져서 무사히 훈련이 진행됐다고 했다.

　며칠 전 캐비닛에서 먼지가 가득한, 미 8군에서 보낸 자료를 우연히 본 것이 문제를 해결한 것이다. 프로파게이션 차트(전파도표)로 계절별, 지역별, 시간대별 통신 가능 주파수대가 그려져 있는 표로서 누구나 이 표에 따라 주파수를 정하여 쓸 수 있게 되어 있었다.

　알고 보니 미 8군에서 할당해준 주파수를 받아 오기 때문에 우리는 이 전파도표를 볼 필요가 없고 읽어본 사람도 없어서 몰랐던 거다. 그러니까 통신이 안 되면 주한 미 8군에 보고하고 주파수 할당을 다시 받으면 되는 것을, 징계로 책임을 묻는다고 해결될 일이 아니었다.

　TM만 있으면 본 적도 없는 SSB 통신기를 개통할 수 있다는 자신감이 누구나 전파도표대로 하면 될 수 있다고 생각했는데 그렇게 해서 문제를 해결한 것이다. 다시 한번 미군의 업무 시스템이 확인된 셈이다.

　TM을 만드는 사람은 누구나 사용할 수 있도록 많은 공부를 해야 하지만 TM 사용자는 아무나 사용할 수 있게 되어 있으므로 많은 공부를 할 필요가 없다.

　정비 교범도 교범을 만드는 사람은 누구나 정비할 수 있도록 많은 공부를 해야 하지만, 정비병은 누구나 정비할 수 있는 것이다.

이번 일로 내가 통신 전문가라고 인정하는 분위기가 느껴질 정도였다.

누구나 알 수 있는 쉬운 말로 기본 원리를 교육하고 누구나 할 수 있도록 매뉴얼을 만들었기 때문에 사용자는 많은 공부를 할 필요가 없다.

누구나 SSB 통신기를 개통하고 전파 대역표에 따라 통신 문제를 해결할 수 있는데 전문가로 인식된 것이 좀 의아했다.

보안사령부

보안사령관실에서 통신감 이춘화 준장이 보안사령관 김재규 소장에게 브리핑하고 있다. 신규 도입된 SSB 통신기 AN/GRC106에 관한 내용이었다.

사단급 무선 통신기로 통달 거리가 1만 8천 마일이며 음성 통신 텔렉스 통신이 가능하고 트랜지스터로 경량화되어 짚에 탑재하여 기동성이 뛰어나 유사시 유효한 작전을 수행할 수 있다고 강조하면서 보안사의 통신 체계를 획기적으로 개혁하겠다는 요지였으며 이를 위해 백 소위를 1개월간 주재 파견하여 완료하겠다는 요지였다.

보안사에 파견되어 턴테이블 식 장교 식당에서 식사하며 1개월간 청주와 제주 분소 통신병을 소집하여 운용 교육하고 제주, 청주, 서울 보안사 간 통신망을 모르스 전신기 통신 체제를 SSB 통신기 AN/GRC106 체제로 대체 전환하는 작업을 완료했다. 참으로 놀라운 일이다. TM만 있으면 누구나 할 수 있는 일인데 통신감실에 파견 근무하고 보안사 통신망도 새로 구축한 것이다. 보안사도 파견 근무하여 통신망을 구축하는 임무를 수행하는 전문가 대우를 받은 것이다.

비상 통신망 구축하라

통신과장께서 부르시더니 다음 달 무선 통신 담당 한정남 소령이 전역하는데 그 업무를 인계받으라고 하신다.

너무 놀랄 일이다. 소령이 담당하던 일을 소위가 맡아 하라는 얘기다. 육본에 위관급 TO가 없는데 이렇게 할 수 있을지 궁금해하면서 겁이 덜컥 났다. 이렇게 되면 장기 복무해야 할지도 모르는 일이다.

시키는 일이니 하는 수밖에 없어서 시간을 좀 벌어야겠다는 생각이 들었다. 통신학교에서 내가 담당하고 있는 장비의 관리 책임을 인계하고 내일 하루 쉬면서 짐 챙겨서 모레 귀대하기로 허락받고 통신학교에 갔다.

위병소에서 위병이 나를 보더니 빨리 학교장께 가서 신고하란다. 교장 유승문 대령께 신고하려고 교장실에 가니 전화 받고 있던 교장께서 통신감실에서 온 전화라고 하며 바꿔준 전화를 받았다.

"백 소위 전화 바꿨습니다."

그러자 대뜸 "야, 이 ××야! 나 통신감실 행정부장 최상록 중령인데 백 소위! 너 왜 이제 오나? 어제 종일 너 찾느라 서울 시내 백씨 전화를 모조리 돌리다가 손가락이 다 부르텄다. 오늘까지 안 나타나면 탈영 보고하려던 참이었는데 이유 없이 내일 아침 08시까지 1군사령부 통신부장 강태홍 장군께 가서 신고하라!" 하며 전화 끊는다.

집에 전화가 없었으니 연락될 일이 아니다.

학교장께 통화 내용을 말씀드렸더니 지금 당장 출발하여 내일 아침 08시에 1군사령부 통신부장 강태홍 장군께 신고하란다. 무언가 급박한 상황이라 생각하여 근무하던 부서장에게 보고하지도 못하고 그 길로 대전역으로 갔다.

내 직속상관도 아닌 사람의 날벼락 같은 명령을 받고 이래도 되는지 생각하며 역 TMO 수송관에게 긴급 구두 명령받고 출장 가는데 무임승차를 할 수밖에 없으니 내 인적 사항을 적어주고 고발하든지 알아서 하라 하고 통일호 열차로 서울 가서 그날 밤 청량리역에서 야간 군용열차로 원주로 갔다.

강태홍 장군께 신고했더니, "백 소위! 지금부터 명령한다. 유무선 통합 통신망을 구축하여 서울 시내 전화가 연결될 수 있는 비상 통신망을 구축하라! 필요한 조치는 통신대대장 김 중령이 지원한다."

비상 통신망을 구축하여 내일 아침 10시 연병장에서 1군사령관 서종철 대장이 시험 통신할 수 있도록 하라는 명령이다. 이건 보통 일이 아니다. 유무선 통합 통신 말은 들은 적 있으나 해본 적은 물론 본 적도 없는 일이다. 군 통신망에서 유무선 통합 통신도 쉬운 일이 아닌데 서울 시내 전화가 연결되도록 한다는 건 전혀 다른 문제다. 전문 부대가 시간을 갖고 해도 쉬운 일이 아닌데, 그것도 하루 만에 전혀 해본 경험도 없는 말단 소위가 할 수 있는 일은 아니다.

첨단 무선기를 보지도 않고 개통하고 영관급 통신장교 징계위원들도 못 본 전파도표를 들고 와서 통신 불통을 해결한 데 놀라 나를 통신 전문가로 확신하고 첨단 무선기를 운용해본 사람은 나밖에 없으니 이 무선기로 서울 시내 전화가 되도록 하라고 확정 지어 명령을 내린 걸로 보인다. 이런 일은 공부했다고 할 수 있는 일이 아니다. 해보지 않고는 하기 어려운 실무적인 문제다.

지금부터 내가 주관하여 비상 통신망을 내일 아침까지 구축해야 한다. 첨단 통신기가 민간 통신망과 통합 통신할 수 있는지 확인하는 데도 시간 많이 걸릴 것 같다.

통신기는 군용으로 되어 있으므로 민간 통신기와 통합 운용하는 데까지 TM에 있지 않다고 생각되어 1군 교환대와 육본 교환대 사이에서 해법을 찾아야겠다고 판단되어 방향을 정했다.

통신대대장과 참모들에게 확인해봤다. 유무선 통합 통신을 해본 적이 없다고 한다. 1군사령부에서 육본 교환대까지 군의 중계기를 통해서 가고 육본 교환대에서 서울 시내 전화를 연결하면 될 것 같았다. 그러면 SSB 통신기에서 1군 교환대까지 연결하는 커넥터를 찾아야 한다.

신형 장비이고 아직 정식으로 군에 보급되지도 않은 장비여서 부품 재고에 대한 정보가 전혀 없어 보급소의 기존 재고 리스트에서 찾아내야 한다. 군용 장비는 부품의 호환성이 있어서 여기에서 찾는 수밖에 없다.

재고 리스트에서 수많은 커넥터 품명을 하나씩 찾아 맞춰보아야 한다. 한나절이 가도 맞는 것이 없다. 시간도 없고 점점 초조해진다. 해 질 무렵 커넥터 C434를 찾아서 맞춰보니 맞는다. SSB 통신기를 가동해 1군 교환대를 불러 육본 교환대에서 서울 시내 전화가 되는 것을 확인했다.

SSB 통신기 2대의 운용병을 교육해 1대는 사령관 시험통화용으로 쓰고 1대는 내가 감청용으로 쓰기로 하고 내일 시험통화는 대대장에게 일임했다.

다음 날 아침 통신기를 가동해 대기하고 있었는데 아무런 교신이 없다. 잠시 후 대대장이 창백한 얼굴로 오더니 통신기가 작동이 안 된다고 한다.

현장에 가서 보니 전원이 뚝 떨어져 안 되는 것이다. 발전기 소음이 커서 50미터 후방에 발전기를 떨어뜨려놓은 것이 원인이 되었다. 그래서 내가 쓰던 감청용 통신기로 대체해주고 정시에 사령관의 시험통화는 성공적으로 끝났다.

강태홍 장군이 나를 불러 신형 SSB 통신기 브리핑하라고 해서 차트 없이 구두로 설명했다. 장비의 제원, 사용 전압, 주파수, 범위, 통달 거리, 변조 방식 등 기존 장비와 비교하여 알기 쉽도록 설명했더니 "귀관 육사 출신인가?" 묻기에 "아닙니다. ROTC 출신입니다" 했다.

"임관한 지 얼마 됐나?" "1년 됐습니다." "그래? 그런데 기존 장비를 그렇게 많이 알고 있나" 하시며 군단 무선 통신장교들을 소집해주어서 다음 날 SSB 통신기에 대해 교육했다. 1주일간 감청하면서 떠나는 날 무슨 작전이었는가 물었더니 박정희 대통령이 화진포 하기휴가 중에 유사시에 대비한 비상 통신망이었다고 한다.

너무나 놀랄 일이다. 이런 극비의 작전을 전혀 해본 적도 없는 사람에게 맡기다니, 만일 안 됐을 때 일을 생각하니 등골이 서늘하다.

더욱 놀라운 건 이런 엄청난 사건 앞에서 조금도 당황하지 않고 커넥터를 찾아서 해결하겠다는 생각을 한 건 정말 놀라운 일이다. 매뉴얼을 취급하면서 얻은 경험으로 군용 장비는 호환성과 공용성이 있다는 점에 착안하여 한 치 오차도 없이 정확히 해낸 것이다.

이런 사건은 대학 입시 때도, 절대 불가능한 상황에서도 안 된다는 생각은 조금도 하지 않고 치밀한 전략을 세워 합격했을 때와 같았다.

이런 일이 가능했던 건 생존 본능에서 나온 자신감과 현실에 적응하며 배운 순발력이 본능적으로 발휘된 걸로 본다. 영문 모르고 불려 와서 처음 만난 장군의 명령을 받고 해본 적도 없는 임무를 하루 만에 완료하고 작전 끝날 때까지도 전혀 몰랐던 드라마 같은 극비 작전에 관해 그 후 누구에게도 들은 적 없다. 내 일생에 제일 큰 사건이다.

전략통신사령부

전략통신사령부가 신설되어 이춘화 장군께서 소장으로 진급하여 전략통신사령관이 되었다. 유사시 통신 체계를 위해 기동력과 장거리 최첨단 통신기로 전략적인 통신 체계를 구축했다.

육본 통신 운용대대에 SSB 통신중대가 창설되어 차량 탑재 최첨단 통신기로 육본 작전 상황실 유사시 참모총장과 주요 장군들의 통신 지원을 담당한다.

SSB 중대 창설식에 이춘화 전통 사령관께서 훈화하시며 격려 악수하는 자리에서 "백 소위는 내가 잘 알지!" 하시며 격려해주시었다.

나는 이동 소대장으로 참모총장과 주요 장군들의 통신을 담당하게 되었다.

울진 무장 공비 사건

수 미상의 무장 공비가 울진에 들어와서 추격하고 있다는 보고가 들어왔다.

내가 육본 작전 상황실에서 야간 주번 사관을 하고 있을 때 일이다. 즉시 주번사령께 보고했더니 심야에 참모총장 김계원 대장 주제로 긴급 작전회의가 소집되어 주요 장성들이 참석했다. 대대장께 호출되어 즉시 출동 준비하라는 지시를 받고 병사 6명과 완전 무장으로 통신 장비 갖춰 비상 대기했다.

새벽 무렵 여의도 비행장에 가서 대기하는 동안 새벽 무렵 2대의 시눅크 헬기가 굉음과 찬 바람을 일으키며 착륙한다.

발전기 트레일러가 달린 짚 1대가 운전해서 들어갈 만한 큰 헬기였다.

대대장께 출동 신고했다.

"백 소위! 무운을 비네!" 하는 말을 듣고 우리 대원은 11월 차가운 한강 바람을 뒤로 하고 출동했다.

동틀 무렵 태백산을 닿을 듯 말듯 넘으면서 먼동이 트는 동해안이 보이기 시작했다. 처음 타보는 헬긴데 대단한 소음과 찬 바람 부는 기내 상황은 소란했다.

조종사는 흑인 준위였는데 그제야 우리에게 "Hey, what are you doing? Are you all right?" 하며 눈을 찡끗하고 보고 있던 잡지를 던져주었다.

플레이보이 잡지였다. 그런 사이에 헬기는 이미 동해안 상공을 돌며 상륙 지점을 선회하고 있다.

이윽고 해변 모래사장에 모래바람을 일으키며 착륙하더니 우리가 내리자 "Good luck men!" 하며 즉시 동해의 찬 모래바람을 일으키며 이륙한다.

우리 대원들은 부근 소나무 숲에 거점을 확보하고 무선 통신기를 가동해서 위치를 육본에 보고했다. 육본에서는 곧 2군사령부에서 지원 병력이 도착하니 2시간 동안 자체 방어하라는 지시를 한다.

우리 소대 임무는 2군 작전사령부에 배속되어 육본과 2군 작전사령부의 통신을 관장했다.

저 멀리 동해안 국도를 따라 먼지를 일으키면서 오는 차량 행렬이 보이기 시작한다. 이들이 도착하여 소나무 숲에 작전 본부를 설치하고 바로 후에 헬기 1대가 날아오더니 한신 2군사령관이 내려 무장 공비 소탕 작전 지휘를 시작했다.

먼저 아군의 전사자가 실려 왔다. 특전사 백 상사였다. 모래사장에 본인이 쓰던 총을 거꾸로 박고 철모를 씌운 뒤 간단한 예를 올린 후 헬기로 운구되었다.

이어서 사살된 공비가 실려 오기 시작했다. 이들 시신은 모래사장에 가묘하고 나무 비목을 세워 무장 공비 1호부터 번호를 붙여 나갔다.

귀순 공비 정동춘 중위가 붙잡혀 왔다. 허접한 국군 복장과 계급장은 보기에도 금방 가짜라는 걸 알 수 있을 정도였다. 네모난 엿을 비닐 띠로 포장하여 몸에 지니고 다니면서 비상식량으로 쓰고 있었다.

120명의 무장 공비가 울진 해안가에 침투하여 아군과 격전을 벌였고 공비 중 몇 명의 장교가 귀순 또는 포로로 잡히고 남은 잔당이 험준한 오대산으로 숨어들어 귀환하고 있는 이들을 추격하느라 공군의 지원 사격으로 치열한 작전을 했는데 아군의 피해도 적지 않았다. 그러나 아군의 완전 포위망에 이들은 전부 사살되어 한 달 이상 걸려 작전은 종료되었다.

김신조 사건으로 서울 방어막이 뚫린 데 고무된 북한이 120명의 무장 공비를 울진 해안에 침투시켜 빨치산 거점을 확보해 남한의 전력을 분산시키고 민심을 교란하려던 북한의 계획은 무산되었으며 그 후 공비 사건은 더 이상 없었다. 기동 타격대에서 금산 지구 무장 공비 소탕 작전에 보병 소대장으로 참전하고 이번엔 통신 소대장으로 울진 무장 공비 소탕 작전에 참전하게 되어 무장 공비와 남다른 인연이 있는 것 같았다.

국무성 프로그램

　입사 시험을 영어 면접으로 치르고 대기업 전선 회사에 입사하여 생산 기사로 현장 생활이 시작됐다.

　몇 달 지나 보니 전공 분야는 별로 쓸 일이 없다는 걸 알게 되었다. 토요일 일과 후에 바둑 두고 당구 치고 포커, 고스톱 치는 것을 유일한 낙으로 지내다 보니 앞날이 걱정스럽게 생각되었다.

　그래서 영어, 바둑 책 이외의 모든 책은 엿장수에게 기증했다. 전공은 더 이상 써먹을 필요가 없을 것 같아서 내린 결정이었다. 이민 가려고 준비했던 영어가 주축이 되어 기적 같은 드라마를 창출하여 서울공대 입학하고 통신학교 교관 시절 영어로 된 TM을 읽고 SSB 통신기를 개통하여 통신감실에 파견 근무하게 되고 통신 불통 징계 문제를 해결하여 통신 전문가로 인식되어 비상 통신망을 구축하고 육본 통신 운용대대 SSB 중대 이동 소대장을 하게 된 건 영어 덕분이었다. 앞으로도 써먹을 일이 있을 것 같았다.

　바둑은 전략을 세워 싸워 이겨야 하는 생존 경쟁 현장이라 생각했다. 생존 본능의 훈련에 도움이 되리라 생각했다.

　오청원의 『행마의 묘』부터 읽고 봄에 친구 영충이와 4점을 놓고 시작하여 가을에 맞두게 된 후 바둑을 둔 적은 없다.

생산 현장이 적성에 맞지도 않아서 장사나 해볼 생각으로 알고 지내던 선배와 상의하면서 교수님께 자리를 부탁해볼 생각이라고 말했다. 그렇다면 우리 회사 영업부에서 장사를 배워서 대리점을 차리면 될 것 같다는 얘기에 중소기업 전선 회사이긴 하지만 전선에 관한 기본 지식이 있어서 적응하는 데 도움이 될 거라 하기로 했다.

영업부에서 한전 체신부를 담당하는 업무를 하게 되었다. 관납 영업이므로 기본적으로 입찰 방식의 영업으로 진행되고 전선 조합 배정 물량은 업체별 배당률이 정해져 있어서 업무는 비교적 단순했다.

시험소에서 검사받아 보급소에 납품하여 수급할 때까지 행정 업무가 많아서 수시로 회사와 연락하는 일은 다방 전화로 해야 해서 다방에서 보내는 시간이 많았다.

경쟁 입찰 방식으로 수주가 결정되나 담합으로 서로 직접 경쟁 입찰하는 경우가 그리 많지 않았다. 업체 사이에 담합하기 위해 자주 회합을 가져야 해서 업체 담당자들과 만나는 시간이 많았다. 협의하는 시간은 얼마 안 걸리고, 남는 시간이 많다 보니 고스톱으로 보내는 시간이 많아졌다.

이렇게 1년을 지내고 보니 더 이상 영업은 배울 것이 없을 것 같아서 해외 영업을 하면 영어가 필요할 것으로 생각되어 다방에서 영어 공부를 하기 시작했다.

미국 국무성 기술원조 프로그램으로 전선 업계에서 1명 선발하여

9개월 미국 연수 교육한다는 내용으로 상공부에 가서 영어 시험 보라는 통보를 받았다. 시험 방법과 시험 경향에 대한 정보가 전혀 없어 아주 당황했다.

전선 업계에서 1명 선발하는 시험으로 경쟁자가 만만치 않으리라 생각되어 걱정이 많이 되었다. 상공부가 지정하는 영어 학원에 가서 아무런 준비 없이 평소 실력으로 영어 시험을 보게 되었다.

며칠 후 상공부에 오라는 통보로 상공부에 갔더니 1차 시험에서 내가 선발되었다고 한다. 1차 시험에 60점 이상 통과한 사람이 나밖에 없으므로 2차 시험은 과기처에서 한다며 과기처로 가보라는 얘기다.

2차 시험에 대해 과기처에 문의했더니 과기처에서 지정한 미국인 학원에서 인터뷰 구두시험이며 남녀 2명 시험관의 시험이라고 해서 무슨 내용의 질문을 할지 추측해보았다.

개인 신상에 관한 질문, 미국에 가는 목적, 언제 왜 어디 가서 얼마 동안 주재하는지 같은 내용에 관한 답변을 준비하여 외워두었다. 당일 남녀 시험관이 열 마디씩 묻고 답변 못 하면 감점해나가는 방식이었다. 예상한 대로 문제가 나와서 그런대로 답변한 것 같았다.

2차 시험도 통과하고 3차 시험은 미 대사관에서 듣기 평가다. 한국인 담당자에게 시험 경향에 대해 문의했더니 듣기 평가 시험인데 토플 방식으로 준비하면 된다는 얘기를 듣고 토플 듣기 LP 레코드판을 사서 카세트에 녹음하여 출퇴근하면서도 열심히 듣고 시험 연습을 실전처럼 해서 무난히 합격하게 되었다.

그런데 문제가 생겼다.

집에서 부업으로 시작한 열대어 부화로 한 달에 40만 원 정도의 수입이 생겼다. 당시 내 월급이 5만 원이던 때였으니 만만치 않은 수입이다. 미국 연수를 포기하고 수족관을 차려볼 유혹을 접을 수가 없었다.

한편으로 생각해보면 국무성 초청 연수로 왕복 항공권과 월 450불의 연수비가 9개월 지급되는 기회 또한 포기할 수 없는 기회이기도 했다.

열대어 부화 부업을 하게 된 데는, 아내가 부업으로 시작했는데 얘기를 들어보니 열대어가 언제 커서 부화하여 팔 수 있을지 감이 잡히지 않는 얘기다.

헌책방에 가서 열대어에 관한 국내외 서적을 사서 탐독하고 사 온 열대어를 전부 반품하고 알을 낳을 수 있는 엔젤피시 10쌍을 가져다 길렀다. 엔젤피시는 한번 짝을 맺으면 평생 같이 사는 습성이 있는 열대어로 한 번에 천 개 정도 알을 낳는다.

짝이 맞는 한 쌍에 만 원씩 주고 샀는데 제법 투자한 셈이다. 며칠 지나자 한 쌍이 어항 벽을 쪼며 청소하기 시작하더니 암놈이 어항 벽에 알을 붙이며 산란을 시작하고 뒤따라 수놈은 알 위에 정액을 바르며 지나가기를 반복하며 1시간 정도에 산란은 끝난다. 산란이 끝나면 어미는 지느러미로 부채질하듯 교대로 알 위를 지나며 산소 공급을 한다. 하루가 지나자 알마다 검은 핵 점이 생기고 핵 점이 없는 알은 부패한다. 이틀 뒤에는 알에서 꼬리가 나와 머리는 유리 벽에 붙인 채 꼬리를 흔들기 시작한다. 이때부터 어미의 산소 공급 활동은 중지

되고 알이 흔드는 꼬리로 산소를 자급하며 1주일 후에는 일제히 어항 벽에서 떨어져 나와 헤엄치기 시작한다.

여러 번 부화하지만 기르는 데는 성공하지 못했다. 원인은 생물 먹이를 먹어야 하는데 먹이를 구할 수 없었고 수질 관리 방법을 몰랐기 때문이었다.

관련 자료를 수집하고 미생물 전문가와 화공약품 전문점 의견을 정리하여 산란 전용 어항을 별도로 만들어 시험에 들어갔다. 산란 어항에 반투명 유리를 비스듬히 세워 그 위에 산란하기 쉽게 했으며 메틸렌 블루로 물을 소독하고 사육장 어항에서 짝지어 유리 벽을 쪼는 쌍은 건져서 산란 어항에 넣는다.

산란이 끝나면 어미는 사육 어항으로 보낸다. 치어가 헤엄치기 시작하면 염전에 사는 새우의 일종인 브라인 슈림프 알을 차광된 소금물 병에 넣어 기포를 24시간 주입하면 부화된다. 아주 작은 분홍색 물벌레 새끼들은 병 입구의 빛을 따라 모여드는데 이것을 스포이드로 빨아들여 치어 먹이로 준다. 2주간 먹인 후 물벼룩을 2주간 주면 판매할 수 있는 치어로 성장하는데 그다음부터는 실지렁이를 먹여 사육한다. 몇 마리 죽지 않고 부화시키는 데 성공했다. 이어지는 산란하는 어미들로 산란 어항은 50개로 늘어나서 거실에 3단 철재 앵글 대가 꽉 들어차게 되었다.

열대어 수족관에 가서 판매를 상의했더니 자기들이 와서 가져가겠다고 한다. 처음에는 수를 세어서 팔았으나 계속할 수 있는 일이 아니었다. 산란 어항마다 출하 예정 일자를 적어놓고 마릿수를 후하게 정하여 선금 정산하는 방법으로 거래가 되었다.

소문이 나면서 부산 수족관서 거래 시작하면서 투명 비닐 튜브에 산소 주입하여 고속버스 편으로 보내는 방법으로 거래하기 시작했다.

이렇게 하여 한 달에 40만 원 정도 수입이 되는데 미국 연수 문제가 생긴 것이다. 아쉽기는 했지만 은퇴하면 한번 해보고 싶은 사업으로 생각하고 정리하기로 했다.

미국 연수, 꿈같은 현실이었지만 이 실력으로 연수받을 자신이 없어서 회화 공부 방법을 수소문해봤는데 서울대학 내 외국어 연수원이 있는데 수강 대상이 공무원이며 일반인은 관계 장관의 추천이 필요했다.

주무부서인 과기처의 담당을 면담하여 정부가 추진하는 프로젝트로 장관 추천을 부탁했더니 이런 추천을 해본 적이 없다며 건의는 해보겠다고 한다.

1주일 후 최형섭 과기처 장관 명의의 추천서가 회사에 우송되었다. 4개월간 서울대학 외국어 연수원에서 영어 연수를 추천한다는 내용이다. 이렇게 되어 오전에는 연수원에서 연수받고 오후에 근무하는 생활이 시작되었다.

국무성 기술원조 프로젝트 선발 시험에 합격하여 9개월간 미국 연수 교육을 받게 되었다. 전선 업계에서 1명 선발되어 뉴욕 펠프스 닷쥐 전선 회사에서 연수받게 된 것이다.

운이 좋았다. 그나마 별다른 목표 없이 영어 공부한 덕분에 뜻밖의 행운이 찾아온 것이다.

대학 다닐 때 조교가 늘 하던 얘기가 생각났다. 살아가며 터득한 일인데, 어떤 기회가 나에게 닥칠지 알 수 없으므로 늘 준비하는 자세로 살아야 한다며 강조하곤 했다.

어느 해 가뭄이 몹시 심하던 여름방학이 끝나고 개강하여 강의 시간에 공릉동 학교 앞에서 하숙하던 조교는 텃밭에 심어놓은 감자에 물을 주기 위해 근처 개울에서 방학 내내 물을 지게로 지어 길어주어서 주먹만 한 감자가 나왔다고 하던 얘기다.

조교는 육군 중사로 전방에서 군대 근무하며 독학으로 공부하여 서울공대 입학한 분으로, 너무 가난하다고 처가에서 강력하게 반대하여 결혼식을 하객 없이 주례 목사님과 셋이서 치른 아픈 경험이 있었다.

늘 준비하는 자세로 공부한 덕분에 황희용 교수가 되고 관악 캠퍼스로 옮긴 뒤에는 교통체증을 피해서 새벽 5시에 일어나 도시락 3개를 싸 들고 공릉동에서 관악 캠퍼스에 출근하여 저녁까지 3끼를 학교에서 먹고 다녔다.

서울대 컴퓨터 연구소장을 지내고 지방 대학으로 옮기면서 서울대는 학생들이 우수해서 지방 대학생들을 지도하는 게 국가 발전에 도움이 되겠다는 소신이었다.

교수님의 이런 자세를 본받으려고 영어를 준비한 덕분에 이번 미국 연수에 결정적인 도움이 되었다. 고맙게 생각한다.

미 대사관에서 이번 연수에 대한 안내 설명이 있었다.

매월 생활비 450불은 워싱턴 디시에 도착하면 국무성에서 여행자

수표로 줄 예정이고 미국 왕복 비행기표와 공항에 도착하여 호텔까지 가는 여비는 여행자 수표로 받는다. 뉴욕 숙소는 전선 회사에서 민박집을 주선하여 주소를 받았다.

미국 항공편으로 김포 출발, 하와이에서 1박을 하고 로스앤젤레스 경유, 워싱턴 디시의 미국 국무성에 신고하고 1주간 미국 적응 연수 일정을 위해 하와이로 떠나게 되었다.

하와이

꿈만 같던 미국 연수가 현실이 되어 난생처음 비행기를 타게 되었다. 1973년 8월, 드디어 9개월 미국 연수로 김포공항을 떠나게 되었다. 그때만 해도 해외여행이 흔치 않던 시절이어서 공항에는 여행객보다 환송객이 훨씬 더 많던 때였다.

미국 항공으로 첫 번째 기착지 하와이에서 1박을 하고 LA에서 환승하고 워싱턴 디시에 내려 다음 날 국무성에 신고하는 것이 일정의 시작이다.

하와이는 1941년 일본 제국이 진주만을 공습하여 반전 여론이 우세했던 미국이 제2차 세계대전에 참전하는 계기가 되고 히로시마 원폭 공습으로 일본이 패전한 원인이 됐던 장소로서 잘 알려져 있다. 공습을 지휘한 야마모토 사령관은 후에 회고록에서 미국은 자원이 있고 잠재력과 저력이 있는 국가라서 일본이 패배할 거란 예측을 했던 사람이다.

우리에겐 이민 1세대가 사탕수수밭에서 힘든 노동을 극복하며 독립운동에도 크게 이바지한 역사가 있다.

옆자리에 미국 유학 간다는 사람과 같이 가게 되어 미국 생활에 관해서 이야기를 나누며 시간을 보냈다. 상주 사람인데 가방에서 사과를 꺼내주어서 같이 먹다 보니 가방에 사과가 가득 들어 있어서 놀랐다. 농산물은 통관이 어려울 거라는 얘기를 했더니 그러면 같이 다 먹자고 해서 기내식도 사양하고 둘이서 부지런히 화장실을 드나들면서 먹게 되었다.

다음 날 아침 공항에 도착하여 입국 수속을 마치고 나오는데 선글라스 낀 신사가 와서 사진을 보면서 "Are you Mr. Baek?" 하며 백 선생이냐고 묻는다.

"Yes, I am.(예, 그렇습니다.)"

자기는 국무성 하와이 지점 직원인데 나의 도착을 확인하고 국무성에 도착 보고 임무로 왔다고 하며 호텔 리무진을 태워주고 갔다. 그때만 해도 해외여행이 일반화되지 않을 때라서 차질이 없도록 확인하기 위해 세심한 배려를 하는 점에 놀랐다.

LA 국제공항에서 환승 로비에 나와 있는데 어제 기내 옆자리 유학생이 허둥대며 당황한 모습으로 텍사스 댈러스로 가려는데 출발 항공편을 어디서 타는지 알 수 없다고 한다. 안내소에 가서 문의했더니 항공사별 라운지가 다르므로 무료 셔틀버스를 타고 가야 한다. 공항이 엄청나게 크다 보니 김포공항처럼 한 곳에서만 되는 줄 알고 있던 우리는 상상도 할 수 없는 일이 생긴 것이다.

워싱턴 디시 덜레스 공항에 도착하여 입국 절차 마치고 나오는데 은발 할머니 한 분이 다가오더니 사진을 보면서 반갑게 "Are you Mr. Baek?" 하며 묻기에 그렇다고 했더니 자기는 국무성 자원봉사자로 내 입국을 확인하고 호텔까지 찾아갈 수 있도록 안내하는 것이 오늘 자기가 할 일이라고 한다. 버스정류장에서 버스를 타고 프레지던트 호텔은 몇 번째 정거장으로 내릴 때 기사에게 다시 확인하고 내리라고 당부하며 헤어졌다. 미국 사회의 자원봉사 시스템이 효과적으로 활용되고 있는 점이 부러웠다.

다음 날 국무성에서 일주일간 프로젝트 참가자들에 대한 교육이 시작되었다. 참가자는 각각 다른 분야의 아시아, 아프리카 지역 7~8명이었다. 미국 생활에 적응할 수 있게 워싱턴 디시 주변의 공원부터 시작되었다.

워싱턴 디시는 미합중국의 수도로서 워싱턴 컬럼비아 특별자치구로 여기에는 링컨 기념관, 스미스소니언 자연사 박물관, 국립미술관을 비롯하여 수많은 기념관과 아트홀 등이 있다.

포토맥 공원에는 봄에 벚꽃 축제가 열리며 자연사 박물관, 링컨 기념관, 알링턴 국립묘지, 국립미술관을 관람하고 콘서트에 초대되고 자원봉사자가 만찬에 초대하여 환대받기도 했다. 그리고 그곳 유지가 저녁 만찬에 초대했는데 대문에는 금테 두른 정복을 입고 정모를 쓴 흑인 수위가 근엄한 자세로 우리를 맞이해주었다.

우리를 초대한 백인 주인은 만찬 후 정원에서 할아버지께서 아프리카에서 가져왔다는 정원수에 대해 설명하면서 1년에 유지비가 1,500달러 든다고 자랑한다.

마지막 날 저녁에는 YWCA에서 자원봉사자들이 댄스 파티에 초대하여 자상하게 스텝도 가르쳐주면서 긴장을 풀어주며 대화를 부드럽게 이어가려고 노력하고 있는 모습이 외국인들을 많이 접해본 듯했다.

내 파트너는 자메이카 출신 여성 제니였는데 내일 내 일정을 묻기에 비행기로 뉴욕으로 갈 예정이라고 말하자 자기 남자 친구 딕이 내일 뉴욕에서 육체미 대회에 참가하는데 혼자 운전해서 가면 너무 무료하니 같이 갔으면 좋겠다고 한다.

비행기 표가 있어서 좀 망설였는데 내 뉴욕 주소를 보더니 거기까지 같이 가겠다고 한다. 남자 친구를 위해 진정성 있게 얘기하므로 같이 가기로 했다.

다음 날 아침 딕이 친구 브라이언과 함께 호텔에 왔다. 같이 가면서 많은 대화를 했다. 갈 때를 생각해서 브라이언을 데리고 왔다며 외국인에 대해 호기심이 많은지 묻는 것도 많았다.

필라델피아를 지나면서 공장 굴뚝에서 나오는 검은 연기를 보면서 공해라며 걱정하는 모습에서 공해를 실감하게 되었다. 맥도날드 햄버거 가게에서 햄버거와 콜라로 점심을 하게 되어 생전 처음 햄버거 맛을 보게 됐다.

뉴욕 시내를 통과하며 보니까 거리가 260개가 넘는 엄청나게 큰 도시라는 걸 알게 되었다. 종로5가밖에 모르던 우리에겐 상상도 못 할 규모다.

오후 늦게야 숙소에 왔는데 지도 한 장 들고 장거리를 정확히 찾아온 데 놀랐고 더구나 처음 만나서 여기까지 같이 온 내가 더 놀라웠다. 그때까지만 해도 순박하고 외국인에 대해 호기심이 많았던 시절이어서 가능했던 것 같다.

Phelps Dodge

생산 부서에서 현장 연수 형식의 연수인데 차폐 통신 케이블 공장에서 4개월, 초고압 케이블 공장에서 4개월간의 계획이었다. 매니저 톰이 연수에 대한 일정을 설명하고 WM을 주면서 이 업무 매뉴얼에 따라 업무가 진행되므로 읽어보고 전 공정을 다니면서 배우고 의문점이 있으면 작업자나 자기에게 물어보라고 하며 사무실에 내 자리를 정해주었다.

WM(업무 매뉴얼)을 읽어보니 금방 이해할 수 있었다. 통신학교 교관 시절 TM(기술 매뉴얼)을 보고 누구나 알 수 있는 쉬운 말로, 누구나 할 수 있는 TM에 놀란 적이 있었다. 매뉴얼을 만든 사람은 공부를 많이 해야 하지만 업무 매뉴얼로 일하는 사람은 아무나 할 수 있는 시스템이다.

신입 사원이나 작업자가 들어오면 업무 매뉴얼에 따라 바로 일할 수 있는 시스템이다. 그러나 해고도 간단했다.

주급 단위로 급료가 매주 말에 지급되고 있는데 거기에 귀하는 사규 몇조를 위반해서 이번 급료가 마지막이라고 적혀 있어서 이의 있으면 이의 신청하라고 되어 있었다.

규칙에 어긋나면 사살도 당할 수 있는 미국 사회의 냉혹한 면을 보는 것 같다.

연수 일정도 내가 짜서 업무 매뉴얼에 따라 전개되는 업무를 배우도록 하고 출퇴근도 자유롭게 할 수 있게 했다.

며칠 동안 공정 전체를 파악해보니 우리하고는 전혀 다른 업무 시스템으로 되어 있었다. 우리는 1개월 생산 계획도 짜기 바쁜데 여기는 5개년 생산 계획에 따라 업무가 전개되고 있다.

도시 계획이 되면 가스, 전기 가설이 제일 먼저고 그다음 도로를 건설하게 되기에 전선 발주가 선행되므로 5개년 생산 계획을 세울 수 있는 것이다. 생산 현장은 점심시간에도 쉬지 않고 가동하고, 카트가 돌면서 햄버거와 콜라를 배달해주고 있다.

월급이 아닌 주급 급료 체계로, 매주 급료를 지급하는 게 우리와 다른 점이었다. 이런 영업 시스템으로 사내 업무 시스템이 전개되어서 영업부에는 과장 1명에 사원 1명으로 생산도 소품종 대량 생산 방식으로 되어 있다.

매뉴얼만 가지고 스스로 찾아서 배우라는 연수 계획도 알아서 배워 가라는 얘긴데 놀라운 일이다. 기술을 개방해도 자신 있다는 얘기도 되므로 한편 놀랐지만 연수 비용을 안 들이고 할 수 있다는 얘기도 된다.

그러니 놀라지 않을 수 없었다. 그러나 그 이유는 바로 알게 되었다. 작업자에게 왜 이렇게 작업하냐고 물었는데 어깨를 으쓱하며 모른단다. 매뉴얼에 그렇게 돼 있으므로 모른다고 한다. 매니저 톰에게 물으니 설비업체 사양에 따라 작업 범위에 맞춰 매뉴얼을 만들었기 때문에 그런 이유까지 알 필요는 없다는 얘기다. 설비에 맞춰 매뉴얼을 만들었기 때문에 매뉴얼을 베껴 가 봤자 다른 데서는 쓸 수 없는 매뉴얼이다.

매뉴얼 만드는 방법을 배워서 우리 설비에 맞는 매뉴얼을 만들어 써야 한다. 연수가 아니라 견학하며 배우는 수밖에 없다.

사업 개념 자체가 근본적으로 다르다. 영업부터 전문 전선 판매업자에게 판매하는 구조다. 전선 판매업자는 전문 전선 포설 공사업체를 가지고 있어서 신규 도시 계획 사업 입찰 중 포설 공사 입찰에 참여해서 공사 수주를 받아야 전선을 발주하는 구조다.

도시 계획이 되면 제일 먼저 가스, 전선 가설 공사가 시작되고 그다음 도로 공사를 진행하는 순서가 되어 전선 발주는 5개년 전에 발주되므로 5개년 단위의 생산 계획이 가능하다.

발주도 소품종 대량 발주되므로 생산 단위도 소품종 대량 생산 단위가 되어 설계 변경도 적어서 생산성도 높고 품질 관리도 단순해져서 이익률도 안정된다.

이런 시스템으로 신입 사원이 들어오거나 새로운 작업자가 입사해도 교육이란 게 없다. 매뉴얼을 보고 일하게 되어 있다. 소득 신고도 스스로 할 수 있도록 매뉴얼 따라 신고한다. 사회 구조가 매뉴얼에 따라가도록 단순화되어 살기에 편리한 사회다.

소품종 대량 수주로 설계 변경도 적어서 엔지니어 1명이 설계하고 매뉴얼을 만들고 생산 관리도 하고 설비 유지 보수와 정기 점검은 설비업체가 하고 일상 점검만 하면 된다.

사업 구조가 전문화, 분업화되어 적은 인원으로 관리하게 돼 있어서 인원 변동이 적다. 따라서 입사하면 오래 근무하는 사람이 많다. 20년 이상 근속자가 많고 공장장 샌더스의 아들도 품질 검사원으로 15년 근속자이며 모두가 가족 같은 친숙한 사이다. 그래서 파티가 자주 열려서 초대되어 가는데 한복을 입고 가면 모두 신기해하며 물어서 화제의 중심에 서곤 했다.

파티는 회사 주최와 개인 초대가 있는데 개인 초대의 경우에는 각자 요리 한 가지씩 준비해서 뷔페식으로 하고 일회용 접시와 포크를 사용하고 갈 때는 쓰레기를 큰 쓰레기통에 버리면 파티 후 정리도 간단히 되는 것을 보니 너무나 다른 세상을 보는 것 같았다.

회사 주최는 명절이나 추수감사절, 크리스마스 연말 같은 때 하는데 이때는 회사 정복 소매 깃에 금테 줄이 달린 정장으로 참석한다. 근속 5년마다 한 줄씩 늘어나서 금줄을 보면 근속 년수를 알 수 있게 되어 있다.

현장에서 늘 보던 머리 하얀 영감님들도 금줄 5개인 분이 여러 분 있어서 정정한 모습 보니 장관 같은 인물로 보였다.

그러나 이런 엄숙한 분위기도 잠깐, 식사할 때는 셔츠 바람으로 마시며 주위 분들과 이야기하느라 시끌벅적 흥겨웠다. 샌더스 공장장도 잔을 들고 다니면서 안부를 묻고 앞가슴이 푹 파인 여성의 가슴을 내려다보면서 "Looks great!(멋지네!)" 하며 한 눈을 찡긋하자 즐거운 표정으로 "Really? no kidding!(정말? 농담이겠지!)" 하며 나를 향해 윈

손을 내밀며 "Sorry my left hand Sam, but it is the nearest to my heart!(왼손 미안한데 그러나 심장에서 제일 가까우니까!)"하며 자기는 카리브해에 1주일 크루즈 다녀왔는데 거기서 테네시의 엔지니어를 만나 꿈같은 시간을 보냈다고 하며 아직도 그 멋진 신사와 연락하고 있다며 행복이 넘치는 표정이다. 여기서 나를 Sam으로 부르는데 내 이름 성삼의 끝 자 '삼(Sam)' 이렇게 부른다.

매뉴얼 하면 교관 시절 TM(기술 매뉴얼)으로 미군의 교육 시스템에 대한 이해와 신뢰가 쌓여서 듣지도 보지도 못한 SSB 신형 통신기를 개통하고 전방에서의 통신 불통 문제를 해결해서 통신 전문가로 인정받았다. 또 영문도 모르게 긴급히 불려가 처음 만난 장군의 비상 통신망을 구축하라는 명령을 받고 해본 적도 없는 일을 하루 만에 해낸 건 TM에 대한 이해가 있었기 때문이었다.

일반 기업에서도 WM이 일반화되어 연수 교육도 필요 없이 연수자 스스로 매뉴얼만 가지고 일할 수 있다는 게 놀라지 않을 수 없었다.

더욱 놀라운 건 누구나 스스로 집을 지을 수 있도록 DIY(Do It Yourself) 방식의 책자를 사서 집을 지을 수 있다. 주택의 모델별로 매뉴얼화되어 있어서 누구나 집을 스스로 지을 수 있도록 했다.

집 지을 땅을 사서 지을 집의 DIY 모델과 함께 구청에 신청하면 구청에서 검토 후 허가가 나오고 구청에선 진입로 공사를 한다. 구청에서 전기 회사와 가스 회사에 연락하여 집까지 오는 전기, 가스 배관을 하고 난방유 회사에서 송유관 공사를 한다.

그리고 책자에 있는 대로 기초 공사할 땅을 파고 신고하면 구청에서 토목 기사가 나와 감리하고 책자에 나와 있는 대로 다음 공사 진행을 지시한다.

책자에는 주택 모델을 짓기 위한 모든 자재 목록이 나와 있어서 매뉴얼에 따라 조립하고 단계별로 구청에서 감리 받아 집을 완성한다. 시스템화되어 있는 미국 사회의 놀라운 효율성이다.

이번 기회에 매뉴얼 만드는 방법을 배워야겠다고 생각하고 매일 공정별로 매뉴얼을 읽어보고 매뉴얼 만드는 방법을 터득하도록 연수 계획을 짰다.

Manhattan

뉴욕 용커즈 펠프스 공장 근처에 회사에서 숙소를 정해놓았는데 주인은 얼이라는 흑인으로 오티스 엘리베이터 공장에 다니고 부인은 학교 장학사였다. 은퇴한 그의 친구들이 근처에 살고 있어서 주말이면 숙소에 와서 같이 브리지 게임을 하며 시간을 보냈다. 어떤 때는 밤새며 브리지 게임을 하기도 했다.

주인 얼은 뉴욕대학에 다니는 브라이언이라는 아들이 있는데 주말이면 데이트 나가 부재중인 아들 기숙사에 가서 냉장고에 먹을 걸 가득 넣어주고 온다. 그러면서 데이트하려면 힘을 많이 쓰니까 고기를 많이 넣고 왔다며 한 눈을 찡끗하며 어깨를 으쓱한다.

이들의 연금은 주급으로 지급되기 때문에 주말이면 다 쓰고 남은 돈은 전부 모아서 복권에 투자하여 당첨되면 나눠 갖는 재미로 살고 있었다. 나는 가지고 온 전기밥솥으로 저녁은 한식을 하고 아침, 점심은 샌드위치와 햄버거로 지내고 회사 사무실에는 항상 아메리카노 커피가 준비되어 있어서 온종일 마실 수 있었다.

주말에는 전철을 타고 맨해튼에 가는 재미로 시간 가는 줄 몰랐다.

전철은 동서남북으로 바둑판 모양으로 되어 있어서 걸어서 구경하기에 아주 편리하게 되어 있었으나 낙서 천지고 지저분해서 문명사회의 어두운 면을 보는 것 같았다. 빌딩마다 번지가 크게 적혀 있고 동네 집에도 번지가 적혀 있어서 운전하면서 주소에 정확히 갈 수 있게 되어 있다. 집 앞에 주차된 차를 보면 누가 퇴근했는지, 손님이 왔는지도 알 수 있다. 국제 운전면허증을 준비해 왔는데 전철이 너무 편리하게 되어 있고 주소가 잘되어 있어서 운전은 할 필요가 없게 되었다.

집마다 정원에 잔디가 있어서 잔디 가꾸는 데 많은 정성을 들이며, 잔디 손질을 게을리하면 신고되기도 한다.

폭우가 온다는 예보가 있으면 수해 예상 지역에 통행금지 조치를 해두고 우회도로를 이용하도록 조치하고 폭설 예보가 있으면 고갯길에 염화칼슘을 뿌려 사고 예방 조치를 하는 데까지 세심한 주의를 기울이고 있다.

거리에 '다이야 빵꾸'라고 한글로 써 붙인 간판도 보이고 음식점, 식료품점 같은 한국 가게에서 병 김치와 쌀도 사서 한식으로 식사하기도 했다. 동양인들을 위해 캘리포니아 쌀이 유기농으로 재배되어 씻지 않고 밥을 할 수 있게 되어 있다. 텔레비전에 친환경 농산물 축산물 광고가 많고 유럽 브랜드의 소시지, 치즈 등 낙농 제품과 자연 방목한 축산물도 붐을 이뤘다. 의류, 화장품, 장식품, 가구 등 유럽 귀족들이 전통적으로 써오던 제품이 차별화된 대접을 받고 있었다.

센트럴파크는 자연림에 야생동물 보호 지역으로 사람과 야생동물이 같이 호흡하며 살 수 있도록 설계되어서 어딜 가나 사람들이 동물과 같이 산책하며 조깅하는 모습을 볼 수 있다. 참새도 우리 참새보다 훨씬 크고 다람쥐도 아주 컸다.

허드슨강은 영국 탐험가 허드슨이 발견한 강으로 대서양과 만나 맨해튼이 뉴욕 중심 도시로 발전하는 데 크게 이바지한 강으로 게통발을 쳐놓고 게가 잡혀 오면 다시 놓아주는 재미로 소일하는 노인들이 있고 빵 부스러기를 가져와서 새들에게 주며 하루를 보내는 사람도 있었다.

주변 공원에는 대서양을 바라보며 벤치에 앉아 있는 노인들이 많아 말을 건네면 너무 반가워하며 끊임없이 얘기하며 놔주지 않는다. 지난날 자기 품을 떠난 연인들을 얘기하며 시간 가는 줄 모르고 행복해한다.

엠파이어스테이트빌딩은 마천루의 대명사로 유명하고 세계 무역센터가 있어 뉴욕이 세계 무역의 중심이 되는 데 크게 이바지한 건물이다. 공황 이후 철 가격이 폭락하고 많은 실업자가 발생하여 값싸게 건설할 수 있었다.

엘리베이터를 세 번 갈아타야 했다. 꼭대기 층에 가면 건물이 바람에 움직이는 걸 느낄 수 있었다.

자유의 여신상

뉴욕시 리버티섬에 있는 자유의 여신상은 월스트리트에서 전철을 타고 35 부두에서 크루즈로 가야 하는, 한나절 걸리는 여행이다. 크루즈에서 보는 맨해튼 마천루는 차분히 정돈된 도시의 모습이다.

1886년 미국 독립 100주년 기념으로 프랑스에서 국민 모금으로 조각을 제작하여 미국에서 조립한 조각상이다. 미국 독립 정신인 자유를 상징하며 오른손에는 횃불, 왼손에는 독립선언문을 쥐고 있으며 노예 해방을 상징하는 끊어진 쇠사슬을 밟고 있다.

프랑스 루이 16세가 미국 독립전쟁 지원으로 재정이 파탄되어 프랑스 혁명이 일어났고 이때 민권을 획득한 국민의 모금으로 자유의 여신상이 세워진 셈이다.

미국 역사 박물관, 메트로폴리탄미술관 등 많은 박물관, 미술관, 기념관이 있고 브로드웨이, 타임스퀘어 등 다닐 만한 곳은 너무나 많다.

국제 전선 심포지엄

톰과 함께 애틀랜틱시티에서 열린 국제 전선 심포지엄에 참석하게 되었다. 톰의 차로 운전하고 출장 가는데 교통비는 차종과 거리를 고려하여 연료비를 지급하는 건 우리와 다른 문화였다.

세계 각국의 전선 회사에서 참석하여 전선 기술의 연구 결과를 발표하고 교류하는 목적으로 1년에 한 번 모이는 회의다.

애틀랜틱시티는 미국 동부의 라스베이거스로 불리는 관광 휴양지로 유명한 도시로, 볼거리와 즐길 거리도 많고 카지노도 있어서 호텔마다 전시회, 공연장, 회의장, 연회장 등으로 연중 붐비는 도시다.

이번 심포지엄의 주요 주제는 유류 파동으로 인해 치솟는 동 값으로 전선 업계의 치명적인 타격을 헤쳐나가기 위한 노력에 초점이 맞춰 발표가 진행되었다. 전선의 주재료인 동을 대체하기 위해 알루미늄 전선에 관한 연구가 많이 발표되었다. 알루미늄은 동보다 싸지만 전기 전도율이 동보다 못하고 인장강도가 떨어져서 이를 보강하기 위해 알루미늄 합금 전선에 관한 자료가 많이 나와서 이 자료를 모아서 상공부에 귀국 보고 자료를 작성할 생각을 했다.

호텔에는 양돈 관련 업계 전시도 열리고 있었는데 양돈에 관계되는 도축 설비, 육가공 설비, 사육 설비, 사료, 약품 등이 전시되어 즉석에서 상담 판매를 할 수 있게 했다.

전자동화된 사육 설비는 철망 컨베이어 위에서 돼지 지방 두께를 조절할 수 있도록 사육 시설이 설계되어 있는데 시간에 맞춰 운동, 샤워, 휴식할 수 있도록 컨베이어가 작동되므로 돼지 발바닥이 사람 손보다 더 깨끗하게 보일 정도였다.

포커 게임

저녁 식사 후 라운지에서 심포지엄에 참석한 사람들이 모여 포커 게임을 하고 있었다.

숙소에서 동네 은퇴자들과 주말마다 브리지 게임으로 밤새우는 것이 이곳 생활을 하는 데 큰 낙으로 자리 잡고 있어서 브리지 영어는 불편한 점이 없었다. 포커 게임은 한국에서는 많이 해봤지만 포커 영어는 아직 경험이 없어서 무슨 말인지도 몰라서 영어 공부한다는 생각으로 해보기로 했다.

몇 판이 돌았는데도 무슨 말을 하는지 도무지 감이 잡히지 않아서 판돈만 대고 죽기를 계속했다.

"Jacks are better"라고 하는데 잭이 여럿이면 좋다는 뜻인 것 같은데 무슨 뜻인지 확실치 않아서 판이 돌아가는 상황을 보고 잭 페어 이상이면 된다고 이해가 되기까지 100달러를 투자한 셈이다.

나중에 알게 됐지만 "Jacks are better"가 아니고 "Jacks or better"가 맞는 문장으로, 잭 페어 이상인 사람은 판돈에 돈을 걸고 시작할 수 있는 자격이 있다는 뜻으로 베팅을 시작한 사람은 잭 페어 이상 된 사람이라고 보면 된다.

이제부터 본격적으로 게임에 참여하기 시작했다. 몇 판이 돌고 나서 한 사람이 올려 치자 그다음 사람도 올려 친다. 내 패는 깔아놓은 패는 아주 좋았는데 손에 든 패는 별로였다. 올려 친 사람들 패를 보니 플러시, 스트레이트 패다. 내 패는 트리플이 깔려 있어서 포카드나 풀하우스가 가능한 패여서 이를 확인하기 위해 올려 친 걸로 보인다.

내 카드는 한 장을 더 받아서 안 붙으면 지는 패다. 나는 거침없이 더블로 올려 베팅했다. 이제까지 조용히 죽기만 하던 내가 올려 치니 모두 긴장하여 깔려 있는 카드와 내 표정을 숨죽여 보고 있었다.

그러자 제일 먼저 올린 사람이 죽고 그다음 사람도 들어간다. 내가 처음으로 승자가 되어 판돈을 챙기기 시작하자 옆 친구가 내 패를 슬쩍 들여다보더니 "Jesus, son of a gun! Poker face!(빌어먹을! 포커 표정이잖아!)" 하는 바람에 내가 뻥 쳤다는 걸 다 알게 되었다.

몇 판이 돌고 나서 게임 종목이 달라졌다. 무슨 말인지 감도 잡히지 않는다. 또 판돈만 대고 죽기를 반복하면서 판돈을 나누는 걸 보니 판돈은 족보의 승자와 제일 높은 스페이드를 쥐고 있는 사람이 나눠 갖는다.

"High spade in hold split the pot.(족보의 승자와 제일 높은 스페이드 가진 사람이 판돈을 나눈다.)"

어렵게 터득한 포커 영어로 게임에 다시 집중하게 되었다. 7명이 하던 게임에서 4명이 떠나고 3명만 남게 되었는데 돈을 잃은 표정들이다. 나는 따고 있어서 남아 있었는데 승자는 조용히 떠나는 이곳 정서를 몰랐기 때문이다.

새벽 4시여서 그만하자며 30달러씩 주었더니 "Thank you very much. You are a good man!" 하며 우리는 헤어졌다.

Niagara Falls

주말을 맨해튼에서 보내면서 이곳 생활이 적응되어 이제부터 주말 여행을 해보기로 한다.

나이아가라 폭포는 뉴욕 버팔로에 있으며 중고교와 대학을 같이 다 닌 재형이가 그곳 로체스터대학에 유학 중이어서 그를 보러 맨해튼을 떠났다.

나이아가라 폭포는 영화 '킹콩'의 촬영지로서 전설의 해골 섬에서 원주민들이 제물로 바친 앤을 탐내는 공룡과 치열한 해전에서 싸워이긴 걸 인간이 생포해 뉴욕으로 데려와서 구경거리로 시달리게 되자 앤을 데리고 엠파이어 빌딩 꼭대기에 올라가 킹콩이 포효하던 장면과 나이아가라 폭포에서 공룡과 싸우던 박진감 넘치는 장면을 연상하며 나이아가라 여행을 떠난다.

포트 오소리티 버스 터미널에서 금요일 저녁에 그레이하운드 버스를 타고 맨해튼을 떠나서 올버니, 시러큐스를 거쳐 로체스터에 도착하니 토요일 아침이었다.

버스 안에는 화장실도 있어서 장거리 여행임에도 별로 불편은 없었다. 버스 터미널 화장실은 세제로 깨끗이 청소, 정리돼 있어서 세제

냄새도 싱그럽게 느껴졌다.

더욱이 놀란 것은 세면장에 더운물, 찬물이 나와서 세면하고 면도하기도 집에서와 같았다.

로체스터대학에 유학 중인 재형이가 터미널에 와서 미국식 아침을 먹고 시내버스 타고 나이아가라 폭포로 갔다.

전망대에 올라 이리호와 온타리오호 사이에 흐르는 나이아가라강 물이 폭포가 되어 떨어지는 장관을 실감 나게 볼 수 있었다. 폭포 아래로 내려가 유람선을 타고 캐나다와 미국 국경선 부근에서 물보라 치는 장관의 폭포를 눈앞에서 실감 나게 볼 수 있었다.

폭포 주변 식당에서 점심 식사하고 로체스터 시내 구경하고 기숙사에서 유학생이 차려준 고깃국에 김치를 맛있게 먹었다. 고깃국을 만들려고 냉장고에서 큰 고깃덩이를 꺼내서 전기톱으로 자르는 모습도 새롭고 큰 덩이를 사면 1년은 먹는다고 하니 색다른 풍경이다.

심야 버스를 타고 한잠 잘 자고 나니 새벽이 되었다. 맨해튼에 도착하여 지하철을 타려고 걸어가고 있는데 노숙자가 다가오더니 어깨를 으쓱하면서 "Give me a buck! I'm broke!(한 푼 줘! 나 빈털터리야!)" 한다. 나도 어깨를 으쓱하며 "I'm broke either!(나도 빈털터리!)"라고 하자 또다시 어깨를 으쓱하며 사라진다.

건물 상층부에는 사자상 등 동물 조각상이 있는 건물도 있고 가정집 창가에는 꽃 화분으로 장식한 집도 많고 공부를 많이 하지 않아도 바쁘게 일하며 즐겁게 사는 사회다.

주말에는 연인과 여행 떠나 즐기다 월요일 아침에 헤어져 각자 출근길에 오르는 젊은이들이 있나 하면 박사 학위를 받고도 일을 찾지 못하면 택시 운전을 하는 사람도 있는 사회다.

Dallas Texas

창환이가 이민 와 사는 텍사스 댈러스에 가려고 토요일 아침 버스를 타고 맨해튼을 출발했다. 남부 아칸소를 지나 텍사카나를 가는 중에 끝없이 보이는 농장에 스프링클러만 돌아가고 사람은 보이지도 않는다.

옆자리에 어린아이를 데리고 편지를 읽고 또 읽으며 가는 모습 보니 늦게 군대 간 남편 면회 가던 우리네 아낙의 모습을 연상케 한다.

버스가 1시간을 달려가도 옥수수 밭이 끝없이 이어지는 걸 보니 식량 자급자족이 대국의 필수 조건이라는 말이 실감 난다. 중부 지방의 밀 재배도 비행기로 파종한다. 풍작으로 국제 곡물 가격이 하락할 때는 보조금을 주고 농작물은 소각하기도 한다.

유전을 개발해놓고도 원유를 생산하지 않고 수입해 쓰고 있고, 풍부한 산림 자원이 있어도 장래를 염두에 두고 수입해 쓰고 있는 강대국의 여유로운 모습이다.

텍사스는 프랑스령을 거쳐 스페인령일 때 독립하여 멕시코 영토가 되었는데 이곳에 미국인들이 많이 들어와 살고 있어서 스페인계 주민과 합세하여 독립운동을 벌여 멕시코 진압군을 몰아내고 독립하여 텍사스 공화국으로 10년을 보내고 1845년 미 연방에 병합되었다.

창환이는 중학 때 내 짝이었는데 영어를 아주 잘하여 서강대학을 졸업하고 정유 회사 비서실에 근무하다가 이곳에 이민해서 회사에서 회계사로 근무하고 있다.

댈러스는 존 에프 케네디 대통령이 암살된 장소이기도 해서 프런티어 정신을 되새기며 드넓은 남부 농촌 지방을 볼 수 있는 유익한 여행이었다.

Montreal

　프랑스령 시절 캐나다 몬트리올은 원주민들의 개종을 위해 세워진 선교 도시다. 1차 세계대전은 영국령 캐나다로 참전했고 1919년 독립하여 2차 세계대전에 독립 국가로 참전하고 한국전쟁에도 참전하여 3번째 많은 병력을 파견했다. 언어는 영어와 프랑스어를 공용으로 쓰고 있으며 북아메리카의 파리로 불리는 아담한 도시다.

　몬트리올에 이민해 온 친구 원영을 보러 가는 여행이다. 우리는 대학을 같이 다니고 대기업 전선 회사에서 신입 사원 시절을 같이 보내며 포커 게임 하느라 밤샘도 하던 추억도 새로운 친구다. 일본계 회사에 취직하여 일하고 있고 부인은 간호사로 일하고 있다.

　영하 20도 추위에 바람까지 부니 뼈까지 얼어붙는 것 같았다. 버스 터미널에 친구 원영이가 차를 가져와서 타고 가다가 차가 멈춰 섰다. 내가 차 뒤를 밀고 시동을 걸어보려 하지만 빙판으로 발이 미끄러져 헤매고 있는데 지나가던 차가 멈춰 서며 자기 차에서 부스터 케이블을 꺼내서 자기 차 배터리와 우리 차 배터리를 연결해서 시동이 걸렸다. 이런 사고가 자주 일어나서 이런 도움은 서로 일상이 되었다고 한다. 미국 와서 처음으로 한국 가정에서 따뜻한 저녁 식사도 하고 이민 와서 직장을 구하는 동안 일정 기간 영어 교육비와 생활비 지원도 있어서 이민 정착에 많은 도움이 되었다고 한다. 더욱이 취업 정보도 제공해주어서 별문제 없이 직장도 구했다고 한다. 선진국다운 사회 보장 제도에 놀라지 않을 수 없었다.

다음 날 아침 서양식으로 식사하고 드라이브로 시내 구경하고 너무 추워서 돌아오게 되었다.

이민자에게 정착할 수 있도록 국가적 지원 체계를 갖추고 있다는 점이 너무 부러울 따름이다.

Michigan

　미국 연수의 마지막 과정으로 미시간대학에서 1주간 세미나를 하기 위해 뉴욕에서 항공편으로 시카고에서 통근 전용 항공기로 갈아탔다.

　뉴욕 올 때 국무성에서 미시간까지 항공편을 받아 와서 세미나 끝나면 미국 연수 계획은 끝나고 국무성에 보고 없이 귀국하면 된다.

　미시간으로 가려고 미시간 호수를 물에 닿을 듯 낮게 날아가는 프로펠러 비행기 날개를 보고 깜짝 놀랐다. 날개 여기저기 수리해 때운 자국을 보니 아주 오래된 비행기 같았다. 20명 정원 소형 비행기로 수면 위를 닿을 듯 날고 있어서 물에 빠지지 않을까 걱정했는데 무사히 미시간에 도착했다.

　세미나는 인류학박사 주관으로 인문 사회 과학 전문가 3명이 귀국 일정이 된 아시아 아프리카 참가자 5명에 대해 세미나를 진행한다. 미국 생활에서 배운 점과, 본국과 어떤 문화 차이가 많은지 묻고 답변하는 내용을 관찰하며 국무성에 보고서를 내는 것으로 보인다.

　매일 이들과 의식주에 관한 생활 습관을 서로 자유롭게 얘기하며 재미있는 시간을 보냈다.

저개발 국가의 젊은이들을 초대하여 미국을 이해하게 하고 미국에 우호적인 생각을 갖도록 유도하는 목적으로 프로그램을 진행한 것으로 생각된다.

9개월 일정을 마치고 귀국 항공편으로 가면서 창문에 내려다보이는 광활한 중부 지방 경작들이 모두 원형이어서 놀랐다. 파종을 비행기로 하고 트랙터로 수확하는데 연속 작업을 하기 위한 농법이라고 한다.

이렇게 경작하여 풍작이 되고 국제 곡물 가격이 하락하면 농민들에게 보조금을 지급하고 작물은 소각한다.

신도시 건설 중인 지역을 지나며 보니 사각형 구획된 모양만 보인다. 신도시 건설은 5개년 계획으로 건설되는데 도로 건설 전에 수도, 전기, 가스가 먼저 들어가고 도로 포장하고 그다음 건물을 건축한다. 이 계획에 따라 관련 자재 수급이 진행되어 유통 구조가 단순화되어 자금 효율이 높아지는 효과가 있다. 사회 구조가 시스템화되어 강국이 된 미국 사회의 일면을 보는 것 같다.

네가 공장을 맡아 해라

미국 연수 마치고 귀국하여 군포 공장에 생산과장으로 발령받았다. 장위동 조그만 공장에서 ADB(아시아개발은행) 차관 300만 불 받아 대지 2만 평, 건평 1만 평의 공장으로 확장 이전돼 있었다.

담장도 철제로 된 기둥에 가이스카 향나무로 둘러싸여 공장 안이 훤히 들여다보이는 공장이다. 잘 정돈된 잔디 정원을 장래 주차장으로 사용할 예상으로 만든 현대식 공장이다.

일본에 수출된 제품에 하자가 생겼다. 유류 파동으로 동 값이 치솟고 전선 값이 덩달아 올라 처음으로 일본 후지텍 엘리베이터 회사에 수출한 제품에 문제가 발생하여 회사에서는 생산부장을 파견하여 사태를 수습하려 했는데 회장께서 일본어를 하는 사람보다 영어를 하는 백 과장을 보내는 게 낫겠다는 판단으로 내가 가게 되었다. 일제 시대 일본인 상고를 나와 일본 군대 경험도 있는 회장께서 일본 사람들은 일본어 잘하는 사람보다 영어를 하는 사람을 높이 본다는 생각이었다.

회장님은 지주회사 동경 지사에 일이 있어서 나와 함께 가기로 했다. 동경역에서 후지텍 회사 담당과 만나기로 되어서 출발하려는데 회장님이 택시를 타고 '토오쿄오 에키에 이키마쇼' 하면 동경역에 내려준다시기에 동경역에서 후지텍 담당을 만났다. 전철로 가는 동안 영어로 몇 마디 일본어를 배우며 후지텍으로 갔다.

회의는 영어를 잘하는 상무가 맡아 진행했다. 회의장에서 품질 문제가 발생한 데 대해 대단히 죄송스럽게 생각한다고 얘기하고 성실하게 해결하도록 노력하겠다고 얘기하자 참석했던 상무가 전량 반품이 원칙이지만 첫 거래인 점을 고려하여 불량품만 반품하고 검사비는 따로 받는 걸로 결론을 내려주었다.

그리고 저녁 식사에 상무도 참석하여 좋은 분위기에서 이번 출장은 정리되었다. 전선 피복 두께 불량인데, 전량 반품되지 않은 것만도 다행으로 생각하며 귀국했다.

공장을 군포에 확장 이전하여 대지 2만 평에 건평 1만 평의 공장을 지어 미국 웨스턴 전기에서 차폐 통신 케이블 특허 사용권을 사서 생산하기 위해 금속공학박사 공장장을 비롯한 간부를 새로 영입하여 공장을 가동하려던 때였다.

회장실에 불려 들어갔는데 공장장을 비롯한 간부들이 상기된 얼굴로 회장실을 나오고 있었다.

"백 과장, 이보레이. 금년도 입찰서 모두 떨어져서 할 일이 없다. 그래서 저 사람들을 내일부터 쉬라고 했다. 내일부터 네가 공장을 맡아 해라!"

"회장님, 제가 공장에 내려온 지 한 달밖에 안 되어서 공장을 잘 모룹니다. 제가 할 수 있는 일이 아닌 것 같습니다."

"언놈은 해보고 하나. 나가 일 봐라!" 회장님에게 쫓겨나다시피 나와서 사무실에 내려와보니 공장장, 생산부장, 품질차장이 짐을 싸느라 어수선한 분위기다. 상상도 못 할 일이다. 이들 간부는 신규 영입한 지 6개월밖에 되지 않았는데 이런 일이 생긴 거다.

공장에 생산과장으로 온 지 1개월 만에 서른한 살 된 과장에게 공장장 대행을 맡기다니 말도 안 되는 얘기다. 내 밑에 대리 1명, 사원 1명밖에 없는 상황이었다.

차폐 통신 케이블은 대기업들이 독점하고 있던 사업으로, 우리가 이 사업에 진출하자 경쟁사들은 공급 과잉 이유를 들어 정부에 로비하여 전량 수출 조건으로 허가받게 되었다.

차폐 통신 케이블은 국가 통신 체계에 사용되는 케이블로 국내 납품 실적이 없는데 수출한다는 것은 불가능한 일이었다. 아직 설비도 다 갖추지 못했고, 생산해본 적도 없고, 경험 있는 사람도 없는 상태다.

차폐 통신 케이블 이외 기존 내수 품목도 경쟁 대기업들은 교대로 출혈 가격으로 응찰하여 우리 품목을 가져갔다.

대기업들의 고사 작전이 적극적으로 전개되어 금년도 영업이 불투명하게 된 것이다. 전선 조합 배정 물량과 시판 영업으로 살아가야 하는 절박한 상황이 되었다.

불투명한 앞날을 헤쳐나가려고 부득이 공장장 이하 간부들을 구조조정하고 배수진을 치고 난국을 헤쳐나갈 결단을 내린 것이다. 전량 수출 조건으로 인가된 상태를 해소하기 위해 관세청 차장 출신 인사를 사장으로 영입해서 정치적으로 해결해보려는 시도였다.

신입 사원 시절 생산 기사로 잠깐 현장 경험하고 영업 일하다가 생산과장이 된 지 1개월밖에 안 된 사람이 공장장 대행이 된 것이다.

다음 날 아침 회장께서 전화로 동 재고를 묻기에 답변 못 하자 전화가 끊긴다. 그리고 한참 후에 전화가 와서 동 재고를 답변했더니 이번에는 파동 재고를 묻는다.

또 답변 못 했다. 동에는 전기동과 파동이 있는데 파동을 수입해서 사내 용동로에서 용융하여 전해조에서 전해시켜 전기동을 생산해 쓰고 있었다.

이번에는 동 가격의 LME 시세를 답변하지 못했다. 돈의 개념이 없으면 관리자가 될 수 없다고 야단맞으며 동의 FOB CIF 가격 관세율 공장 도착 가격에 계속 야단맞으며 진땀 나는 시간을 보내며 하루해가 지났다.

결론은 현재 불량률이 5%인데 한 달 내에 3%로 낮추라는 지시와 함께 돈으로 얼마가 되나 묻고 긴장 속의 하루가 끝난다.

영업부 근무할 때 복도에서 만나면 회장께서는 얼마 팔았나, 언제 납품하나, 언제 수금하나 묻고 기억해두었다가 다음에 만나면 수금했는지 묻곤 했다.

수금 못 할 영업은 하지 말라 말씀하시던 생각이 나서 언제 무슨 질문이 올지 모르니 모든 경영 지표가 즉시 답변될 수 있도록 준비하지 않으면 바로 불호령이 떨어지므로 긴장 속에서 지내야 한다.

압연 공정과 압출 공정에서 다량의 냉각수를 사용하므로 공업용수를 저장하고 사용하는 냉각수조 공사 계획을 하고 있는데 회장님 전화가 와서 100톤 냉각수조 공사라고 보고했더니 흙이 몇 톤 나오냐고 묻기에 답변 못 하자 흙의 비중이 얼마냐 묻는다. 답변 못하자 "니, 서울공대 나온 거 맞나? 흙의 비중은 상태에 따라 다르지만 4~5 정도 되므로 400~500톤의 흙이 나오는데 이 흙은 어떻게 처리할 거고?"

"공사업자가 처리하기로 했습니다."

"아니다. 총무 직원 동원하여 흙이 필요한 사람을 찾아내라."

책에도 안 나오는 흙의 비중으로 흙의 중량을 계산하여 흙이 필요한 사람을 찾아내어 공사비를 절감하는 것은 실력이 있다고 되는 것은 아니다. 능력의 문제인 것이다.

그러나 이게 끝이 아니다. 며칠 후 회장께서 오셔서 어제 모래 몇 차가 들어왔냐고 묻기에 15차 들어왔다고 답변했다.

"니, 이거 전표 보고 하는 소리 아닌가?"

"그렇습니다."

"그러니까 니가 탁상 관리자란 거다. 10차 들어왔는데 경비와 짜고 15차 들어왔다면 어찌 알겠나? 따라와봐라" 하시며 앞장서서 모래 하치장에 가서 쌓여 있는 모래 봉우리를 세어보라 하신다. 들어온 차수만큼 봉우리가 생긴다며 그렇다고 매번 세어보라는 게 아니다. 관리자가 알고 있다는 사실 자체만으로도 사고는 예방된다고 말씀하신다. 관리자는 망원경으로 일 전체를 파악하고 현미경으로 실무적 문제를 해결할 능력이 있어야 한다는 점을 강조하신다. 돈의 흐름을 구석구석까지 따라가며 해결할 수 있는 순발력을 발휘하는 능력을 보는 듯했다. 실력은 성적순이지만 능력은 실적순이다.

현실에서 실적이 없으면 낙오자가 된다. 야단맞는 수모는 실무 훈련의 산교육이다. 이 시련을 극복하지 못하면 낙오자로 전락하게 된다는 점을 상기하며 각오를 새롭게 했다. 경영학 책에도 나오지 않는 실전 능력을 배우는 중이다. 경쟁에서 살아남기 위해서는 실전 순발력이 있어야 살아남는다.

차관까지 들여다 큰 공장을 지어놓고 주요 간부도 영입하여 출발하려는데 대기업 경쟁 업체들의 집중 견제로 한 해 영업이 불투명해졌다. 다급해진 회장께서 비장한 각오로 현장 경험도 없는 일개 과장에게 공장을 맡기고 초조한 나머지 매일 전화 보고 받고 야단치고 지시하고 확인하느라 하루해가 너무 바쁠 수밖에 없었다.

어느 날 2층 회의실에서 창밖을 보니 벼가 고개 숙여 익고 있었다. 가로수 움틀 때 공장에 내려왔는데 벌써 벼가 익고 있다. 매일 언제 전화가 올지 몰라 긴장하곤 했지만, 이제는 어떤 관리 항목을 물어도 바로 대답할 준비가 돼 있었다. 그래도 언제 전화가 올지 몰라 긴장은 되지만 집에 전화가 없는 게 천만다행이라고 생각하고 있었는데 이것도 잠시였다. 회장께서 명색이 공장 책임잔데 집에 전화가 없어서 되겠냐며 백색전화를 놔주었기 때문이었다.

청색전화는 체신부에 신청하면 2~3년 걸리고 매매할 수 없지만, 백색전화는 50만 원 비용이 드는데 부동산같이 매매할 수 있었다. 당시 내 월급이 5만 원인 점을 생각하면 상당한 재산 가치가 되는 셈이다.

차폐 통신 케이블 생산 설비를 구매하기 위해 회장님과 일본 출장을 가는 일이 자주 있었다. 주로 제국 호텔에 숙박했는데 구매 건으로 갈 때는 신관에 묵고 다른 용무로 갈 때는 좀 저렴한 구관에 묵었다.

이번에는 공무부의 이 주임도 동행했다. 안양공고 기계과 1등 졸업인데 회장께서는 1등 한 사람은 뭐가 달라도 다르다고 특채했다. 집합기 사려고 상담하러 갔다가 현장 견학도 했다.

다음 날 아침 식사하러 회장님과 함께 근처에서 800엔 균일이라써 붙어 있는 집에 들어가다가 회장께서 돌아 나오면서 근처에 600엔 집이 있다고 하신다. 뷔페식 조식인데 회장께서 바나나 한 송이를 들고 오신다.

"이거 먹기 어려운 건데 우리 갈라 묵자" 하시며 바나나 한 송이를 통째 내려놓으신다.

그 당시 바나나는 수입품이어서 아주 비쌌던 시절이어서 먹기 쉽지 않은 과일이었지만 이렇게 한 송이를 다 가져오면 다른 사람은 먹을 게 없는 작은 가게였다.

덕분에 다른 사람들의 시선을 느끼면서 바나나만 배불리 먹었다. 회장께서 처음 일본 다닐 때는 앉아서 식사한 적이 없다고 하신다. 귀국 후 회의 중에 이 주임이 자기가 현장 견학 중 본 기계를 호텔에 와서 스케치하여 검토해봤는데 우리가 제작하면 될 것 같다 제안한다.

보빈 규격이 정해져 있어서 회선 수에 따라 크래들 수만 늘어나므로 여기에 맞는 구조로 설계하면 된다는 얘기다.

신규 발주해야 하는 설비 중에 전선 피복 공정인 압출기는 본체와 전원 제어판만 사고 나머지 부속 설비는 설계도를 사서 자작하기로 정하고 회장님과 일본 출장을 갔다.

　일본 회사와 상담을 마치고 다음 날 견적을 받아본 후 회장께서 본체 중량과 메인 모터 용량을 추가하여 견적을 요구하여 재견적을 받았다.

　회장께서는 다음과 같은 이유로 30% 인하를 요구했다. 메인 모터 10마력 가격은 한국산보다 50% 비싸게 잡혀 있는데 20% 정도 비싼 것이 정상 가격이라고 본다.

　본체 가격은 본체 중량을 철 가격으로 환산할 때 철 값의 5배로 계산된 걸로 보이는데 압출기의 경우 철 값의 3배가 정상이라고 생각되므로 30% 싸게 할 것을 요구했다.

　그러나 일본 회사에서는 기계 가격을 철 값으로 환산하는 경우는 처음 있는 일이라며 합리적인 근거가 아니라고 강력히 반발하면서 10% 내려주겠다고 제안한다.

　그러나 회장께서는 가공도가 높은 기계는 철 값의 5배, 일반적인 기계는 철 값의 3배로 계산하면 틀린 적이 없었다며 물러서질 않았다. 일본 회사원들은 회사로 돌아가서 다음 날 가격은 25% 내려주는 대신 부속 설비는 우리가 만들므로 시운전해주는 비용을 받는 것으로 합의되었다.

　귀국하는 기내에서 기계 가격을 철 값으로 계산하는 방법에 대해 회장께서 말씀하시기를 실제로 이런 방법으로 기계를 구매했으며 선박과 비행기 이외에는 다 견적을 낼 수 있다고 자신하고 계셨다.

이란 체신청

무역부를 통해 이란 체신청에서 차폐 케이블 입찰이 있다는 정보가 들어와서 입찰에 참여하게 되었다.

배수진을 치고 과감한 구조조정을 하고 전열을 가다듬고 있던 차에 찾아온 반가운 소식이었다. 생산 설비도, 경험, 인력도 전혀 없는 상태에서 이제부터 시작해야 하는 막막한 상황이었지만 희망이 생긴 것이다.

국내 판매 실적이 전혀 없는 데다가 이미 국내 납품 실적이 있는 경쟁 업체도 참가한다는 정보가 들어와서 아주 불리한 조건에서 싸워야 하는 상황이 되었다. 그렇다고 덤핑해서 낙찰받을 상황도 아니다. 적자 수주는 망하는 지름길이기 때문이다.

설비도 시급히 갖춰야 하는 상황이다. 차폐 케이블의 특허가 걸려 있는 차폐 용접 공정의 핵심 장비와 전선의 최종 피복 압출기는 신규 구매하고, 나머지 설비는 중고품을 구매하여 자체 제작하는 걸로 했다. 그동안 작업자를 준비해야 하는데 경력자는 3배 일당으로도 경쟁 업체에서 엄격히 통제하고 있어서 신규 채용하여 훈련하도록 했다.

수출에 대비하여 신입 사원 8명과 작업자 150명을 신규 채용하여 훈련시켜 대비하기 위해서 훈련 프로그램을 세웠다. 미국 연수 때 눈여겨보았던 매뉴얼 시스템을 연상하고 이집트와 이스라엘 중동 전쟁이 7일 만에 끝난 점을 상기하며 교육 훈련 프로그램을 짰다.

　우리는 작업자는 당일, 신입 사원은 11일 훈련하면 바로 업무에 들어갈 수 있도록 했다. 이를 위해 조장급 이상 사원은 전부 강사 요원으로 활용하기 위해 교안과 괘도를 작성하도록 했다.

　현장에는 매뉴얼 괘도를 걸어놓고 현장 작업자가 들어오면 작업 지시서대로 자재를 장착하고 설비를 가동해서 작업 완료 후 정리하도록 했다.

　신입 사원은 전공에 무관하게 전선의 제조와 판매에 관계되는 일을 할 수 있도록 현장 작업을 하게 했다.

　동의 용융 공정인 용동로(동을 녹이는 용광로) 작업부터 제품 포장까지 작업자와 같이 실제 작업하여 생산, 검사, 포장하도록 했다. 원가를 계산하기 위한 자재 중량 계산 공식으로 규격별 소요 자재를 수동식 계산기로 계산하여 규격별 자재 소요량 테이블을 만들었다.

　여기에 자재 단가를 계산하여 자재비 테이블을 만들고 현장에서 올라온 규격별 공수표로 공임을 계산하여 가공비 테이블을 만들었다. 이렇게 원가 계산에 필요한 6개 테이블을 신입 사원이 계산하여 누구나 순서대로 테이블에서 수치를 찾아 합산하면 원가가 된다.

　내가 영업부에 있을 때 원가 계산은 주산을 잘하는 과장이 주로 했는데 우리는 기계식으로 돌리는 계산기로 계산하기 때문에 속도가 느렸다.

이 점을 테이블로 정리하여 제품 규격에 따른 자재 소요량 테이블, 자재 단가 테이블, 포장재 테이블 등 6개 테이블에 이미 계산된 수표에 따라 찾기만 하면 원가가 나오도록 신입 사원이 만든 테이블이다.

제품 규격만 알면 바로 수표를 찾아 누구나 원가 계산할 수 있도록 했다. 영업부 신입 사원에게는 원가 테이블을 가지고 가서 실무에 바로 적용할 수 있도록 조치했다.

입찰 경쟁일 때 원가 계산은 회장 결재 사항인데 어느 날 문제가 생겼다. 신입 사원이 원가 계산을 했다고 보고되어 이런 중요한 계산을 신입 사원에게 맡겼다고 야단치신 거다. 그러자 이 원가 테이블은 백 과장이 만든 테이블인데 누구나 할 수 있도록 제품 규격에 따라 미리 계산된 테이블을 따라가기만 하면 된다고 하며 두툼한 6권의 원가 테이블을 보여드렸다.

그리고 이 테이블로 실제 영업부에서는 원가 계산을 실무에 적용하고 있다는 얘기를 듣고 회장께서는 만족해하셨다는 후문이다.

수출은 처음이고 이 규격 제품도 처음이므로 공장이 주관하여 설계부터 원가 계산할 수밖에 없었다.

제조 사양을 전 부서에 분담하여 제조 원가를 내기 위해 설계에 들어갔다. 차폐 통신 케이블을 제조한 경험이 없는 것은 물론이고 제조할 설비도 아직 다 갖추지 못한 상태에서, 입찰 사양만으로 설계하여 원가를 정확히 계산하고 가공비도 계산해야 한다.

실제 가공비와 상당한 거리가 있을 가능성도 있는, 변수 많은 설계로 원가 계산하여 수주하고 이익도 남겨야 한다.

이렇게 계산된 원가 계산서를 회장께 보고했더니 회장께서는 "동가격을 전기동 70%, 고동 30% 반영하여 작업한 것은 잘했는데 목재가 10만 사이 면포가 1만 필 되는 것을 도매가격을 적용하여 계산한 것은 잘못됐다. 목재는 산판에 가서 사다가 목재소에 임가공하고 면포는 제사 공장에서 실을 사다가 직조 공장에 임가공 값으로 계산할 수 있도록 당장 출장 가라."

상식을 뒤엎는 발상이다. 2팀으로 나누어 한 팀은 강원도 산판으로, 한 팀은 대구 제사 공장에 출장 보냈다.

해본 적도 없는 생소한 출장으로, 목재는 산판에서는 통나무 말구의 지름을 기준으로 목재 사이를 계산하여 거래되고 목재는 6자, 9자, 12자 단위로 거래되는 것을 알았다.

면포를 짜기 위한 실은 합사로 표시되며 합사 규격에 따라 면포 규격도 달라지는 것을 배웠다.

덕분에 목재와 면포의 유통 과정에서 가격 구조를 파악하게 되어 목재와 면포 값 30% 절감을 보고했다.

회장께서는 "우리가 케이블을 납품하면 체신부 보급소에서는 케이블 가설 공사를 한 후 남은 폐드럼을 어떻게 처리하는지 알아보고 폐드럼을 불하받아 해체하여 쓰도록 하라"라고 지시를 내렸다.

기상천외 발상에 숨죽여 공부해야 했다. 폐드럼을 불하받아 해체하여 악판(드럼의 양쪽 원판)만 분리하여 쓰는 걸로 했다. 이렇게 해서 포장비를 40% 절감하는 계산이 나와 입찰서를 작성하고 입찰 보증금을 걸고 입찰에 참여하여 초조히 결과를 기다렸다.

드디어 이란 체신청에서 360만 불 낙찰 통보받고 보니 기쁨보다는 걱정이 앞선다. 인원과 설비 면에서 부족한 점이 너무 많아서 시간이 촉박한데 6개월 후부터는 납품이 시작되어야 해서 무슨 문제가 생길지 알 수도 없는 일이다. 기후도 우리와 전혀 달라서 사양에 흰개미 방제를 요구하고 있는데 우리는 본 적도 없는 곤충이어서 문의했다.

이란 체신청에서 한 장의 사진을 보내 왔는데 사막에서 흰개미가 목제 드럼을 파먹어서 케이블만 덩그러니 남아 있는 사진이었다.

대학 생물학과의 자문을 받고 화공약품상을 수소문하여 방제약을 찾았으나 어떻게 방제 처리할지 연구해야 한다. 케이블 드럼이 통째 들어가는 수조를 만들어서 방제약을 드럼에 함침하는 방법으로 첫 선적을 했다.

신입 사원과 신입 작업자가 한 번도 해본 적이 없는 제품을 처음 만들어 수출한 것이다.

회장께 첫 선적을 보고하는 자리에서 회장께서는 "백 과장 니, 고생 많았다. 이번에 니를 차장으로 승진시키겠다" 하신다.

"회장님 감사합니다. 제가 과장 된 지도 1년밖에 안 되고 그룹의 다른 차장들과 나이 차도 많이 있어서 다음에 했으면 좋겠습니다."

"그래? 그러면 봉급 차액 1년 치를 먼저 줄 테니 그리 알아라" 하시며 두툼한 봉투를 주신다. 그리고는 "그래, 그럼 국내에서 제일 유능한 과장이 돼봐라" 하신다.

차폐 통신 케이블을 처음 만들어 수출했다는 자신감으로 사내 분위기가 살아나고 경영에도 변화가 생겼다.

다음에는 고전압 전력 케이블을 생산하겠다는 계획이다. 그것도 순수한 자체 기술로 개발하겠다는 계획이었다. 차폐 통신 케이블은 미국의 웨스턴 전기의 특허를 사서 하겠다는 사업 계획을 상공부에 제출했는데 경쟁 대기업들이 생산 과잉이라는 이유로 수출 전용으로 허가받아서 국내에는 판매할 수 없게 되었다.

고전압 전력 케이블은 대기업들이 일본 기업과 기술 제휴로 독점 생산하여 한전에 납품하는 제품이다. 차폐 통신 케이블은 미국 웨스턴 전기의 특허를 사서 ADB 차관을 받아 상공부에 인가 신청하여 승인 과정에서 경쟁 업체들의 공급 과잉이란 이유로 전량 수출 조건으로 인가되어 국내에는 팔 수 없어서 아주 불리한 상황이었다.

그래서 이번에는 자체 자본과 기술로 고압 전력 케이블을 생산하여 한전에 납품하겠다는 계획을 세웠다. 그것도 설비의 중요한 부분만 사고 나머지 부분은 도면을 사서 사내에서 제작하고 시제품 생산은 설비업체가 지도하는 계획이다.

고압 전력 케이블 기술과 인력, 장비가 전혀 없는 상태로 출발해야 해서 험난한 길을 갈 수밖에 없었다. 그러나 아무것도 없는 상태에서 차폐 통신 케이블을 생산해서 수출하게 된 자부심이 있어서 용기를 가지고 도전했다.

다행히 그 당시 일본이 불황이어서 경쟁사에 설비를 납품한 회사를 찾아 설비의 견적을 받을 수 있었다.

설비 명세를 검토하고 중요 설비만 사고 부속 설비는 도면을 사서 사내 제작으로 하고 시제품 생산은 설비업체가 지도하는 것으로 결론이 났다.

일본의 불황으로 설비업체 인력의 여유가 생겨 경쟁사의 설비보다 40% 싸게 살 수 있었다. 참으로 무모한 것 같은 회장님의 발상이 일본의 불황 덕분에 고전압 전력 케이블도 성공적으로 생산하게 되었다.
신입 사원과 신입 작업자가 주축이 되어 처음 차폐 통신 케이블을 생산하여 수출에 성공하고 신입 사원이 만든 원가 테이블로 실무에 적용하여 원가 계산을 하고 있다.

기술 제휴 없이 고전압 전력 케이블도 성공적으로 생산한 것이다. 우등상 한 번 타본 적도 없는 사람이 시험 보는 요령을 터득하여 상륙 작전으로 서울공대에 합격하고 매뉴얼을 터득한 믿음으로 최첨단 통신기를 보지도 않고 할 수 있다 대답하고 해낸 것이다.
미국 연수에서 회사에서는 모든 일을 누구나 할 수 있도록 매뉴얼이 되어 있어서 교육 없이 일할 수 있는 사회를 체험했다. 일하기 위해 공부를 많이 하지 않아도 살아가는 데 아무 문제가 없는 사회다.
현장 조장들이 만든 매뉴얼 괘도로 신입 사원도 작업하고 차폐 통신 케이블과 고전압 전력 케이블을 기술 제휴 없이 생산한 것이다.

이른 아침 초인종 소리에 나가보니 대문 너머로 회장님이 보인다. 깜짝 놀라 문 열고 인사드렸더니 공장 가시는 길에 들르셨단다. 그러시며 우리 집에서 아침을 같이 먹고 출근하자시며 방으로 들어오고 계신다.

우리도 방금 일어나서 혼비백산하여 방을 치우고 아침상을 차려 같이 식사했다. 상도동 주택 셋집에 살고 있었는데 일본 출장 갔다 어젯밤 돌아왔는데 아침에 이런 상황이 되어 놀라고 당황스러웠다.

식사 끝나고 회장께서는 화장실도 들르시고 공장 가는 차 안에서 내가 사는 환경이 명색이 공장 책임잔데 이런 환경에서는 아이디어가 나오지 않는다 하시며 노량진에서 시흥 사이 도로변의 20평 정도 아파트 찾아서 원 비서에게 알려주라 하신다. 난생처음 내 집이 생긴 것이다.

중동으로 가라

　회장께서 전화가 와서 "중동에 오일 달러가 넘쳐나는데 무역부를 맡아라" 하신다.

　"무역을 해본 적도 없는데 못할 것 같습니다" 했더니 "어느 놈은 처음부터 할 수 있나? 가방 하나 들고 중동으로 가라" 하신다. 이렇게 해서 차장으로 진급하여 무역부를 맡게 되었다. 무역부에 사고가 생겨 이사 이하 간부들이 정리되고 대리 1명만 남아 있었다.

　7월인데 연말까지 70만 불 수출 달성하지 못하면 무역업 등록이 취소되는 상황에 수출 실적 8만 불밖에 안 되고 남아 있는 신용장 재고도 없는 상태다. 시간이 촉박하다.

　상담 서신이 오면 공장에 생산 가능성과 원가 계산을 의뢰하여 견적을 내려면 상당한 시간이 걸린다. 이 문제를 해결하기 위해 엔지니어 2명을 차출하여 생산 가능성 원가 계산을 할 수 있도록 하고 바쁠 때는 철야도 하므로 대제 휴가를 줄 수 있는 권한도 허락받았다.

　거래 서신 수발신 철을 점검했다. A: 회사 안내, B: 생산 품목에 관한 문의, C: 견적 요청 등 3가지 유형으로 분류할 수 있었다.

이에 대한 회신을 영문으로 작성하는 데도 한나절이나 걸려야 해서 유형별로 표준 문장을 작성하고 발신처를 공백으로 두고 사인만 하면 보낼 수 있도록 인쇄물로 준비했다. 이렇게 하면 수신 서신 내용을 읽고 상단에 A, B, C 표시만 하여 여직원에게 보내면 인쇄된 발신처 공백에 거래처의 주소를 타자로 치고 사인만 하여 보내면 된다.

이렇게 하면 하루에도 몇십 통을 회신할 수 있는 시스템을 구축한 셈이다.

무역은 해본 적도 없고 더구나 신용장을 본 적도 없는 사람이 무역 책임자가 되어 연말까지 수출 70만 불을 달성해야 하는 힘든 일정이 기다리고 있는 절박한 상황이다. 서신 철에 있는 거래처 목록을 점검하여 20일 동안 12개국 출장을 갈 계획을 세웠다.

한 번도 가보지 않은 나라를 항공편 예약하고 호텔은 거래처에 부탁하여 예약했다. 비자 받고, 여기서 못 받는 비자는 도중에 가면서 받아야 하는 벅찬 일정이다. 여행사에 가서 여행 국가로 가는 항공 일정표를 복사해서 여행하면서 항공 일정을 조정하도록 했다.

싱가포르 공항에 내려 거래처와 함께 호텔로 가는 도중 인도네시아 대사관에 들러 비자 신청해두고 호텔로 갔다.

싱가포르는 청렴한 관료 체제로 모든 업무는 서신으로만 하게 돼 있어서 거래처에서도 관청에 방문하여 담당자를 면회하는 일은 없다고 한다. 호텔에 체크인하고 이제까지의 진척 사항을 점검하고 앞으로의 수주 방향에 관한 정보를 정리하고 일정을 마무리했다. 다음 날 인도네시아 대사관에서 비자를 받아 인도네시아로 향했다.

파키스탄 카라치 에이전트는 우리와 동 차폐 케이블 수출 거래한 실적이 있어서 반가웠다. 군 영관급 출신으로 군과의 관계가 좋다며 수의 계약이 일반화되어 있고 야전선과 중계 케이블 수요가 있다는 정보를 얻게 되었다.

여기에는 북한 대사관이 있어서 호텔에 오는 도중에 '위대한 김일성 동지의 만수무강을 기원합니다'라고 쓴 현수막을 볼 수 있었다. 머리를 짧게 자른 북한 어투의 사람들 근처에서 식사하게 되어 긴장하기도 했다.

그 당시 동남아시아 지역을 여행하다 이따금 북한에 피랍되는 사례도 있어서 출국 전 보안 교육도 받았다.

여행 중 어느 때라도 귀국할 수 있도록 돈, 여권, 비행기표는 항상 몸에 소지하고 다녔다. 혼자서 출장 다녀야 해서 호텔에서 아침마다 태권도 기본 동작을 연습하여 만약의 사태에 대비한 정신 무장을 다졌다.

태국에서는 에이전트가 화교로서 재정이 튼튼하여 관공서 입찰 관계 사업을 하고 있었으며 태국 체신청인 TOT(Telecommunication of Thailand) 50만 불 통신 케이블 입찰 정보를 얻어 귀국 후 보고드리자 회장께서는 이제부터는 현지에서 결정할 수 있도록 전결권을 줄 테니 계속 출장 다니라고 하신다.

이렇게 동남아시아와 중동 지역을 자주 다니다 보니 착륙하는 공항이 마치 경부선 역같이 정겹게 느껴질 정도로 친숙해졌다. 현지 적응도 어느 정도 되어 이젠 자신감과 용기가 생겨 파키스탄에서는 삼룬차 택시도 타보고 쿠웨이트에서는 픽업 택시도 타보았다.

시리아는 국교 관계는 없으나 무역 거래는 할 수 있었다. 하지만 비자 받기가 어려워서 거래처를 찾아 들어가보려 했다. 요르단에서 다마스쿠스행 표를 끊고 입국 안 되는 경우를 위해 다음 날 카이로행을 예약했다.

다마스쿠스 공항에 내려 비자가 없으니 서두를 필요가 없어서 뒤에서 서성이고 있는데 공항 관리 직원이 지나간다. 비자가 없는데 입국 방법이 있는지 물으며 50불이 끼워져 있는 여권을 보여주었다.

직원은 50불이 들어 있는 여권을 보더니 씩 웃으며 손가락으로 따라오라는 신호를 하며 사무실로 간다. 다마스쿠스 1박 임시 여행증을 끊어주면서 여권을 맡기고 내일 틀림없이 카이로행을 타라고 한다.

공항에서 나와 택시 잡으려고 하는데 동양인으로 보이는 사람이 다가오며 일본인인지 묻기에 아니라 대답했다.

그랬더니 자기는 마스시타 전기의 선풍기 판매원인데 택시는 비싸니 버스로 같이 가자고 한다. 버스는 만원이어서 앉을 자리가 없어서 가지고 온 2개의 대형 사각형 선풍기 포장 상자 위에 각자 앉아 갔다.

사회주의 국가라서 그런지 사람들이 모두 무표정하고 2명의 동양인을 외계인 보듯 힐끗힐끗 훔쳐보고 있었다. 차창에 보이는 집단 농장의 작업자들도 스산한 분위기를 자아낸다.

호텔에 체크인하고 올라와 자리에 앉았는데도 주문받으러 오질 않는다. 잠시 후에 직원이 접시 5개를 포개 들고 와서 테이블에 놓고 간다. 그리고 맨 위 접시에 스프를 따라주고 멀찌감치 서서 바라보기만

하다가 스프를 다 먹자 그릇을 가져간다. 그리고 코스대로 주요리가 서빙되고 있지만 한마디도 말은 없다. 방에 돌아와서 시내 자동 전화가 되지 않아서 교환수에게 거래처 전화 신청했다.

30분이 지나서 겨우 전화가 연결되었다. 거래처가 와서 그동안 오고 간 서신 내용을 점검하고 향후 거래 방향을 정리하고 출장 업무를 마무리하고 다음 날 카이로로 향했다.

중동과 동남아시아 지역을 국내 출장 가듯 다니다 보니 예상치 못한 일도 생겼다. 쿠웨이트에서 싱가포르로 가는 도중 스리랑카 상공에서 선회만 하고 있더니, 비행기 날개에 사고가 생겨 불시착하기 위해 연료를 소진하려고 선회하는 중이라는 방송이 나왔다.

승객 모두 긴장하여 있던 중 30분 선회를 마치고 비상 착륙에 성공하여 모든 승객이 환호한다. 스리랑카 공항에서 비상 1박을 하게 되어 2인 1실이 배정되었다. 나의 룸메이트는 쿠웨이트 회사원인데 일본 출장 중에 사고를 겪었다고 했다. 처음 있는 일이라 놀라워하며 여행담으로 하룻밤을 보냈다.

불철주야 출장으로 그해 반은 해외에서 보낸 보람이 있어 연말 수출 130만 불 달성되어 70만 불 목표는 달성했다. 회장께서 귀국 중에 동경 지사로 오라는 연락을 받고 지사에 갔다. 회장께서 지사장과 함께 제국 호텔 만찬에 초대해서 프랑스 풀코스 요리를 주문했다.

그리고 지사장에게 "백 차장이 노력한 보람이 있어 130만 불을 달성하게 되어 지사에 들렀다 가라 했다" 하시며 건배를 제의했다. 신년 시무식에 삼성물산에서 참석하라는 통보가 있어 참석하게 되었다.

이은택 사장으로부터 삼성물산 수출에 공이 많은 업체에 주는 공로 표창에 우리 회사도 들어 있어서 너무 놀랐다. 그리고 매일경제에서는 표창받은 업체의 실무자를 초청하여 기자 간담회를 하고 신문에 기사가 실렸다.

10년 전에 일본이 100억 불 수출했는데 지금 1,000억 블 달성했으니 우리도 10년 후에는 1,000억 불 달성할 수 있다고 한 내 기사가 신문에 난 것이다. 주위에서 축하 전화가 많이 와서 기쁨을 함께 나누기도 했다. 그해 우리나라 수출이 80억 불이었는데 10년 후 1,000억 불, 못할 것도 없다.

우리가 삼성물산에서 공로 표창장을 받은 것은 연말에 우리가 삼성물산에 양도한 24만 불 상당 신용장 때문이었다. 삼성물산이 2위 업체와 16만 불 차이로 1위 하게 된 결정적 공로로 받게 된 상이었다고 한다.

수출 기반이 잡혀가자 이제부터 아프리카 지역을 개척하라는 지시를 받고 준비했다. 홍콩, 태국, 싱가포르까지는 회장님과 동행하고 그 후에는 말레이시아, 파키스탄, 이집트, 모로코, 리비아, 나이지리아, 케냐를 방문할 계획이어서 황열 예방접종까지 마쳤다.

방콕에 도착한 날이 일요일이어서 앰버서더 호텔에 체크인하고 주변 구경을 하고 있는데 앞서가시던 회장께서 손짓하시기에 뛰어갔다. 회장께서 여기는 더운물, 찬물, 에어컨 되고 풀장까지 있는데 하루에 6불이란다. 우리 여기로 옮기자 하신다. 앰버서더 호텔은 1박에 25불인데 여기는 6불이니 여기서는 각자 방을 쓰자 하시며 앞으로 출장 올 때는 이 호텔에 와서 한 달 숙박하며 일 봐라 하시며 각방 쓰고도 돈이 남으니 오늘 저녁은 푸짐히 먹자 하신다.

회장님과 출장 다닐 때는 방을 같이 쓰곤 해서 여간 조심스러운 것이 아니었는데 오늘은 편한 마음이 되어 일찍 곤히 잠들었지만 회장께서 깨우는 바람에 일어났다. 에어컨도 시원치 않고 시끄러워서 잘 수 없다시며 이전 호텔로 옮기자고 하신다.

에어컨이 아니고 룸쿨러여서 소음이 많이 나고 밖에서 오토바이가 굉음을 내며 밤새 다녀서 이만저만 시끄럽지 않았다. 이전 호텔로 짐을 옮기니 쾌적하고 조용해서 살만했다.

앞으로 그런 호텔에는 가지 말라, 고객 다 떨어진다고 하신다.

싱가포르에서 회장님과 헤어져 말레이시아, 파키스탄을 거쳐 카이로에 도착하여 에이전트를 만나 업무 상담하고 쉬고 있는데 회장님 전화가 왔다.

"백 차장, 회사가 팔렸다. 니는 통신에서 일할 예정이니 서둘러 귀국하지 말고 군용 통신 장비 수출할 점검하면서 천천히 오라" 하시는 회장님 말씀에 잠시 어리둥절하다가 "그런데 회장님, 어디에 팔렸습니까?" "경쟁 회사에 팔렸으니 그리 알아라."

계열회사 국제통신은 군용 전화기, 교환기를 제조하는 방위산업체로서 지금부터 이 장비를 수출할 생각을 해야 한다.

먼저 군용 야전선을 수출한 적 있는 파키스탄에 들러 이 분야 상담을 타진하고 말레이시아, 태국, 인도네시아, 필리핀 주재 한국 대사관에 가서 무관을 만나 해당 국가의 군 구매 담당을 소개받아 관련 정보를 수집할 계획을 세웠다.

기가 막힐 노릇이다. 차폐 통신 케이블을 차관을 들여와 생산하려다 전량 수출 조건으로 인가받아서 아주 불리한 조건으로 시작하고 이란에 360만 불 수출을 성공적으로 해냈다. 고압 전력 케이블은 자체 자금과 기술력으로 개발에 성공하고 포항제철 경쟁 입찰에서 성공적으로 수주하게 되었다. 이렇게 되자 차폐 통신 케이블과 고압 전력 케이블을 독점하고 있던 양대 대기업이 연합하여 우리를 압박하기 시작했다.

급기야 회장께서 관세법 위반 혐의로 구속되는 사태에 이르러 회사를 매각하려 몇몇 대기업에 의사 타진했다.

회사 매각 대금으로 30억 이상은 받을 수 없다고 생각하고 있는데, 양대 대기업에서 전에 우리 회사 사장을 지낸 분을 내세워 인수 의사를 타진해왔다. 전 관세청 차장을 지내신 분으로, 전량 수출 조건을 정치적으로 풀어보려는 의도에서 영입하여 회사 사장을 지내신 분이다.

여기에 회장께서는 값을 올릴 생각으로 나와 함께 아프리카 시장을 확장하려는 계획을 세워 출장을 간 것이다. 이 시도가 먹혔는지 50억 선에서 양도하기로 합의된 모양이다. 우리 회사를 인수한 양대 기업은 얼마 후에 고압 전력 케이블 가격을 10% 올렸다. 고압 전력 케이블은 연간 1,000억 원 규모의 시장인 점으로 보아 양대 기업은 우리 회사를 인수하고도 50억이 남는 거래를 한 셈이다.

대기업이 인수한다는 소식에 사내는 희망으로 들떠 있었다. 회장께서 하시던 과격한 경영 방식에 조바심하며 지내던 사내 분위기가 기쁘기도 하지만 인수한 대기업의 구조조정으로 불안하기도 하다. 회장께서 특별 상여금을 지급하고 단합 대회를 하며 사내 분위기가 살아났다.

3개월 연장 가동하고 회사를 양도하기로 인수 측과 합의했다. 부장급 이상은 회장께서 맡기로 했던 합의를 인수 측에서 책임지고 나는 회장께서 책임지기로 변경, 합의되었다.

차장인 나는 인수 측에서 책임지려던 합의가 바뀌어 회장께서 책임지기로 했다. 그리고 지금 이익이 많이 남으므로 3개월 연장해서 가동하여 재무 구조를 개선해서 유리한 조건으로 양도하려는 의도였다. 마지막까지 회장님의 뜻에 따라 합의된 셈이다. 이로써 역동적인 드라마 같은 상황은 허무하게 끝나고 중도에서 탈락하는 신세가 되었다.

국보위

계열회사 방위산업체 무역부장으로 전직했다.

국제통신은 방위산업체로 군용 전화기, 교환기 및 민수용 전화기, 정류기를 제조한다. 군 병기감 출신 장군이 사장을 하고 있었다. 군용 통신 장비는 미국 군사 규격으로 생산되고 있어서 수출에 애로가 있다고 고민하고 있었다. 수출에 큰 장애물이 생긴 것이다. 이제부터 방안을 찾아야 하는 상황이다.

전 직장에서 우리가 수출했던 제품을 은행에서 환불하라는 통보가 와서 해결해달라는 요청이 왔다. 피를 말리며 초조하게 달려왔던 세월을 망각 속에서 지우려던 때 골칫거리가 되어 돌아온 것이다.

우발적인 채무가 발생했을 때는 계약상 양도한 회장께서 책임지게 되어 있어서 이번에도 내가 처리하지 않으면 안 된다. 하는 일마다 문제와 싸우며 살아왔던 기억을 생각하며 이것도 숙명적이라 본다.

파키스탄에 수출했던 야전 통신 케이블로, 내가 생산해 수출한 제품이다. 미국 군사 원조받던 야전 통신 케이블로 국산화에 성공하여 파키스탄에 수출한 제품이다.

케이블을 피복 전에 석 도금 차폐망을 편조기로 짜서 전자 차폐한 특수한 야전 케이블이다. 국산화하는 과정에서 편조기 1세트를 수입하여 완전 분해하고 전 부품을 국산화해 편조기를 만들어 군용 통신 케이블을 생산해서 국방부에 납품한 제품이다.

수출한 제품에 클레임이 발생하여 내가 파키스탄 이슬라마바드 라왈핀디 군대 보급소에 출장 가서 현지 수리 업체를 소개받았다. 수리 부품은 우리가 공급하여 업체가 수리하기로 이쿠발 에이전트 사장이 계약하고 처리하도록 보급소와 협의를 마쳤다. 이쿠발 사장에게서 처리 대금 영수증을 받고 보급소와 합의서를 받고 종결된 건이다.

수출한 제품에 문제가 있다면 이 문제밖에는 없다. 그래서 이쿠발 사장에게 전화하여 확인해보니 아무 정보가 없다고 한다. 신용장의 보증 은행이던 뱅크 오브 아메리카 서울 지점에 확인하니 document discrepancy(기재 오류)라고만 되어 있어서 발행 은행에 가서 확인해야 확실할 것 같다고 한다. 기재 오류로 결재 은행에서 이의가 없어서 결재하여 추심이 이루어져 신용장 역할을 다한 것이다.

그리고 2년이라는 세월이 지나 환불 통보가 왔는데 소송까지 갈지도 모르는 일이다. 현지에 가서 확인할 수밖에 없다. 그러나 현재는 전 직장이 아닌 신분으로 처리해야 해서 또 다른 어려움도 극복해야 할 수밖에 없다. 전 직장의 양해를 얻어, 내 명함을 그대로 쓰기로 했다.

카라치 하비브 은행 지점장을 만나 내용을 확인해보니 기재 오류 내용이 이렇다. 신용장 금액란에 'SAY U. S. EIGHTY THOUSANDS DOLLARS SAY EIGHTY THOUSANDS U. S. DOLLARS' 이렇게 되

어 있는데 우리 추심 서류에는 'SAY EIGHTY THOUSANDS U. S. DOLLARS'로 되어 있어 신용장 원본과 다르다는 것이다. 신용장 원본과 같이 지우지 않았다는 이유다.

예상치 못했던 상식 밖의 해석을 듣고 뱅크 오브 아메리카 서울 지사에 전화로 문의해보니 그 정도 상황이면 금액이 달라진 게 아니기 때문에 은행 예규상 해결할 것 같다는 얘기를 듣고 이쿠발 사장과 상의해보았다. 실무자의 이해만 조율하면 방법이 있을 것 같다. 이쿠발 사장이 정보부 윗선과 가까운 사이라고 해서 선물을 넉넉히 준비하여 부탁했다. 다음 날 선물을 넉넉히 준비하여 하비브 지점장을 만났더니 전과 달리 아주 반갑게 맞아주었다. 또한 고비 넘긴 셈이다.

12·12 사태로 계엄령이 선포되고 사회 분위기가 어수선한 상황이 되었다. 무역 이사로 승진하여 무역 총괄을 담당하던 때였다. 회장께서 출근하시지 않고 한나절이 되어도 연락도 되지 않는단다. 문득 불안한 생각이 든다.

불시에 세무 조사가 들이닥쳐 주요 간부들의 다이어리도 압수당해 조사받던 일도 있었다. 최근 회장께서 관세법 위반으로 구속되었을 때도 세관 심리에 불려 가 철야 조사받던 기억도 아직 생생하다. 12헤드 1세트 권조기를 수입해서 관세 포탈했다는 것이다. 1세트가 아니라 12대라는 얘기로 가격이 감가되어 관세를 포탈했다는 논리다. 견적서, 선적 서류, 수입면장으로도 해결되지 않아서 카탈로그로 간신히 해명하고 풀려난 기억도 있다.

이번에도 무슨 불상사가 일어날지 몰라서 주변 정리를 좀 해야겠다는 생각을 하고 있는데 회장께 전화가 걸려 왔다.

"내 회장인데 내 지금 시경 경제반에 와 있다. 니, 바로 신의 지난 1년의 무환 수입면장을 들고 이리 오라" 하신다.

"그렇게 하면 관세 포탈됩니다."

"그래도 그게 낫다. 바로 가져오라" 하신다.

무환 면장 철을 들고 시경 경제반으로 갔다. 회장께서 수사반장 옆에서 조서를 받고 있었다.

"영감님, 내가 배임죄 정도로 물러설 줄 알아? 여기 당신 부하들이 물증을 제시하고 있는데 이 정도면 충분히 코를 뗄 수 있소" 수사반장이 쏘아보며 추궁하고 있었다.

옆에서 어깨너머로 내용을 읽어 보니 현재 상황을 알 것 같다. 유령 지사를 세워서 주재원 주재비를 다년간 외화 도피했다는 내용이다. 회장께서 그 외화로 회사의 자재를 무환으로 사서 보내 쓰고 있었는데 외화 사용처의 근거로 면장을 가져오라 한 것 같다.

그러나 그건 신용장으로 수입한 게 아니고 출장 귀국할 때 휴대품으로 시세보다 아주 싼 가격으로 신고하고 들여오기 때문에 역으로 관세 포탈될 우려가 있다. 가져온 면장 철로는 도움이 안 될 거라는 생각으로 서류를 잘못 가져왔다고 말씀드리고 그 자리를 떴다.

시경 옆 그랜드호텔에 지주 회사 본사가 있어서 그리 가서 동경 지사 허가증을 복사하고 근처 외환은행에 가서 외환관리 규정에 있는 해외 지사 외환 송금의 정산 규정을 복사했다.

"반장님, 여기 한국은행 총재가 인가한 지사 설치 허가증과 외환

송금 정산 규정이 있습니다. 이 규정에 따르면 주재원 1인 당 연 5,000불 미만은 정산 의무가 면제되는 것으로 되어 있습니다."

내 얘기를 듣고 계시던 회장께서는 슬그머니 자리에서 일어나시더니 조서 용지 한 장을 뜯어내어 손에 꾸겨 쥐고 밖으로 나가고 계신다. 그 뒤를 쫓아 수사반장도 나간다.

한참 후에 두 분이 들어오고 수사반장은 옆방으로 간다. 옆방이라고 해야 캐비닛으로 칸막이를 쳐서 말하는 소리가 들릴 정도다. 옆방에는 회장님을 국보위에 고발한 지주 회사 전무 이하 핵심 부장 4명이 회장님과 대질 심문하기 위해 대기하고 있었다. 수사반장의 말소리가 들린다.

그러자 회장께서는 벽 쪽으로 다가가 캐비닛 사이에 귀를 대고 듣기 시작했다. 나도 따라 그렇게 했다.

"고발장에는 유령 회사를 설립하여 주재비로 송금한 외환을 다년간 해외 도피한 걸로 되어 있는데 여기 한국은행 총재가 허가한 지사 설립 허가증에 있는 주재원으로 실존 인물이며 유령 아니다" 이렇게 얘기하자 "허가증에 등재된 주재원 5명은 회사 인사 발령에 없는 사람들입니다."

"당신 무슨 직책이야?"

"총무부장입니다."

"이봐요, 회사 발령은 사규상 문제지 유령 인물과는 별개의 문제다. 그리고 외환 규정상 1인당 1년 5,000불까지 정산 의무 없다. 여러분은 무고한 고발을 한 것이다. 회장은 여러분들을 무고죄로 고발할 수도 있다."

이렇게 말하고 회장님을 모시고 와서 "회장님, 이 사람들을 무고죄로 고발하시겠습니까?" 이렇게 말하자 회장님은 "이 모든 건 내가 부덕해서 생긴 일이라 여기며 부끄럽게 생각하고 송사 건은 없도록 하겠습니다" 했다.

이것으로 사건은 종결되고 전무이사 간부들은 사직 처리하는 걸로 마무리되었다. 회장님이 구속되면 혼란한 틈을 타서 회사를 장악해 보려는 이들 핵심 간부들의 시도는 실패로 끝났다. 전무이사는 최고 법대를 나온 국내의 대표적인 KS 학벌 소유자로, 최고 경영 과정에서 회장님과 만나 전무이사로 특채된 인물이다.

그리고 이들 핵심 간부들은 회장께서 애정을 다해 키운 간부들로, 회사 차를 자가용처럼 쓸 수 있는 특혜도 누리고 있던 간부들이었다. 이 특혜가 차순 하급자에게 전격적으로 당일 승계되는 뜻하지 않은 기회가 되었다.

이들은 회장 실종 소문이 확산되자 전무이사를 앞세워 비상 경영 대책을 세워야 한다며 회사 인감을 양도해달라는 요구를 하며 비서 실장과 실랑이를 벌이다 시경 대질 심문에 참석한 것이다. 회장님의 직선적이고 과격한 성격은 경영 방식에도 그대로 반영된다. 측근이 관여한 사고가 나도 가차 없이 정리한다. 이런 결단은 친인척이라도 예외가 없이 단호하다.

이렇게 회사를 떠난 사람이라도 해가 지나 다시 찾아와 어려움을 호소하면 재입사시켜 기회를 주는 폭넓은 아량도 있다. '심복의 계급은 낮게, 대우는 파격적으로'라는 오다 노부나가의 심복 대우론을 자주 말씀하시며 대구 직매소장에게 30살 주임 나이에 승용차 특혜를 준 적이 있어서 주위에 부러움을 산 적이 있다. 이 직매소장이 퇴근할 때 회장 계신 서울 하늘을 바라보며 "회장님, 퇴근하겠습니다" 하고 큰절을 하며 퇴근한다는 소문이 돌아 화제가 되기도 했다.

　오다 노부나가는 일본에서 활과 칼로 승부를 가르던 무사 시대 쇼군이다. 조총이 도입되어 주목을 받기도 했지만 전투를 승리로 이끈 적이 없었다. 조총은 화력은 대단하지만 사격 후에 재장전 시간이 길어서 전투에 패하는 경우가 많아 주력 무기로 사용하기 어려웠다.

　오다 노부나가는 획기적인 조총 전술을 개발하여 1575년 나가시노 전투에서 천하무적 다케다 기마 돌격대를 전멸시킨, 역사에 남을 전과를 기록했다. 기마 돌격대와 대치한 오다 노부나가의 3,000 조총군은 1개 조 1,000명씩 3개 조로 나누어 1열 횡대로 1개 조씩 교대로 사격하였다. 이것은 한 번에 1,000발 발사하는 기관총같이 연속 발사하는 효과로 다케다 기마 돌격대를 전멸시킨 것이다.

　나가시노 대첩의 여세를 몰아 오다 노부나가 쇼군은 일본 통일 야망을 향해 질풍같이 달려 통일을 눈앞에 두고 가신 아케치 미쓰히데의 배신으로 일본 통일의 꿈을 이루지 못하고 혼노지라는 절에서 생을 마감한 쇼군이다. 이로써 도쿠가와 이에야스의 에도 막부가 탄생하는 계기가 되었다.

대표이사

    회장께서 혜화동 자택에서 저녁 식사를 하자고 하신다. 사모님과 같이 식사하고 2층 거실에서 차를 마시며 "성삼이, 보레이. 군바리 이 사람들이 회사를 거덜 냈다. 내일부터 네가 회사를 맡아 하라" 하시는 말씀에 너무 놀라서 잠시 생각을 정리해보았다.

    "회장님, 제가 이사 된 지 1년밖에 안 되었으며 이사 중에 나이가 제일 적고 지휘할 수도 없을 것 같습니다."

    "그런데 내가 이사들을 개별적으로 모두 만나봤는데 모두 다 못 하겠다며 백성삼이 맡으면 다 이의가 없다고 한다."

    이제는 이유 없이 도맡아 할 수밖에 없는 막다른 길에 오고 말았다. 내가 도저히 할 수 없는 일을, 선배 이사들도 피해버린 일을 내가 해야 한다.

    앞이 캄캄하다. 방산 영업 담당 김 이사는 육사 9기 예비역 대령으로 내가 통신학교 교관 시절 학생 연대장 중령이었다. 공장장 전 이사는 대학 6년 선배로서 서열이 맞지도 않는다. 관리 박 이사는 전선에서 내가 공장장 대행일 때 총무부장이었으며 10년 연상 선배다.

    회사는 지난 4년간 6관구 사령관 출신 예비역 장성과 병기감 출신 예비역 장성이 맡아 자본금 5억을 다 까먹고 회장께서 회사에 빌려준 20억 가수도 바닥낸 상태다. 정리해야 할 회사를 살려야 하는 막다른 골목이다.

그러나 한편으로 생각하면 회사는 더 이상 까먹을 것도 없는 거 아닌가. 해보자. 이제까지 진급해서 해본 적도 없는 일 해내며 여기까지 왔는데 여기가 종점인 것 같다.

38세에 대표이사 떠밀려 하게 되긴 하지만 회장님 심정을 생각하면 대단한 분이란 생각이 든다.

다음 날 이사회를 주재했다.

"먼저 이 자리에 앉게 됨을 송구스럽게 생각합니다. 회사 운영 기본 원칙 몇 가지를 정하고자 합니다. 업무는 이사님들 전결 처리를 원칙으로 하고 전결 처리 불가한 분만 제가 결재하겠습니다. 관리 지표에 해당 항목은 게시판에 올려주시기 바랍니다." 간단히 취임 인사로 대신했다.

어제저녁 회장께서 적자 요인이 전화기 대당 15만 원 받아야 하는데 7만 5천 원밖에 못 받은 게 주요인이라며 이것을 개선하라는 지침을 주셨다. 국방부 조달 본부 원가 지침서를 점검했다. 방위산업은 정책 사업으로 수의 계약이므로 실제 원가를 모두 반영해서 구조적으로 적자가 나지 않게 되어 있다. 우리 원가를 점검해보니 우리가 받을 수 있는 건 다 받았는데 적자가 난 거다.

우리가 제출한 원가 세목에서 인가받은 직접 인건비를 납품 수량을 곱한 액수와 우리가 작업자에게 실제 지출한 직접 노무비를 비교

해보았더니 많은 차이가 있었다. 실제 지출한 인건비에 크게 못 미치는 단가를 받아서 적자가 난 거다. 실제 지출한 인건비를 공수로 계산할 때 객관적인 기준을 제시하지 못하여 빠진 공수가 많다는 의미다.

사내에서 종류가 다른 많은 복잡한 공정, 다이캐스팅 후 가공 공정, 도장 공정, 도금 공정 등 특수 공정이 혼재해서 객관적 공수 산출 방법이 난해하여 많은 공수가 누락된 게 원인이다. 전문적인 공정 분석 방법을 도입하여 공인된 공수 테이블을 적용하는 기법을 활용했다.

국방부 원가 관리 규정을 각 부서에서는 철저히 숙지하여 해당 부서에 관련한 원가 항목을 객관적 기준으로 대응하도록 준비하게 했다.

국방부 방산 사업 대금 지급 방법은 미정 단가로서 선급금 형태로 매월 업체에 지급하고 제품 단가가 확정되면 연말에 정산하기 때문에 원가 세목 산출 근거를 보강할 수 있는 시간적 여유가 있어서 다행이라 생각하며 해당 부서는 이에 매진하기로 했다.

신입 사원 3명을 채용하려고 5명을 선발하여 운전 면허증을 따 오는 순서대로 3명을 채용했다. 전원 자재 검수 담당하게 하고 수량 검사, 품질 검사하고 단가 변동 상황 내용을 보고토록 했다. 그리고 1인당 연 1,000만 원 절감할 수 있는 대체 자재를 발굴하면 해당 부서에 발령토록 했다.

자재 대금결제용 6개월 어음을 3개월 어음으로 변경했다. 자재과 직원에게 과거 잘못은 불문하고 자진해서 단가를 낮출 것을 요구하고 앞으로 잘못이 있을 때는 책임을 묻겠다 했다.

그랬더니 자재 구매 단가가 내려가기 시작하더니 심지어는 반값으로 내려가는 것도 있었다. 이렇게 절감된 가격이 다른 세목 가격을 정상화하는 데 큰 역할을 하게 되었다.

제일 어려웠던 것은 가공 공수 책정 근거였는데 국방부 원가 실사팀과 객관적 근거를 합의하는 데 어려움이 많았고 감사에도 대응하는 데 문제가 남아 있었다. 최종 합의한 것은 능률협회에서 발행한 표준공수 테이블을 근거로 하기로 합의하여 원가 산출에 새로운 자신감이 생겼다.

이렇게 모든 부서가 해당 부서의 원가에 관련된 요인을 찾는 데 혼신을 다해 노력한 덕분에 그해 단가 15만 원을 맞추게 되어 매출 100% 신장하고 이익도 달성해서 특별 상여금도 지급하게 되었다. 상상도 할 수 없는, 믿을 수 없는 일이 벌어진 것이다. 모두 스스로 해냈다는 자신감을 가지고 새로운 각오를 다지게 되었다.

이란 혁명으로 팔레비 왕조가 무너지고 호메이니 회교도 혁명 세력이 이란을 장악하고 있을 때 이라크 사담 후세인이 이란을 침공하여 이란 이라크 전쟁이 발발하게 되었다.

팔레비 시절 친미 관계로 군사 장비도 미국 체계로 되어 있었는데 이란 혁명으로 미국과 외교 관계가 단절되어 미국 지원을 받을 수 없게 되어서 우리 방산 물자가 수출할 수 있는 기회가 생긴 것이다. 우리 전화기가 대당 20만 원으로 수출되어 국내 가격보다 월등히 높은 가격으로 수출하게 되었다. 덕분에 또 한해 100% 매출 신장하며 자본금도 회복하고 회장 가수 20억 원도 모두 갚는 이변을 연출하게 되었다.

당시 자주국방 정책에 힘입어 방위산업 대표는 VIP 대접을 받아 국군의 날 여의도 광장에서 거행되는 행사에 참석했다. 대통령과 정부요인 뒷자리에 앉아서 사열을 받기도 했다.

팀 스플리트 훈련 마지막 단계 용문산 화력 시범장에서 미 하와이에서 출격한 전폭기 편대가 벌이는 화력 시범에 VIP로 초대받아 주위에 윤시내, 앙드레 김 같은 연예인 등과 참관하기도 했다.

그리고 삼성 반도체 통신에서 64K DRAM 메모리 반도체 공장 준공식에 VIP로 초대받기도 했다. 당시 TBC 방송국 헌납 문제로 정부와 관계가 좋지 않아서 채문식 국회의장이 축사했으며 기념품으로 64K D램 메모리 반도체로 된 넥타이핀을 받았다.

이란 수출이 터져서 사내 분위기는 고무되어 있었다.

전선에 있을 때 360만 불 차폐 통신 케이블을 처음 수출했을 때 가슴 뛰던 때를 상기하면서 그때와는 다른 자신감이 생겼다. 그 당시 테헤란에 출장 가서 수출한 케이블 가설 공사 현장을 확인한 적이 있어서 회교도 이란인의 생활 양식에도 이해가 있어서 남다른 감회가 있다.

국방부에서 이란 수출 건 관련 조사할 게 있다 해서 갔더니 미 정보 당국에서 수출 제한 품목인 미 군사 규격 통신 장비가 이란에 수출되고 있다고 확인하라는 얘기다.

그래서 나는 우리가 수출하고 있는 건 미 군사 규격 통신 장비가 아니라 제조사 사양에 따라 생산한 장비라며 신용장을 보여주었다. 거기에는 'Telephone set with maker's specification'이라 되어 있었다.

처음 이란에서는 미 군사 규격의 통신 장비를 요구했지만 수출 규제 품목이므로 제조사 사양으로 변경하여 수출했기 때문에 문제 될 일이 아니다. 이 문제는 논란은 있지만 정부의 수출 드라이브 정책에 힘입어 정리되었다.

연말에 회장께서 자택에 우리 부부를 저녁 식사 초대하여 사모님과 식사 후 2층 거실에서 차 마시며 그동안 수고 많았다시며 두툼한 봉투를 집사람에게 주면서 더 수고한 사람은 이 사람이라고 하신다.

그리고 양복 한 벌을 꺼내 오시면서 "니, 이거 함 입어봐라. 내하고 체격이 비슷하니 맞을지 모른다" 하신다. 입어 보니 딱 맞는다. 그러자 양복 5벌을 내 오시면서 "이거 한 번도 안 입은 건데 갖다 입어라" 하신다.

회장께서는 양복 맞출 때 재단사가 집무실에 와서 치수를 재고 맞추는데 한 번에 색상이 다른 4~5벌 맞추고 더러는 안 입는 옷도 생기는데 이것이 모인 거다.

덕분에 몇 년 동안 양복 맞출 일이 없었는데 회식 자리에서 내 옷을 챙기던 직원이 안쪽에 금실로 적혀 있는 회장님 함자를 보고 놀란 일도 있었다.

국제통신은 민수 부분에 전화기 교환기 정류기를 생산하고 있었는데 이 분야에도 몇 가지 실용신안 특허를 출원해서 회사 발전의 기반을 착실히 다져가고 있었다.

국방부 합조대(합동조사대)에서 나와서 원가 감사가 시작되었다. 2개월 감사 기간 조달 본부 규정을 충족하지 못한 부분은 환불해야 해서 여간 긴장하지 않을 수 없다.

다행히 전 부서가 이 규정을 암기할 정도로 숙지하고 이 규정에 맞는 객관적 기준에 맞게 원가를 산정해서 감사도 큰 마찰 없이 진행되었다. 더욱이 자재 구매 가격을 획기적으로 절감하고 그 액수를 반납해 감사원의 신뢰를 얻는 데 큰 역할이 됐다.

감사도 잘 마무리되어 한시름 놓았다고 생각하고 있는데 이번에는 보안사 감사가 시작되었다. 합조대 감사와는 달리 이번에는 방위산업에 지원된 혜택이 민수 부문에 전용되지 않았는지 하는 점에 초점을 맞춰 진행되었다.

관리직은 겸직인 경우도 있어서 회계상 구분이 모호해서 대응하기 어려움이 많아 피를 말리는 상황을 여러 번 겪지만 그런대로 잘 넘어가게 되었다. 인내심을 가지고 끈질기게 대응한 보람이 있었다.

감사는 이것이 끝인가 했는데 이번에는 감사원 감사가 시작되었다. 앞서 감사한 두 기관의 감사가 법률상 적용을 적법하게 했는지 보는 감사로서, 이를 뒷받침할 실무적인 행위가 부실한 경우에는 이를 보강하지 않으면 안 되기 때문에 여간 곤욕을 치르는 일이 아닐 수 없었다.

감사원 감사도 어렵게 마무리하면서 생각해보면 적자만 나던 기업이 갑자기 흑자 전환되어서 집중 감사를 하게 된 걸로 보아야 한다. 전 부서가 철저히 원가 규정을 숙지하고 객관적 근거로 대응해서 감사도 무난히 마친 걸로 보인다. 1년 내내 감사받느라 한 해를 보낸 것 같다.

　그런데 이번에는 큰불이 나서 신문에 크게 났다. 2층 제품 창고에서 누전으로 화재가 발생해서 공장동이 전소하는 대형 화재다. 제품 재고에 대한 동산 보험을 들지 않아서 보상받지 못해서 타격이 컸다.

　진급할 때마다 해본 적도 없는 일만 헤쳐내느라 숨 돌릴 겨를도 없던 역동적인 15년 드라마는 이제 끝나야 한다. 담담히 닥쳐온 운명을 머리 숙여 받아들일 때가 온 것이다. 취임할 때 시계 제로에서 시작한 대표이사 4년 4개월이 꿈만 같다. 감방에 가지 않은 것만도 운이 따른 것으로 보고 떠나야 한다.

현대판 로빈슨

로빈슨 크루소

난파선에서 구사일생으로 살아남아 무인도에서 자연과 싸우며 사회에 돌아갈 날을 기다리며 살았다는 로빈슨 크루소의 삶의 이야기를 생각하며 나는 사회 속에서 나 홀로 현대판 로빈슨으로 살아가겠다는 생각을 정리한다.

나는 전자공학을 전공하지 않았고 통신공학을 공부한 적도 없는데 보지도 못한 신형 무전기를 개통했다. 교관 시절 읽었던 영문 TM 경험으로 신형 무선기를 개통시켜 일약 통신감실 연구관으로 파견 근무하기도 했다.

무역을 공부한 적 없고 인문과를 전공하지도 않았는데 해본 적도 없는 무역을 하고 대표이사도 했다.

공부하지 않아도 실무는 할 수 있다는 얘기가 된다. 공부한 것은 일하는 거완 다르다는 얘기가 된다. 업무 매뉴얼이 있으면 일은 누구나 할 수 있게 되어 있기 때문이다.

매뉴얼을 만드는 사람은 공부를 많이 해야 하지만 실무는 실제로 일을 해봐야 능력을 알 수 있다. 모두 매뉴얼 만드는 수준의 인재를 선발하는 건 교육의 낭비다.

우등상 한 번 타본 적 없는 사람이 서울공대 합격하여 대표이사까지 한 건 중학교 재수하며 터득한 시험 보는 실전 능력을 정확히 상륙 작전하듯 발휘하여 대학 입시에 성공하고 사회에서 실무에도 실전 순발력이 발휘됐기 때문이다.

이 순발력은 목숨을 걸고 한강을 헤엄쳐 건너가고 라디오 다락방을 만들어보며 생긴 자신감에서 나온 것 같다.

진급시켜서 해본 적도 없는 일 맡기고 대표이사까지 시킨 용병의 달인 덕분에 기회를 얻게 된 것도 다행이라 생각하며 고맙게 생각한다. 앞으로 이런 기회는 없을 걸로 생각한다. 해본 적도 없는 일도 조금도 두려움 없이 차분히 헤쳐나갈 수 있었던 건 혼자 가라던 어머니 말씀 덕분이다.

강에 갈 때 혼자 가라는 어머니 말씀대로 외로움, 두려움 견디며 혼자 강을 헤엄쳐 건너갔다. 애들하고 갈 때와는 전혀 다르게 혼자 해냈다는 자신감이 생겨서 해본 적 없는 도박 같은 일에도 자신 있게 대처한 거다. 그러나 나는 어디까지나 잡다한 용병일 뿐, 어느 분야의 전문가는 아니다. 이제부터는 스스로 살아가야 한다. 어머니 말씀대로 혼자 가야 한다. 군중 속 현대판 로빈슨으로 나 홀로 삶을 살아야 한다.

다시 원점에 서서

나 홀로의 삶을 생각한다. 1년을 쉬기로 한다.

그러면 보이는 게 있으리라 생각한다. 중학 재수하며 수모를 겪는 아픔은 있었지만 시험을 치르는 요령을 터득해서 대학 입학도 했다. 1년 쉬는 동안 살아가는 요령을 체감할 거다.

그동안 소홀했던 가족 관계를 돌아보고 집안일도 하고 여행도 하고 자연과 더불어 운동도 하며 보낼 생각이다.

가업을 생각한다. 시청 부근 차이나타운 근처 사무실에서 근무하고 있을 때 자주 가던 중국집에서 가업에 관한 생각을 정리한다. 주인장 영감님은 옥탑방에서 기거하면서 점심 바쁜 시간에 내려와 바쁜 일손을 거들어주곤 했다.

이 주인장 말씀이 아들딸, 며느리, 사위가 같이 일하다가 독립해 나가서 다 잘하고 있다고 한다. 아들 하나는 음식점에 관심이 없어서 대만에 유학 가서 전자공학 공부하고 있다고 한다. 부모 밑에서 일을 배우고 독립해 나갈 때 독립에 필요한 모든 지원을 받아 독립하니 성공하지 않을 수 없다. 항상 불안정한 우리네 직장 환경을 생각할 때 너무나 부러운 일이다. 가업이 전통적으로 내려오는 일본의 경우 대기업의 간부가 가업을 잇기 위해 사직하는 일은 흔히 있는 일로서 전통적으로 오래 일하는 가업을 중시하는 관습이다.

전에 열대어를 양식한 적이 있어서 은퇴 후 시도해볼 생각으로 안성에 소류지 인접한 임야를 준비했는데 한번 시도해보기로 한다. 소류지에 맞물려 있고 계곡을 끼고 있어서 농사에는 쓸모가 없는 임야지만 양어장을 하면 가능하다 보고 준비했다.

임야에 적합한 수종에 호두나무가 적합하다 보고 호두나무 전문 동국대학 박 교수와 상담했다. 박 교수는 밤나무 한국 수종을 개발하여 전국에 보급하여 식량 자급화에 공로가 있는 분이다. 박 교수가 개발한 한국 수종 칼 호두는 껍질은 얇고 살은 실해서 이것을 500주 심었다. 피칸 호두는 미국 원산으로 한국 개량종 피칸을 500주 심었는데 지금 와서 생각하니 마음에 의지가 된다. 장기 수종을 심어놓고 집 주위에 소채류를 심어 자가 소비하며 가업을 구축해보려 했는데 위안이 된다.

가업 개념을 염두에 두고 검토하는 중에 먼저 직장을 나온 선배의 캐나다 투자 이민 제의가 와서 이것도 검토하기로 했다. 투자 이민 브로커 주선으로 5~6명이 참가해서 이민 답사를 가게 되었다. 매물로 나온 물건 중심으로 참가자들이 선택하여 사업 계획서를 이민국에 제출하고 승인이 나면 이민 절차가 시작되게 돼 있다.

나온 물건 중에는 햄버거 가게, 세탁소, 식료품 가게 등 몇 가지 물건이 있기는 하지만 빌라 임대업 같은 게 규모가 있었다. 임대료 수입 지출 등 세무 자료가 투명해서 이것만 봐도 투자 결정을 바로 할 수 있다.

그것보다는 플라스틱 재생 사업에 관심이 있어서 시도해보기로 했다. 전선에 있을 때 피브이시 절연 피복 작업 후 나오는 스크랩을 재생해 써본 적이 있어서 사업 타성을 컨설턴트에게 의뢰했다. 온타리오주는 인구 300만 명인데 플라스틱 재생 업체가 10개소 있다. 밴쿠버가 속해 있는 브리티시 컬럼비아주는 플라스틱 재생 업체는 없고 쓰레기의 6%는 플라스틱이라는 보고서다.

이 보고서를 기초로 사업 계획서를 작성하여 이민국에 제출했다. 이민심사관이 인터뷰에서 사업 계획서는 완벽하다며 땅이 얼마나 필요한지 묻기에 쓰레기 야적장 면적이 많이 차지할 걸로 보고 우리 기준으로 1만 평 필요하다고 답변했다. 이민심사관은 프레이저강 하천 부지 1만 평에 해당하는 땅을 연 1달러 임대료로 빌려주겠다고 한다. 공짜라는 개념이 없어서 형식상 이렇게 처리한다고 한다.

그리고 고용 인원 임금의 50%를 지원하고 자원봉사자를 동원하여 쓰레기 중에서 플라스틱 분리 작업을 해주겠다고 한다. 생각지도 못한 파격적인 지원을 받고 놀랄 뿐이다. 지금은 신문지만 자원봉사자가 분리하고 있는데 플라스틱도 분리해주겠다는 거다.

이렇게 하면 생산하는 데는 문제가 없는데 판매처를 알아볼 필요가 있다. 이민국의 주선으로 몇 군데 플라스틱 제품 생산 업체를 방문하여 생산 중에서 나오는 스크랩은 어떻게 처리하는지 알아봤다.

자기들은 버리고 있는데 이것을 재생해주면 쓰겠다는 약속을 받았다. 플라스틱 재생 사업의 제일 확실한 고객을 확보한 셈이다. 플라스틱 제조 과정에서 나오는 스크랩을 재생하여 파레팅하면 제조 공정에 바로 투입할 수 있는 원자재로 쓸 수 있어서 제일 확실한 고객이다.

그다음 품질은 쓰레기에서 선별된 좋은 품질의 플라스틱으로 검은색 안료를 넣어 재생한 것으로 각종 용기 제품으로 생산된다. 제일 품질이 떨어지는 건 모래를 섞어 블록으로 찍어서 방파제나 도로 표지판으로 사용한다. 이 사업에 자신감이 생겼다.

캐나다에 이민해 온 1세대 이민자들과 만나고 동창회도 참석하여 이곳 이민 사회 사정을 접할 기회가 있었다. 투자 이민 답사 온 우리를 보고 너무 놀라고 있었다.

이민 1세대가 올 때는 취업 이민으로 100불 가지고 와서 영어 교육 지원금을 받고 생활 보조금으로 취업할 때까지 지원받으며 정착하는 게 일반적이었는데 투자 이민 답사 왔다는데 놀라지 않을 수 없는 일이다.

차를 렌트해서 밴쿠버 시내를 벗어나 10분만 가도 원시림 울창한 자연의 장엄한 위압에 절로 숙연해진다.

카프라노 연어 부화장에 갔다. 회귀하는 연어를 포획하여 채란, 부화, 방류시키는 부화 양식 어업이다. 이런 대규모 부화장을 보니 부화 양식 방류하는 양식 어업이 실감 났다. 여기서는 농축산업도 쿼터제가 돼서 우선 쿼터를 얻은 후 일을 할 수 있고 쿼터 양만큼은 가격이 하락하더라도 정부가 수매해서 수급을 조절해주어서 가격 등락으로 인한 생산자의 손실이 발생하지 않도록 정책적인 배려를 하는 것이 매우 인상적이었다.

캐나다에 이민해 온 친구 원영을 보러 키티맛에 갔다. 밴쿠버 북쪽, 비행기로 40분 걸리는 작은 마을이어서 2주 전에 항공편을 예약해야 했다. 친구 원영은 대학 동기인데 신입 사원 시절 포커로 밤새던 추억의 친구로, 부인은 간호사로 일한다. 캐나다에 이민해 와서 몬트리올에서는 일본 회사에 다니다가 키티맛 직장에 전직되어 여기 살게 되었다. 내가 뉴욕에서 연수 교육 중에 몬트리올에서 만난 적 있고 이번에 키티맛에서 다시 보게 되었다. 전기를 대량 소모하는 알루미늄 회사 전용 수력 발전소에 전기 엔지니어로 일하기 위해 키티맛에 오게 되었다.

인구 8천 명 되는 작은 마을에서 운용하는 텔레비전 방송에 주민들이 참여하는 자선 바자회도 열리고 오락, 대화 프로그램에도 참여하여 아기자기한 마을 생활에 활력이 넘치는 인상적인 마을이다.

살벌한 직장 생활에 쉴 새 없이 긴장 속에서 달려오느라 65킬로그램이던 체중이 78킬로그램이 되고 만성피로에 시달리는 상황에 좀 쉬려는 때 이민 건이 생겼다.

이민 절차가 시작되어 건강 증명, 경력 증명, 재산 증명 등 이민 관련 서류가 정리되어 이민 떠날 준비는 마쳤는데 부동산 가격이 뛰기 시작한다. 이민 가서 아이들 공부 마치면 돌아올 생각이었는데 문제가 생긴 거다.

부동산이 오른 다음 처분하고 가면 투자하는 데 도움이 되겠지만 돌아올 때 그만한 부동산을 살 자신이 없다. 생각 끝에 아쉬움은 많으나 이민을 접기로 한다.

안현필 선생

내 인생에 제일 크게 영향을 준 분은 안현필 선생이다.

희망 없이 살고 있다가 브라질 이민 갈 생각으로 영어 공부를 시작했다. 안현필의 영어 연구, 본인이 영어 공부하면서 겪었던 일들을 잔소리 코너에서 단어 암기법, 문장 암기법, 연음 발음법, 인내심 가지고 꾸준히 공부하는 요령을 마음에 닿도록 설명했다.

이것이 기본이 되어 아무 준비 없이 서울대학 갈 기회가 생겨 상륙작전으로 서울공대 합격하는 데 중요한 디딤돌이 되었다.

그 후 국무성 초청 선발 영어 시험에 합격하여 뉴욕에서 9개월 연수받은 것도 모두 영어가 기본이 되었기 때문이다.

안현필 선생은 종로에 EMI 영어 학원을 설립하여 크게 성공했다. 그런데 몇 년 지나고 보니 4층 학원을 걸어 올라가기도 힘겹게 되었다.

성공하여 돈은 벌었는데 고혈압, 당뇨병 등 성인병 종합 병동이 된 것이다. 내가 왜 돈 벌었나 하는 생각에 학원 일은 모두 강사들에게 맡기고, 좋다는 한의사 양의사 찾아다녔다.

2년 세월이 지나는 동안 병은 낫지 않고 학원이 부도나서 야반도주하여 산속에 은거하여 살게 되었다. 건강에 관한 외국 도서를 구해다 짐승을 스승으로 삼고 건강 공부를 하기 시작했다.

　짐승은 성인병이 없다는 생각에 짐승이 먹는 대로 주위에서 산나물을 뜯어 먹으며 10여 년이 지난 어느 날 안경을 벗는 기적을 보게 되고 성인병도 모두 사라졌다. 이후 『불멸의 건강 진리』를 출간한다. 선생이 나 홀로 살면서 이루어낸, 기적같이 다시 일어서는 삶을 보면서 어머니가 혼자 가라 하신 말씀을 상기하고 현대판 로빈슨의 삶을 살 결심을 한다.

틸라피아

열대 어종인 틸라피아 양어장을 하기로 한다. 경남 진동 국립수산 연구소에서 치어를 분양받아 양식해보기로 한다. 열대 민물 온수성 어종으로 학명으로는 틸라피아, 우리말로는 역돔이라고 하며 민물 도미라고도 한다. 성경에 예수께서 갈릴리 호수에서 물고기 두 마리와 빵 다섯 조각으로 5천 명을 먹이고도 열두 광주리가 남았다는 물고기다. 일명 베드로 물고기라고도 한다.

이 물고기는 알로 번식하는 게 아니고 태생으로 바로 새끼를 낳는다. 열대어 중에는 이런 종류가 있어서 양식하는 데는 별문제가 없다. 100평 규모 콘크리트 수조 육상 양어장이다. 양식장은 순환 여과 방식으로 태양열 집열판을 비닐 막으로 덮어 보온하고 심야 온수기로 열을 보충하도록 했다. 타이머와 모터를 사다 달아 자동화 사료 공급기도 만들었다.

순환 펌프는 같은 용량 모터 세 개를 달아 모터가 고장이 나도 개별로 교체하여 전체 순환이 정지되는 현상이 없도록 했다. 전자동화 양어장이어서 관리할 일이 별로 없어서 상주 인원도 필요치 않아 부근에 사는 농사일하는 청년을 관리자로 비상근무하도록 하고 고 주임이라 불렀다.

순환 모터가 고장 나면 비상벨이 멀리 들려서 농사일하다 와서 순환 모터를 교체해주고 사료를 보충해주면 된다. 여과된 물고기 배설물은 전에 심어놓았던 호두나무에 비료로 사용했더니 호두나무가 연 1미터나 자랐다.

역돔은 6개월 자라 1킬로그램이 되면 출하하게 되는데 힘이 좋고 육질도 도미와 같은 횟감으로 인기리에 현금으로 거래가 시작되었다. 양식장이 늘어나서 수금에 애로가 있어서 식당을 겸해야 살아남을 것 같은 상황이 되었다. 지금은 전업으로 매달릴 때가 아니라 생각하여 훗날 기회 봐서 하고 접기로 했다.

호두나무 심을 때 틈틈이 심어놓았던 유실수도 그동안 자라서 열매를 맺는 나무도 있어서 많은 의지가 되었다. 주말이면 안성에 와서 보내고 일요일 저녁 먹고 고속도로 한가한 늦은 시간에 귀경하는 것이 일상생활이 되었다.

제일 먼저 수확의 기쁨을 준 건 매실이었다. 매실의 용도를 몰라서 매실주를 담가놓았다가 친구들이 오면 한 병씩 주기도 했다. 이어서 자두도 열리고 호두도 열리기 시작한다. 이름 모를 새들도 날아들어 못 보던 멋진 새를 조류 도감에서 찾아보니 후드티다.

새들이 모여들면서 제비도 날아와 처마 밑에 둥지 틀고 새끼 낳아 바삐 드나든다. 그런데 마당에 엎어놓은 화분 물 빠지는 구멍에서 새가 올라간다. 신기해서 화분을 뒤집어보니 새가 둥지를 틀어 오글오

글 새끼들이 입을 짝 벌리고 먹이를 찾고 있다. 화분을 원위치로 돌려놓았더니 어미 새가 근처 나무에 앉아 동정을 살피다 구멍으로 들어간다.

사람 눈과 마주치며 며칠이 지나자 이제는 안심하고 그냥 드나든다. 겨울을 지난 국화를 이곳에 옮겨 심고 뒤집어놓은 화분이 안전한 천혜 요새 부화 둥지가 된 셈이다.

새들이 모여들어 새 천국이 되어 북적거릴 때 까치가 날아들 때마다 그 많던 새들이 그림같이 사라지곤 한다.

새들이 모여들어 먹이사슬의 최상위인 까치까지 불러들인 이유를 알게 되었다. 모기를 퇴치하기 위해 소나무에 매달아놓은 유아등에 모여든 나방, 모기 등 날파리 같은 해충을 먹으려고 새들이 모여든 거다.

농사 중에 호박만큼 만족감을 주는 농사는 없는 것 같다. 겨우내 음식물 쓰레기를 실어다 묻어두면 그 속에 묻혀 있던 호박씨가 수북이 발아해서 경쟁적으로 살아남은 건 풍성한 거름으로 자라 풍성한 수확으로 돌아온다.

집 현관에 쌓아두고 겨우내 손님들이 갈 때 나눠주는 재미로 살고 있다.

모란꽃 작약이 눈부신 꽃 피는 봄 시절에 매실 자두도 열리고 호두도 털북숭이 열매가 주렁주렁 달리면 풍성한 마음으로 봄을 지낸다. 여름이 되면 청설모가 드나들기 시작하는데 이것 또한 볼거리로 운치를 더한다.

가을에 접어들기 전부터 이놈들의 출입이 자주 보이고 나무 위에서 호두를 갉아 먹는 소리가 그라인더로 긁는 소리처럼 경쾌하게 들린다. 이 소리 또한 신비롭게 생각하고 있는데 다 먹은 다음 호두 하나를 입에 물고 유유히 사라진다. 좀 괘씸한 생각이 들었지만 먹어야 얼마나 먹겠나 싶어 그냥 애교로 보기로 한다.

가을이 되어 수확기가 되면 수확이 볼품없이 되곤 해서 동네 사람들이 따 가는 게 아닌가도 생각했지만 우선 이놈들부터 처리하기로 한다. 공기총 소지하기 위해 소정의 교육을 받고 총을 사서 주말에 사냥을 시작했다. 잡은 놈들은 호두나무 밑에 묻어 거름이 되게 했다. 여름 내내 잡은 놈이 50마리 정도 됐다. 주말에만 잡은 게 이 정돈데 실제는 7배를 해야 하는 거다.

이듬해는 새로운 방법을 고안했다. 지붕 재료인 플라스틱 선라이트를 호두나무 기둥에 감아서 미끄러지도록 했다.

그런데도 이놈들은 기둥에 감을 때 묶어 둔 철사를 잡고 점프하여 넘어가고 있었다. 기둥에 감은 철사 주위로 올무 철사를 둘렀더니 다음 주 와서 보니 기둥마다 교수형이다.

먹이를 지키기 위해 자연과 처절한 한판의 생존 경쟁 현장이다. 그러나 이게 끝이 아니었다.

호두를 건조하기 위해 창고 바닥에 깔아놓은 호두가 싹 없어졌다. 너무나 기이해서 궁금했는데 겨울에 창고를 정리하다 보니 선반의 박스에 호두가 가득하다. 바닥에 깔려 있던 호두가 선반 박스에 담겨 있는 거다. 귀신이 곡할 노릇이다. 잠깐 생각해보니 알 만하다. 쥐들이 먹으려고 옮겨놓은 거다. 그 옆 박스도 가득한데 쥐들이 까먹은 흔적이 고스란히 남아 있다. 그 큰 호두를 물고 선반 위로 옮기는 모습을 상상하며 감탄을 금할 수가 없다.

봄이 되면 여기저기서 호두 싹이 올라오는데 청설모가 식량으로 저장해놓은 호두 저장 장소를 잊어버렸거나 죽거나 해서 싹이 난 거다. 싹 난 곳을 파보고 더욱 놀랐다.

그냥 묻은 게 아니다. 묻기 전에 습기를 방지하여 발아를 막기 위해 돌을 깔고 그 위에 호두를 얹고 흙을 덮은 거다. 살아남기 위한 생존 경쟁의 처절한 현장이다.

안성은 모든 모임을 정리하고 현대판 로빈슨의 군중 속에 나 홀로 살아가는 삶의 현장인 무인도다.

삼성자동차

돌아와요 부산항에

비행기 타고 부산에 가고 있다.

화물열차 지붕 타고 피란 갔던 길이다.

부산서 초등학교 마치고 서울 가서 40년 살다가 지금 삼성자동차 납품 회사 대표이사 되어 비행기로 가고 있다.

자동차용 전기 배선을 조립하는 회사로, 삼성자동차 설립과 함께 설립한 회사다. 대주주의 지분 변동으로 바뀐 대주주 측이 영입하여 대표이사로 취임하게 되었다.

이전 대주주 측이 자동차 전기 배선 경력자 간부와 현장 조장급을 10여 명 스카우트하여 일본 기술 제휴선에서 교육받아 회사를 운영하고 있었다.

이 분야에 기반이 전혀 없던 관계로 삼성자동차가 주선하여 닛산자동차 납품 회사와 기술 제휴로 이 업에 참여하게 된 회사다. 나 자신도 이 분야 문외한이므로 창업자 정신으로 해야 한다는 각오를 했다.

기본적으로 자동차용 전기 배선은 전형적인 노동 집약적인 산업으로 1,000가지의 부품과 1,000미터의 전선을 절단, 압착해서 1,000명 작업자가 36개 조립 공정에서 조립해서 만드는 제품이다. 여기에 많은 중간 관리자와 많은 검사 공정을 거치는 전형적인 노동 집약 산업이다.

불량률도 높아서 자동차 필드 클레임의 25%가 전기 배선 불량이라는 통계가 있다. 불량은 작업자의 숙련도에 달려 있으므로 교육 훈련을 제일 중요시하고 있다.

경쟁 회사에서는 현장 사원의 반 이상이 10년 이상 근속자여서 품질이 안정돼 있다는 자랑이다. 삼성자동차 불량 목표 25ppm을 달성해서 정시에 납품해야 하며 1분 지연하면 20만 원의 페널티가 부과된다.

삼성자동차 생산 개시까지 1년여의 시간 있기는 하지만 500명을 훈련시켜 준비해야 한다. 일본 기술 제휴선의 얘기로는 최소한 1달의 교육과 6개월 현장 작업을 해야 숙련 작업자가 된다고 한다.

그러나 문제는 이런 인원을 유지하기가 쉽지 않다는 게다. 해본 적도 없는 인원을 훈련하여 가격 경쟁해서 살아남겠냐는 게 더 큰 문제다. 같은 방법으로 앞서가는 자를 이기기는 어려운 일이다. 발상의 전환이 필요한 때다.

한 사람이 하는 일을 세분화, 단순화, 표준화하여 매뉴얼화하여 교육 없이 한 사람이 한 가지 작업만 할 수 있게 했다. 이것을 전산시스템에 올려 공정 중에 생기는 많은 관리 요소를 획기적으로 줄이고 불량률도 획기적으로 줄이는 시스템 관리 개념을 세웠다.

업의 개념

기업 통합 전산망을 통한 관리로 장인 정신에 입각하여 예술의 경지에 이른 양질의 제품이 적기에 공급되도록 한다.

처음부터 바로 하자.
활용하지 못하는 교육은 낭비의 시작이다.
관리는 비용의 시작이다.
업무 프로세스를 체계적으로 정리하여 필요한 최소의 관리로 최적화된 업무 매뉴얼 개념을 세웠다.

처음부터 바로 스스로 할 수 있도록 'Do it yourself' 방식의 단순 요소 작업을 정량화해 매뉴얼로 만들어 전산화해서 공정 중에 생기는 많은 불필요한 관리를 없애서 품질과 생산성을 동시에 해결하도록 했다.

삼성자동차 SOP(생산 개시) 스케줄에 따라 실시하고 있는 공정 감사에 대비해서 기술 제휴선에서도 5명 와서 공정 지도를 하고 300건의 지적 사항을 남기고 돌아갔다.
한 달 후 다시 오겠다는 통보가 왔다. 우리는 아직 150건밖에 해결하지 못했고 삼성자동차 지적 사항과 중복된 게 많아서 우리가 완결할 때까지 연기를 요청했다.

지난번 지도 수수료 5천만 원 받아 갔는데 이번에 와서 미완료된 부분을 다시 지적할 가능성이 있다. 완료할 때까지 연기를 요청했으나 오겠다는 의사를 강력히 전해 오므로 이번에는 지난번 지적 사항은 지적하지 말고 조인트 공정 불량률 20%를 3% 줄이는 지도를 요청했다.

파견된 5명의 지도 요원들은 특성 요인도를 그려가며 고심하다가 자기네와는 제조 환경이 달라서 방안을 내놓지 못하고 돌아간 후 더 이상 파견 요청이 없었다.

그리고 얼마 후 우리 외주업체에서 기술 유출이 있을 때 건당 1,500만 엔씩 물리겠으며 기술 유출의 판단은 자기들이 한다는 각서를 대표이사 명의로 내라는 요청이었다.

생산에 필요한 1,000명 인원 중 우리가 500명, 3개 외주업체에서 500명으로 운용할 계획인데 외주업체에서 기술 유출이 생길 경우를 가정해서 이런 각서를 요구한 거다.

우리는 기술 제휴 계약서에 이미 기술 유출 조항과 페널티 조항이 있으므로 이에 동의할 수 없다고 답변했다.

그럴 때 삼성자동차 SOP에 지장이 있을 거란 경고가 와서 이 내용을 삼성자동차 담당자와 상의했다. 그리고 기술 제휴 계약서 이외 사항을 각서로 요구하는 건 부당하므로 삼성자동차 동경 지사 닛산 담당 A 이사와 이 건을 협의하기 위해 기술 제휴선에 가려고 하니 일정을 잡아주기를 요청했다. 그러자 다음 날 이 건은 없는 것으로 하고 기술 유출의 책임은 우리가 알아서 하라는 얘기로 마무리되었다.

1980년대 들어서면서 목재 산업과 신발 산업의 퇴조로 부산 경제를 살리기 위해서 삼성자동차를 부산에 유치하려는 움직임이 활발히 진행되었으나 기존 업체들의 견제로 별다른 성과를 내지 못하고 있었다. 문민정부가 들어서면서 삼성자동차를 유치하겠다는 공약을 내세워 당선된 강병중 상공회의소 회장을 중심으로 시민단체 등과 연합하여 본격적으로 정부 설득에 나섰다.

문민정부 내에서도 자동차 사업의 신규 승인이 불가하다는 기존의 결정을 뒤집기에는 어렵다는 치열한 논란이 있었다. 강병중 회장께서는 회사 일을 제쳐놓고 혼신의 열정을 다해 쏟아 넣은 보람이 있어 홍인길 총무비서관, 김철수 상공부 장관, 박재윤 경제수석 그리고 후임 한이헌 경제수석의 전폭적인 지원을 얻어내게 되었다.

여기에 언론도 자동차 산업의 국제 경쟁력을 올려야 한다는 당위성에 힘을 실어주는 바람에 숱한 비화를 남기고 삼성자동차를 부산에 유치하게 되었다.

IMF 위기

바람의 도시 부산에서 갯벌을 메워 지반이 약한 땅에 착공할 때부터 험난한 난관을 극복하며 경쟁 회사 등의 치열한 견제를 넘어 양산을 눈앞에 두게 되었다.

여기에 IMF가 닥쳐 달러당 2,000원에 달하는 환율과 연 20%에 달하는 금리의 폭등은 부채 비율이 높은 우리 회사 같은 경우는 핵폭탄을 맞은 거나 다름없었다.

수입 원자재 비율이 높아서 자재비가 순식간에 판매가를 웃도는 상황이 되었다. 이런 상황에서 공장을 가동하면 연 100억 원의 적자가 예상되고 가동 중단하면 연 60억 원 적자가 예상되는 시점에서 가격을 현실화시키지 않는 한 가동을 지속할 수 없다는 내용을 삼성자동차에 전달하게 되었다. 여기에 삼성자동차에서도 생산을 계속하기 위해서는 다른 방법이 없었다. 대주주의 법적 상태는 현재대로 유지한 채 삼성자동차가 운전 자금을 대고 운영한다는 합의서를 맺고 관리자 3명을 파견하여 운영하는 체제가 되었다.

동남아시아 금융 위기 상황을 보며 안이하게 대처해오던 정부가 IMF 위기를 맞게 되어 김대중 정부가 들어서는 계기가 되었다. 김대중 정부가 들어서자 대기업 빅딜을 통한 구조조정으로 대기업을 해체하려는 정책을 강력히 드라이브하려는 상황이 되었다.

이제 막 SM5가 출시되어 소비자 인기리에 소비자 만족도 1위의 품질을 자랑하던 삼성자동차도 갈 길을 잃게 되었다. 생존의 방편으로 기아차 입찰에 참여했으나 실패해서 대우자동차에 흡수되는 빅딜 발표가 나오자 삼성자동차는 가동을 중단하는 사태에 이르게 되었다.

이에 따라 납품업체도 필수 요원만 남기고 정리해고하고 가동을 중단하고 휴면 상태에 들어갈 수밖에 없었다.

빅딜 협상이 시작되면서 부산 시민연대가 중심이 되어 납품업체와 함께 재가동을 촉구하고 빅딜을 강력히 거부하며 정부 요로에 진정하는 활동이 전개되었다.

그러나 빅딜은 정책 입안자의 이상과 달리 실무적으로 많은 문제에 봉착하며 진전을 보지 못했다. 가장 큰 문제는 인수하려는 대우자동차가 자금이 없어서 인수 자금 6천억 원을 삼성 그룹에 빌려달라는 사태에 이르러 삼성자동차가 전격적으로 법정관리를 신청하여 빅딜은 무산되고 새로운 국면을 맞게 되었다.

삼성자동차의 운명은 이제 채권단의 손에 달리게 되었다. 정리해고후 몇 명의 핵심 요원만 남아 숨만 쉬고 있던 우리 회사는 연체된 은행 채무를 회수하기 위해 강제 집행이 진행되고 있었다. 이제 남아있는 현금 자산도 바닥이 나서 몇 개월을 버티지 못하는 상황에서 삼성자동차 채권단에 의해 재가동이 결정되었다.

르노삼성자동차

삼성자동차의 매각 우선 협상 대상자로 프랑스의 르노자동차가 지정되었으나 가격 문제로 협상 진행은 진척이 없었다. 여기에 간신히 숨만 쉬고 따라오던 납품업체들의 연쇄 도산이 인수 협상의 복병으로 떠올랐다.

인수 가격과 상관없이 납품업체가 도산하면 인수해봤자 공장을 가동할 수 없어서 납품업체의 정상 가동이 인수의 전제 조건이 되기에 이르렀다. 이에 따라 납품업체의 누적 적자를 삼성 그룹이 보전해줌으로써 르노삼성자동차가 출범하게 되었다.

르노삼성자동차의 출범으로 경영 환경도 바뀌었다. 이제까지 관행적으로 해오던 자동차 회사와 납품 회사의 수직 계열 관계에서 일반 경쟁을 통한 계약 관계로 바뀌었다. 자동차 회사가 납품 회사를 장악하고 관리하는 게 아니라 계약에 따른 권리 의무 관점에서 업무를 전개하게 되었다.

과거에는 구매 부서에서 품질, 납기, 기술 지원까지 관장했으나 이 관리를 없애고 구매 부서는 구매 업무만 하도록 하고 품질, 납기는 납품업체가 책임지고 하도록 했다.

그러니까 앞으로 신차 업체 선정 시에는 자유 경쟁을 통해 납품업체가 선정되므로 여기서 탈락하면 생존이 문제가 되는 환경이 되었다.

르노삼성자동차가 출범하기 전까지 적자는 삼성자동차가 적자 보전되었으나 가격이 현실화되지 않은 상황이었다.

이 시점에서 가격을 현실화하지 못하면 다음 차종부터는 국제 경쟁 입찰로 공급자가 결정되어서 탈락할 때는 만회할 방법이 없다. 하는 수 없이 현실화 단가를 제시하고 이보다 싼 경쟁자가 있으면 물러나겠다고 배수진을 치고 강력히 요구했다. 그 결과 6개월 유예 기간을 받고 가격은 현실화했으나 그 이후로는 일거리가 없어지게 된다.

가격을 조정받자 가동한 지 처음으로 흑자가 났지만 새로운 거래처를 찾지 못하면 회사를 청산할 수밖에 없는 절박한 상황이 되었다. 이 업의 기반이 전혀 없이 SM5 생산에 참여한 경험이 시작인 회사가 신규 거래처를 찾기는 불가능에 가까운 걸로 보였다. 그리고 국내라고 해 봐야 수직 계열화되어 있어서 우리가 비집고 들어갈 틈이 전혀 없다.

그런데 틈이 보이기 시작했다. W 자동차에 전장품을 공급하고 있던 외국계 회사가 가격이 현실화되지 않자 납품을 중단해 W 자동차의 가동이 중단되어 매스컴에서도 다뤄지는 사태가 되었다.

빅딜로 W 자동차 인수팀이 우리 회사 실사팀으로 와서 실사한 적이 있어서 연락될 수 있었다.

W 자동차에서도 골칫거리가 생겨 대안이 없었는데 우리가 접근하자 적극적으로 우리와 해결 방안을 논의하기 시작했다. 이 배경에는 빅딜 당시 우리 회사의 품질 현황과 관리 체계에 좋은 인상이 있어서 시작부터 접근이 수월했다.

문제가 된 외국계 회사는 관리만 하고 생산은 전부 외주업체가 해서 이것을 인수하면 개발 도면은 W 자동차가 제공하겠다는 안이 나와서 본격적으로 검토하기 시작했다.

이런 과정에서 르노삼성자동차 담당자와 일본 사람이 극비밀리에 다녀갔다는 얘기가 들린다. 주변 정보를 종합해보면 르노삼성자동차 주도로 일본 회사가 우리 외주업체를 인수해 전장품을 납품하겠다는 내용이었다.

그러나 이것은 우리를 압박하는 수단은 될지 몰라도 성사되지는 못한다고 생각했다. SM5는 일본 M사와 기술 제휴로 개발한 제품이기 때문에 새로 개발해 대응하기에는 현실성이 없기 때문이다.

이런 와중에 르노삼성자동차 담당자가 전화로 "사장님, 본사 공장 매각할 생각은 없으세요?" 묻기에 "매각은 왜 합니까? 우리도 거래처 확보가 많이 진척되어 공장은 우리가 써야지요"라고 답변하자 놀라는 눈치였다.

그리고 암암리에 국내 다른 자동차 회사들이 우리 상황을 점검하고 있다는 정황이 포착되었다. 정보를 종합해보면 일본 K사가 우리 외주업체를 인수하면 우리 공장은 공중에 떠버리게 된다. 그러므로 삼성자동차 주선으로 일본 K사가 인수하도록 한다는 속셈이다.

이를 주관하는 일본 K사의 담당이 이누가따 상무라는 인적 사항이 확보되어 편지를 보냈다. SM5는 일본 M사와 기술 제휴로 생산하고 있는 제품이므로 귀사가 추진하고 있는 우리 외주업체 인수 작업은 나중에 법적인 문제가 생길 걸로 생각한다는 내용이었다.

단순한 기업 인수가 아니고 법적 분쟁 요인이 잠재하고 있다는 사실을 모를 수도 있으므로 사전에 알려준 거다. 이런 예측이 적중했는지 일주일 후 이누가따 상무가 르노삼성자동차에 사업 포기 문서를 전달하고 갔다는 정보가 들어왔다.

그러는 동안 6개월 조건부로 시작한 시한이 벌써 4개월 지나가고 있었다. 이제 남은 시간은 2개월밖에 없는데 W 자동차와 진행되는 작업이 최소한 6개월은 걸리고 신규 투자 자금을 마련해야 하는 어려움도 있어서 고민이 이만저만 아니다. 그러나 르노삼성자동차도 우리를 대체할 공급선을 찾기도 어렵다고 생각했다. 국내 납품업체는 자동차 회사와 수직 계열화되어 경쟁 업체에 접근하는 것조차도 금기시되어 있어서 대안을 찾을 수 없어서 외국 회사를 검토한 걸로 보인다.

우리도 대응 방안을 검토하던 중 르노삼성에서 새로운 제안이 왔다. 6개월 더 연장해주겠으니 가격을 내려달라는 제안이다. 이로써 일본 K사의 사업 포기가 사실임이 확인된 셈이며 르노삼성에서는 시간을 벌기 위한 제안으로 판단했다. 그러나 가격을 내리는 건 있을 수 없으며 SM5 종단까지 우리가 계속한다면 고려하겠다고 했다.
우리 제안으로 SM5는 종단 시점까지 우리가 하며 자본금을 증자하는 조건으로 이 문제는 마무리되었다. 그리고 W 자동차 진출 작업도 어렵다는 판단이 서서 중단했다.

SM3 프로젝트

SM3 프로젝트는 르노삼성이 처음으로 시작하는 차종이다.
일본 닛산자동차가 생산하고 있는 쉐리라는 차종을 한국 정서에 맞게 개발하여 국제입찰로 공급선을 결정할 예정이다. 그런데 입찰 경쟁자 중에 놀랍게도 일본 M사도 초청한다는 정보가 들어와서 확인해봤다. M사에서는 초청은 왔지만 일본 정서로는 기술 제휴 업체와 경쟁하는 건 있을 수 없는 일이라며 거절했다고 한다.

그러나 르노삼성에서는 프랑스 르노자동차의 자동차에 다른 프로
젝트도 있으므로 M사에 압력을 넣어 입찰 참가해서 우리와 경쟁하
는 상황이 되었다.

그런데 경쟁 3사가 중국에 공장이 있어서 중국 생산 기준으로 견적
을 내는데 우리는 중국에 공장이 없어서 상대적으로 불리할 수밖에
없었다. 하는 수 없이 중국에 공장을 짓는다는 조건으로 견적을 제
출했다. 1주일 후 프랑스인 구매 본부장 K 전무는 우리가 1차 우선
협상 대상 회사가 되었는데 제출한 견적 가격으로 3년간 원가 절감
계획을 실행하고도 이익이 난다는 것을 입증하라는 거다.

서류를 보완해 제출했더니 이번에는 계산에 적용한 임금 인상률,
물가 상승률, 환율 등 모든 계수는 공식 통계지수를 적용해 보완하
라 한다. 이를 보완했더니 이번에는 "당신 회사는 일본 M사와 기술
제휴로 SM5를 생산했는데 기술 제휴 없이 SM3를 생산할 수 있다는
입증을 해 오세요" 한다. 우리 회사는 갤로퍼, 산타페, 산타모 개발에
참여했던 엔지니어가 5명 있어서 SM3를 개발할 수 있다는 논리를 정
리해 갔더니 그러나 SM3는 개발한 적이 없으므로 논리적으로 입증
해 오라고 한다.

우리가 기술 제휴하고 있는 M사는 SM3의 기본 모델인 닛산의 쉐
리 개발에 참여해 현재 닛산에 납품하고 있었다. 해답 원본을 가진
자와 이제부터 해보겠다는 자의 경쟁으로 처음부터 상대가 되지 않
는다.

그렇게 생각해보니 SM5의 가격 현실화를 강하게 밀어붙인 기억이
떠오르며 불안한 예감이 스쳐 간다. 이번 프로젝트에 우리는 들러리

로 끼워준 게 아닐까? 입찰 참여 기회를 주지 않을 때 공급 중단 등 강한 반격을 해올 때를 대비한 포석이 아닐까? 증자 요구는 이런 때 경영 안정성을 보완하려는 조치 아니었을까?

불길한 추측으로 일이 손에 잡히지 않았으나 우선 협상 기회는 우리 손에 있는데 마지막 순간까지 최선을 다하기로 했다. 기술 제휴 계약서를 점검해보았다. 기술 제휴 계약 이후에 취임해서 기술 제휴 내용을 이제부터 꼼꼼히 살펴보고 해답을 찾아야 한다. 서류로 받은 기술 내용은 SM5 2D 도면과 작업 지도받은 것 외에는 없다. 이 도면을 가지고 삼성자동차가 요구하는 설계 변경을 2년 동안 400여 건을 했다. M사의 지도 없이 우리 실력으로 설계 변경해서 우수한 시장 품질을 유지하며 지금까지 온 걸 논리적으로 전개하기로 방향을 잡았다.

다시 K 전무와의 면담에서 우리는 기술 제휴로 M사에서 SM5 2D 도면만 받았는데 2년 동안 400건의 설계 변경을 자력으로 해서 우수한 시장 품질을 유지했다. SM5를 설계 변경하면 SM3가 될 수 있다는 논리를 전개했더니 K 전무는 입가에 엷은 미소를 지으면서 다음 주 납품업체 결정 회의를 열 예정이므로 가서 기다리라는 언질을 받았다.

기나긴 하루하루를 보낸 후 다시 만난 K 전무는 한 장의 의향서(Letter of Intention)를 내주면서 읽어보라고 한다. 거기에는 이렇게 쓰여 있었다.

SM3는 귀사가 책임지고 공급할 것.

기술 제휴는 하든 안 하든 귀사가 알아서 할 것.

그러니까 기술 제휴를 하더라도 원가에 반영해주지 않겠다는 뜻이다. 터질 것 같은 심장 박동을 느끼며 고맙다고 깊이 머리 숙여 몇 번이고 절을 하고 왔다. 나중에 들었는데 구매 결정 회의에는 프랑스 중역 3명, 한국 중역 2명이 참석해서 결정했다고 한다.

우리가 결정된 데는 프랑스인 중역의 역할이 컸다고 생각한다. 왜냐하면 대기업의 정서로는 이런 중요한 프로젝트를 검증도 되지 않은 업체에 절대로 맡길 리가 없기 때문이다. 잘되면 다행이지만 잘 안되면 책임 문제가 생기므로 모험할 필요가 없기 때문이다.

특히 경쟁사들은 중국 공장 견적을 냈는데 공장을 짓겠다는 전제하에 낸 견적은 탈락할 가능성 많은 업체가 수주까지 하게 되어 우리 자신이 더 놀랐다. 외국인들의 합리성과 실리성이 보여준 한 예가 아닌가 생각된다.

우리와 기술 제휴를 한 회사와 글로벌 경쟁에서 수주하다니 정말로 하늘이 도왔다고 생각한다.

휴먼 엔지니어링

업무의 흐름을 프로세스로 전개하고 기본 업무와 요소 업무를 세분화해 요소 업무를 교육 없이 바로 할 수 있도록 했다. 교육 없이 스스로 일을 할 수 있도록 DIY(Do It Yourself) 방식 매뉴얼 시스템을 구축하는 일이다.

매뉴얼은 해야 할 일만을 교육 없이 순서대로 할 수 있도록 했다. 여기에는 보충 설명, 주의 사항, 참고 사항 등 꼭 작업에 필요한 사항만 기록해야 한다.

이렇게 교육 없이 작업을 했는데 불량이 나면 매뉴얼을 고쳐서 누가 작업을 해도 불량이 나오지 않도록 매뉴얼을 만들어야 한다.

관리자는 작업자를 교육하고 관리하는 게 아니라 자기 부서의 업무 프로세스를 최적화하도록 부단히 개선하고 누구나 일을 할 수 있는 매뉴얼이 되도록 한다.

3정5S

사내 모든 장소에 표지 표시를 보고 누구나 필요한 업무를 하도록 매뉴얼을 만들었다. 지정된 장소에 지정된 부품, 공구, 물품 등이 있도록 매뉴얼을 보완하여 사내에서 3정5S는 교육 관리할 필요가 없어서 더 이상 3정5S라는 용어는 안 쓰게 되었다.

활용되지 않는 교육과 관리는 낭비다

과거 100년의 변화가 현재 10년 만에 바뀌는 요인은 사람의 생각 속도가 빨라졌기 때문이다. 이런 생각의 속도가 다른 사람들을 대상으로 교육과 관리로써 목표를 달성하겠다는 건 잘못된 발상이다.

처음부터 바로 하도록 업무 매뉴얼을 만들어 교육과 관리를 없애야 한다. 이런 개념에서 그동안 해오던 전체 조회를 폐지하고 매주 부서별로 매뉴얼 개선 사례와 신규 매뉴얼 작성을 발표해서 매뉴얼이 진화하도록 했다.

그리고 SM3 수주로 중국 공장이 가동되어 이제까지 일본어 중심의 외국어 환경에 중국어, 영어를 추가하게 되었다.

관리직 사원은 1개 외국어를 선택하도록 하고 회사 소개 표준 문장을 정해서 매주 외국어로 발표하도록 했다. 그리고 회의 시작할 때 첫마디를 외국어로 말해서 외국어에 대한 감각을 높이도록 했다.

가르치는 게 아니라 실제 하도록 하는 게 휴먼 엔지니어링이다. 대형 불량 사고가 나도 경위서 징계 같은 건 아예 없고 불량이 없어질 때까지 매뉴얼을 개선해서 불량이 나지 않도록 했다. 주부 사원도 아줌마 호칭을 없애고 주부 사원으로 부르고 매뉴얼로 업무를 하는 전문가라는 자부심으로 일하게 했다.

망해가는 회사 아닌가?

경비실은 있지만 경비를 채용한 적은 없고, 무인 경비 시스템을 도입하여 방문객은 정문의 안내 표지판에 따라 접견실에 와서 일을 보게 했다.

접견실에서 접견 담당은 방문객이 접견실까지 오는 데 문제가 있었는지 먼저 확인하고 문제점이 있으면 매뉴얼 담당자가 매뉴얼을 보완해서 방문객은 누구나 문제없이 올 수 있게 했다.

업무에 적용되는 매뉴얼이 점차 늘어나면서 업무 회의도 점차 줄어들어 정착되었다. 전산시스템 관련 회사 사장이 방문했는데 정문에 들어섰는데 경비도 없고 아무도 물어볼 사람도 없고 사무실이 너무 조용해서 망해가는 회사거나 아주 잘되는 회사로 생각했다고 했다. 많은 부품을 많은 사람이 조립하는 업종이어서 필드 클레임이 높아서 구매 부서와 품질 부서 통화량이 항상 많은 게 일반적인 현상이다. 이런 점을 고려해서 전화 국선을 10회선 신청했는데 업무 흐름이 순조롭게 진행되어 동종 업계에 비해 사무실이 너무 조용해서 나온 얘기다.

노사문제

우리 회사는 삼성자동차 납품업체 중에 제일 인원이 많아서 노사 문제 관리에 많은 관심을 두던 업체다.

그런데 노사분규로 이름난 섬유 업체 노조 간부가 현장에 2명 입사했다는 정보가 들어왔다. 회사로는 별다른 대응 수단이 없어서 사태를 지켜보고 있었는데 또 다른 정보가 들어왔다. 이들이 노조를 결성하려고 암암리에 작업하고 있었는데 주부 사원들이 이들을 불러놓고 이렇게 투명한 경영을 해서 우리가 일의 중심이 되어 잘하고 있는데 왜 노조를 결성해서 우리를 관리하려고 하느냐며 주의 주는 바람에 이 문제는 조용히 끝나버렸다.

이들 중 한 명은 자진 퇴사하고 한 명은 사내 결혼했는데 이러한 배경에는 관리자가 관리하는 회사가 아니라 주부 사원 스스로 매뉴얼 중심으로 일하는 전문가라는 자부심이 크게 작용한 걸로 보인다.

실제로 주부 사원들은 자기가 낸 불량을 사후에 인지하고 자진 신고해주어서 대량 불량 사고를 막은 적도 있었으며 일본 기술자가 왔을 때 몇 마디 써먹어보려고 스스로 일본어 공부를 하는 주부 사원도 있을 만큼 현장 분위기가 밝았다. 불량이 나도 경위서를 받고 징계하는 게 아니고 다시는 불량이 나지 않도록 매뉴얼을 수정하여 관리하는 방식으로 관리자에 대해 자유로운 소통이 되어 이런 분위기가 조성되었다고 본다.

업체가 로비하는 거 아닌가?

SM5가 생산을 개시하고 몇 개월이 지났는데 품질 책임자의 호출이 있었다. 우리와 기술 제휴한 일본 M사도 닛산의 매달 품질 불량 10개 회사(Worst 10) 단골 등록 회산데 우리 회사는 한 번도 등록된 적이 없어서 업체가 로비하는 게 아니냐고 부사장께 야단맞았는데 그게 사실인가 하는 얘기다. 그런 일은 없다고 설명하면서 나 자신이 이 업은 처음이고 품질의 중요성을 인식하고 필드 클레임의 중요성을 이해하기 위해 야간에 자동차 정비 학원에서 4개월 수강하여 2급 정비 기능사 자격을 취득했다고 했다.

그리고 로비로 임시방편은 될지 몰라도 근본적인 해결 방법은 될 수 없다는 점을 강조했다. 검사 체계로 불량을 잡는 데는 한계가 있으므로 처음부터 바로 할 수 있도록 DIY 매뉴얼 체계를 구축하여 불량이 나오지 않을 때까지 매뉴얼을 수정하는 휴먼 엔지니어링 관리 시스템을 구축했다고 설명했다.

그리고 이 일이 있고 나서 그다음 달에는 0ppm을 달성하고 그해 0ppm을 2번이나 달성했으며 그 이후에도 매월 불량 10위 업체(Worst 10) 목록에 오른 적은 한 번도 없었다.

공장을 경쟁 업체에 공개하다

SM5 출시 후 감동적인 품질에 대한 명성으로 우리 회사 품질 인지도도 올라가기 시작했다. 왜냐하면 자동차 필드 클레임의 많은 부분을 차지하고 있는 건 배선 불량이었는데 이 부분의 개선 없이는 필드 클레임이 개선될 수 없기 때문이다.

그런 이유 때문인지 경쟁 업체들에서 공장을 보여달라는 제의가 들어오기 시작해서 쾌히 승낙했다. 그 대신 우리도 그쪽 공장을 보겠다는 조건이었다.

우리가 자신 있게 공개한 배경에는 공장을 아무리 개방해도 관리의 소프트웨어는 보이지도 않을뿐더러 보여줘도 따라 할 수 없다고 생각했기 때문이다. 이들에게 현장 사원이 입사해도 교육 없이 바로 매뉴얼에 따라 일하는 매뉴얼 시스템으로 운영한다고 했다.

그 당시 일본에서 도입되어 국내에서 열풍이 불던 현장 관리의 기본인 3정5S는 우리 회사에서는 용어 자체도 없다고 하면서 몇 가지 자랑도 했다.

그들이 견학하고 간 후 6개월 지난 시점에 그들 공장에 가서 보니 현장 곳곳에 3정5S 표지판이 붙어 있었다.

그리고 우리가 보여준 것조차도 개선하지 못하고 있는 게 확인되었다. 우리는 한 보빈에 전선을 2,000미터 감아서 쓰고 있는데 거기서는 아직도 500미터 다발로 쓰고 있었다.

우리가 전선 교체를 한 번 하는 동안 그들은 4번 교체해야 해서 전선 스크랩 불량과 작업 공수도 당연히 많아지게 되는 거다. 그들도 이런 사실을 알고 있으리라 생각되지만 이미 설치된 시설을 바꾸는 데 비용이 많이 들어서 못 한 걸로 봐야 한다.

우리 회사 간부가 경쟁 회사로 가고 나서 들리는 얘기가, 회사에서 쓰고 있는 매뉴얼을 몽땅 베껴 갔다고 한다.

그리고 얼마 후에 들리는 얘기로는 우리 외주업체에서 30명을 빼 갔다는 얘기다. 우리 회사에서 가져간 매뉴얼을 그쪽 회사에서 쓸 수 없다는 걸 알게 되자 그쪽 회사에서는 3정5S가 안 돼 있어서 매뉴얼 적용을 못 했다며 3정5S 지도 요원으로 뽑아 갔다고 한다. 너무 놀랄 일이다. 우리 회사 간부조차 매뉴얼 시스템 이해 정도가 이런 사람도 있는데 견학 정도로 될 리가 없는 일이다.

DIY 매뉴얼은 관리 업무에도 통했다

관리 업무에도 매뉴얼을 적용해 당일 입사, 당일 업무를 시도했다. 면접을 통과한 신입 사원은 업무 매뉴얼로 일해보게 해서 채용했다. 업무 매뉴얼로 일을 시작한 한 달 후 신규 파생되는 자신의 일을 매뉴얼로 만들어 발표케 하였다.

이런 시도는 특수 전문 분야로 여기던 경리 업무도 적용하여 스스로 매뉴얼을 만들어가며 진화를 거듭해갔다.

신입 사원 채용 시 사장 면접은 없애기로 했다. 평생직장 개념에서 평생 직업 개념으로 바뀐 시대에 일을 잘하는 인재를 뽑아서 전문성으로 승부를 내야 한다는 생각에서였다. 신입 사원을 뽑을 때 서류 심사 매뉴얼로 3배수를 뽑고 입사해서 자기가 해야 할 업무 매뉴얼로 실제 일을 시켜보고 2배수를 뽑은 다음 입사해서 일해야 할 부서의 중역이 면접해 최종 선발하기로 했다. 사장은 선발 체계를 결정하는 데만 관여하고 입사가 결정된 다음 알게 되는 셈이다.

DIY 매뉴얼은 중국 공장에도 통했다

SM3는 중국에서 생산하게 돼 있어서 걱정이 많이 되었다. 언어를 비롯하여 많은 문제가 대두되었다.

우선 현장 작업 매뉴얼을 중국에 보내서 중국 공장에서 중국어로 번역해서 중국 매뉴얼을 만들어 쓰도록 했다. 그리고 매뉴얼에 나오는 용어로 한중 용어사전을 만들어 관리직 사원들이 중국 공장과 공동으로 쓰도록 했다.

본사 관리 양식도 중국어로 번역하여 쓰도록 하여 본사와 꼭 같은 관리 시스템을 구축했다. 이 시스템을 중국 전산시스템 회사가 프로그램하여 본사와 같은 전산시스템을 구축했다. 말도 통하지 않는 중국 사람들을 채용해서 한 달 만에 첫 선적을 성공적으로 마친 거다. 참으로 기적 같은 일이다. 언어 장벽을 극복하고 무사히 완전한 품질로 선적한 거다.

DIY 매뉴얼대로 따라 하면 된다는 확신이 섰다. 이들은 매뉴얼 시스템을 빠른 속도로 소화해서 진화해나가고 있었으며 얼마 후에는 그들이 구축한 매뉴얼 종류가 본사보다 훨씬 많아질 정도가 되었다.

DIY 매뉴얼은 기술 제휴 선에도 통했다

우리가 중국에 진출한 후 우리 청도 공장과 자기네 연태 공장을 교환 방문하자는 제의가 들어왔다. SM5만 기술 제휴가 되어 있고 SM3는 기술 제휴 없이 자체 기술로 생산하고 있어서 우리의 동의가 필요한 점을 고려한 요청이었다.

먼저 연태 공장을 방문했는데 신입 사원은 1개월 다기능 교육을 한 후 작업에 투입하고 숙련도를 평가해 인증제로 운영하고 있었다. 그 후 연 1회 인증 평가해 관리하고 있으며 개인별 근태 생산성과 품질을 평가해 인사 고과에 반영하는 전형적인 일본식 관리를 하고 있었다.

그리고 청도 우리 공장을 방문해 현장의 품질 그래프와 검사 기록을 대조해보고 가동한 지 6개월 된 회사로는 잘하고 있다고 하며 교육 프로그램에 관해 묻는다.

우리는 DIY 매뉴얼 시스템으로 당일 채용, 당일 작업하며 품질이나 생산성은 인사고과에 반영하지 않고 문제 발생 즉시 매뉴얼을 수정해 대응하고 있다고 했다.

그러자 놀라워하면서 이제부터 상호 방문하면서 벤치마킹하자고 제의를 해와서 그 후 한동안 상호 방문 벤치마킹 활동을 계속했다.

DIY 매뉴얼은 GM에도 통했다

미국 GM자동차 디트로이트 본사 구매부에서 회사 소개 프레젠테이션을 통해 교육 프로그램을 설명할 때였다.

"우리는 작업자를 교육하지 않는다(We do not teach workers)"라고 설명하자 구매 본부장 이하 참석자 모두가 "뭐라고?(What?)" 하며 소리 질렀다.

"우리는 작업자 스스로 DIY 매뉴얼을 가지고 일하도록 합니다(We have them work by themselves with DIY work manual)"라고 말하자 모두의 눈이 번쩍 빛났다.

그리고 이어서 "당일 입사, 당일 작업하는 게 우리의 목표다(Today come, today work is our target)"라고 하자 멋지다면서 배터리 전기 배선도 하는지 묻기에 한다고 하자 담당 여직원에게 당장 견적 요청서를 주라고 한다. 전기 배선은 많은 사람이 손으로 작업해서 품질을 확보하기 위해 어떤 교육 프로그램으로 교육하는지 관심이 많았는데 DIY가 생활화되어 있는 이들에게 DIY 매뉴얼이 순간 이해되어 위력을 발휘한 거다.

회사 소개가 끝나고 GM 구매부 이사로 근무하다 퇴직한 후 GM

고문으로 근무하는 하 박사께서 멋진 프레젠테이션이었다고 격려해 주었다.

이때 받은 견적 요청서는 배터리 전기 배선 연간 물량 120만 세트였는데 구매 방식은 인터넷 입찰 방식이었다. 전선부터 자체 생산해서 조립 작업까지 전 공정을 자동화하면 중국 공장에서 조립하는 것보다 경쟁력이 있다고 보고 작업하였으나 인터넷 입찰 경험이 부족하여 수주하지는 못했다.

휴먼 엔지니어링은 EBS에도 통했다

EBS 활용 사례 공모에 응모했다. 성적이 아무리 좋아도 말이 안 통하는 외국어 교육은 실생활에는 아무 쓸모가 없다. 성적이 좋다고 해서 일을 잘하는 건 아니다. 일자리를 얻기 위한 교육에 너무 치중하는 건 국가적, 개인적 낭비다.

EBS의 온라인 프로그램은 말이 통하는 외국어 교육의 올바른 시도다. 다른 과목의 교육도 온라인화해서 토익 평가 방식으로 등급화해서 일할 수 있는 사람을 만드는 휴먼 엔지니어링을 해야 한다는 요지로 장려상으로 상금 30만 원도 받았다.

일본 회사와 기술 제휴 관계로 일본어 공부하려고 퇴근하면 EBS 일본어 강좌를 들으면서 생활하는 게 일상이 되었다. 그러다가 비디오 예약 녹화해서 듣게 되면서 녹화 테이프를 무한 반복하면서 틈틈이 받아쓰기를 하니 몰라보게 실력이 붙게 되었다. 독학으로 배운 실력이 시험 보면 점수가 얼마나 나올지 궁금해져서 일본어 능력 2급에 응시하여 평균 76점으로 무난히 2급 자격을 취득했다.

학원에 다닌 적도 없는데 녹화 테이프로 공부해도 평가 점수가 나온다는 데 고무되어 이번에는 1급 책으로 1년 공부하여 1급에 도전했다. 4과목 280점이 합격 기준인데 281점으로 턱걸이로 1급을 취득했다.

이번에는 중국에 공장을 세우려고 중국어를 하게 되었다.

중국의 투자 유치단이 회사에 방문하게 되어 회사 소개를 하게 되었다. 부산상공회의소 주관으로 하는 행사여서 사장이 회사를 소개하게 되어 있었다. 중국과 부산상공회의소 양쪽 통역이 있어서 언어에는 문제가 없었다.

중국어 강사를 회사에 초빙해 중국어 강좌를 듣고 있었는데 외국어는 배짱이라는 생각에 도전해보기로 했다. 회사 소개를 한자어로 작성하고 사전을 찾아 중국어 발음으로 읽는 연습을 했다.

중국 투지 유치단과 부산상공회의소 관계자가 참석해서 회사 소개를 하게 되었다. 내가 중국어로 회사 소개를 시작하자 모두 놀란 모습으로 회의장은 조용해졌다. 소개가 끝나고 질의응답 시간에 몇 가지 질문에 답변하는데 좀 당황하기는 했지만 무난히 지나갔다. 공장 견학도 마친 자리에서 상공회의소 통역이 묻는다.

"사장님, 중국에 몇 년 계셨어요?"

"중국에 두 번밖에 간 적이 없어요."

"너무 놀랐습니다. 저는 중국어를 전공하고 중국에 연수까지 했는데 너무 부끄럽습니다. 회사 소개는 한자어가 있어서 할 수 있을지 몰라도 질의응답도 잘하신 걸 보고 놀랐습니다."

질의응답도 제일 어려운 문제로 회사 소개 내용 범위에서 매출, 거래처, 인원수, 면적 등 예측되는 질문의 답변을 준비했다. 질문에 비슷한 단어가 들리면 해당하는 준비된 답변을 하고 그래도 틀리면 통역에 맡길 생각으로 했는데 대체로 잘 넘어간 모양이다.

직원과 같이 중국어를 공부했으므로 사장이 앞장서 가면 용기를 가지고 따라오리라 생각하고 다음부터 회사 소개는 간부들이 하도록 했다. 자신감을 주고 할 수 있도록 하는 게 휴먼 엔지니어링이다.

교육은 필요한 시기에 필요한 만큼 해야 효과가 있으므로 지식 교육은 평생 온라인에서 할 수 있도록 시스템을 구축하고 학교에서는 적성에 맞는 개성을 찾아내어 휴먼 엔지니어링으로 쓸모 있는 인재를 양성하는 데 목표를 두어야 한다.

코스닥 상장

회사를 코스닥에 상장시킨다는 그룹 차원의 결정이 났다.

IMF 금융 위기 이후 정부 지원 정책으로 코스닥에 상장되었던 IT 업체 중 상당 업체가 도산하였다. 이에 따라 코스닥 심사 기준이 엄격히 강화된 상황에서 상장하게 되어 긴장했지만 이젠 정면 돌파하는 수밖에 없다.

여성 심사관은 영국에서 MBA를 이수한 사람으로 남성 직원 1명과 같이 와서 심사 기준을 설명하고 있다.

첨단기술업체
수출업체
일반업체

이상 분류 기준을 설명하면서 우리 회사는 일반업체에 해당한단다. 그런데 우리와 경합하는 업체는 삼성전자 납품업체로서 LCD 제품을 생산하는 수출업체에 해당했다.

코스닥 심사 기준으로 볼 때 전혀 흠을 잡을 데 없어서 우리하고는 상대도 안 되는 업체다.

그러나 나는 우리 회사는 첨단기술 업체에 해당한다 했더니 웃으면서 이 업종이야말로 인력을 많이 쓰는 단순 조립 업종으로 전형적인 노동 집약 산업이라며 우선순위 3번째 업체인 일반업체라는 거다. 그래서 나는 업종 자체는 노동 집약 산업 맞지만 우리는 관리가 첨단이라고 답변했다.

그랬더니 그게 무슨 소리냐는 거다.

이 업은 고객의 요구에 따라 1,000명의 사람이 1,000종의 부품을 작업 공수와 물류의 낭비 없이 조립해서 양질의 제품을 고객의 시간대별 납품 요구에 응해야 하며 납품지체 배상금은 1분에 20만 원을 내야 하는 업이다.

업무를 프로세스로 전개해서 요소 작업을 DIY 방식의 매뉴얼로 교육 없이 누구나 당일 입사, 당일 작업하고 있다. 이것을 전산시스템에 올려 고객의 다양한 요구에 최적화된 관리로 즉시 대응하도록 휴먼 엔지니어링 관리 기법을 개발했다. 작업자의 다기능 숙련과 경험에 의존하지 않고 DIY 방식의 요소 작업 매뉴얼로 당일 입사, 당일 작업이 누구나 같은 수준이 되도록 개인 오차가 생길 때마다 매뉴얼을 수정해서 관리하지 않고도 스스로 작업할 수 있도록 진화시키는 방법이다.

완벽한 프로세스 구축으로 100% 불량 추적이 완벽해 통계적 관리 방법을 쓰지 않고 불량이 나오는 대로 그 불량의 원인이 된 요소 매뉴얼을 바로 수정해 다시는 같은 불량이 나오지 않는 원점 타격 방식의 관리 방법이다.

삼성자동차 출범과 함께 이 업에 대한 기반이 전혀 없이 시작해서 불량 업체 10위(Worst 10)에 한 번도 들어간 적이 없다. 공장 가동한 지 5년 만에 한 자릿수의 ppm 불량률을 달성해 유지하고 있으며 소비자 클레임으로 지불한 금액이 경쟁사들의 1/10 이하로 유지하고 있다.

이 금액은 손익 계산서에 나타나는 금액으로, 객관적으로 품질을 비교할 수 있는 자료다. DIY 매뉴얼은 언어와 문화가 다른 중국 공장에도 잘 적용되어 가동 1개월 만에 선적했으며 짧은 시일에 본사 수준의 품질에 도달했으며 빠른 속도로 매뉴얼은 중국화되며 진화해 본사보다 많은 파생 매뉴얼을 생성하고 있다.

그러나 LCD는 이미 공개된 기술이며 누구나 돈이 있으면 할 수 있는 업이다. 우리가 개발한 관리 시스템은 노동 집약 산업의 특징인 작업자의 숙련도에 의존하던 작업을 세분화, 표준화하여 당일 입사, 당일 작업이 가능하게 했다.

그리고 누구나 같은 수준의 작업을 할 수 있도록 요소 작업을 DIY 매뉴얼화해서 예측할 수 있는 정형화로 전산 관리 시스템에 올릴 수 있게 했다. 이제는 진화의 줄기세포가 생성되어 고객이 요구하는 ISO9000, QS9000, Sigma6 등 어떠한 관리 시스템에도 별다른 수정 없이 잘 적응했음이 입증되었다.

삼성자동차의 출범과 함께 불어닥친 IMF 금융 위기와 빅딜, 법정 관리 상황에서 가동 중단, 정리해고가 반복되었다. 이런 가운데 르노삼성자동차의 출범으로 재가동하는 극심한 인원 변동 상황에서도 안정된 품질과 높은 영업 이익률을 유지해서 강화된 코스닥 심사 기준에 적합한 재무 구조를 유지하고 있다. 이것은 숙련도가 중요시되는 노동 집약 산업에서 우리가 개발한 휴먼 엔지니어링 관리 기법이 전산시스템으로 구축된, 세상에 단 하나밖에 없는 발명품이며 창조적인 첨단 관리 시스템이라고 생각한다. 이렇게 설명하자 심사관은 "사장님 말씀대로라면 처음 들어보는 새로운 차원의 관리 개념으로, 이 내용을 현장의 실물 흐름과 시스템 운용이 같이 돌아가는지 확인하겠다" 하고는 2일 동안 확인하고 갔다.

그러나 이제까지 관행으로 볼 때 누구나 첨단기술로 인정하는 LCD 업체를 제치고 우리가 상장된다고 기대하기는 무리가 있다고 생각하고 있었다.

그러나 2주 후 우리는 LCD 업체를 제치고 코스닥 상장이 결정되었다.

참으로 우리가 놀랄 지경이었다.
다윗과 골리앗의 싸움에 비교할 만한 사건이었다.
노동 집약 산업이 첨단 관리 시스템으로 상장된 사건이다.

QM5 프로젝트

QM5 프로젝트가 개시되어 다른 업체들은 견적 의뢰서(RFQ)를 받았다는 정보가 들어온 지도 여러 날이 되었는데도 우리에게는 아무 정보가 없다. 이 프로젝트는 프랑스 르노자동차의 프로젝트로서 개발은 닛산자동차가 하고 공급자 선정은 닛산 구매 본부가 하고 생산은 르노삼성자동차가 하는 구조로 되어 있어서 견적 요청서는 닛산 구매 본부가 발행하게 되어 있었다. 따라서 공급선은 이미 기술력과 신차 개발 실적이 있는 업체가 우선 대상이 되어서 우리에게 견적 요청서가 올 리 없다.

그도 그럴 것이 SM3는 우리 기술로 개발했다고는 하지만 이것은 개발되어 있는 닛산의 쉐리 차량을 변형 개발해 2D 설계를 우리가 설계한 것이어서 이번과 같이 신차 프로젝트에 참여해 3D 설계를 해 본 적이 없어서 우리는 프로젝트에 참여할 자격이 없다.

이런 일이 오리라 예상하고는 있었으나 막상 닥치고 보니 생명줄이 끊어진 것 같고 공황 같은 심정이 되었다.

이때 인판넬 모듈(계기판, 공조기 및 오디오 시스템 일체)을 생산하는 인판넬 전문 글로벌 업체 T사의 A 상무로부터 만나자는 연락을 받았다. 만난 첫마디에서 자기네는 우리와 기술 제휴 관계가 있는 M사와 영국 QM5의 파생 프로젝트 입찰에 참여했는데 성공하지 못했다고 했다.

그리고 이번 QM5 프로젝트에 M사는 참여하지 않겠다 해서 우리 회사를 물어봤더니 우리 회사는 기술 능력이 안 된다고 하는데 그게 사실인지 물어왔다.

이에 대해 그렇게 생각하는 것도 무리는 아니다. 닛산 연구소는 설계 소프트웨어로 아이디어스와 케이블링 디자이너를 쓰고 있는데 우리는 쓰고 있지 않다는 걸 알고 있기 때문이라고 답변했다. 그러나 우리는 이미 소프트웨어를 구해놓고 운용 엔지니어도 확보해 대기하고 있다고 했다.

그랬더니 A 상무는 "그렇다면 견적 내는 데는 문제가 없다는 말씀입니까?" 한다.

"물론이지요. 새로 채용한 엔지니어는 전기 배선 제품을 설계한 경험이 없어서 우리 엔지니어와 같이 설계 실무를 연수 중에 있습니다" 라고 했다.

이렇게 해서 QM5는 K사와 같이 하는 걸로 되었다.

얼마 후 닛산자동차 구매 본부에서 문의가 왔다. T사로부터 우리 회사와 함께 QM5 프로젝트에 참여하겠다는 신청이 들어왔는데 우리가 견적을 낼 수 있냐는 거다.

낼 수 있다고 답변하자 좀 불안하다는 듯이 재차 확인한다. 일본 업체 정서상 신규 업체에 대해서는 신중해서 우리와 기술 제휴하고 있는 M사에 문의해본 결과라고 생각한다.

그다음 날에는 메일로 문의해 와서 우리는 닛산이 쓰고 있는 소프트를 이미 준비해서 실무 연수 중에 있으며 견적을 비롯해 닛산에 파견할 게스트 엔지니어도 확보했다고 했다. 그랬더니 그다음 날에는 텍스트 파일을 보내서 견적을 내라는 거다. 즉시 사내 엔지니어들이 파일을 열고 견적 작업에 들어갔는데 문제가 생겼다. 재료 명세의 속성이 빠져 있어서 열리지 않는다고 한다. 닛산에 바로 연락하여 속성이 빠져 있다고 했더니 바로 속성을 넣어주어서 견적을 회신했다.

이것은 우리가 닛산이 쓰고 있는 소프트웨어를 확보했는지 확인하려고 일부러 속성을 빼고 보낸 걸로 본다. 며칠 후 닛산에서 견적 요청서를 받으러 오라는 통보가 왔다. 어둠 속에서 전전긍긍하면서 방황하다가 드디어 글로벌 무대에 발을 들여놓는 기회가 온 거다.

T사의 인판넬에 들어가는 전기 배선은 메인 전기 배선이라 나머지 전기 배선은 바디 전기 배선이라 하는데 T사의 메인 전기 배선을 공급하는 자격을 가짐으로써 프로젝트 전체 전기 배선에 참여할 자격을 얻은 셈이다.

앞으로 넘어야 할 고비는 산 넘어 산이지만 활기찬 분위기가 살아나서 견적 작업에 총력을 기울여 견적을 내게 되었다. 구매 본부 담당자는 견적을 훑어보더니, "여기에 기술 제휴 로열티는 들어 있습니까?" 묻는다. 순간 나는 우리 가격이 낮다는 걸 직감했다. 왜냐하면 우리가 우여곡절 끝에 참가 자격을 얻느라 견적 작업이 늦어져서 담당자는 이미 다른 경쟁 업체들의 가격을 알고 있기 때문이다. 그래서 나는 "로열티는 가격에 안 들어 있습니다"라고 대답했다.

"그러면 기술 지원받으면 가격에 로열티를 계산하겠습니까?" 하고 묻기에 "물론 계산하겠습니다"라고 답변했다.

이렇게 해서 2주 이내에 삼성자동차와 거래가 있었던 업체의 지원을 받는 조건으로 견적을 내기로 정리됐다.

이번 상담에서 얻은 중요한 사실은, 우리 가격이 경쟁사 가격보다 결코 높지 않다는 점이다. 아무 검증도 되지 않은 신규 업체를 반길 리가 없는데 가격이 높았다면 가만히 두어도 자동 탈락하기 때문이다. 또 한 가지는 로열티를 표면에 나타냈으면 기술력이 없다고 탈락할 위험이 있어서 로열티를 계산에 넣고도 표면에 나타내지 않았는데 기술 지원을 받아도 좋다고 인정한 셈이다.

그러나 기술 지원을 받아도 좋다는 건 다행한 일이지만 사실상 경쟁자의 지원을 받기가 결코 쉬운 일은 아니다. SM5 기술 제휴를 맺고 있는 M사에 기술 지원을 요청했으나 부정적 반응이다. SM3 때 우리와 경쟁해서 당한 적이 있었기 때문에 우리를 지원한다는 건 또 하나의 경쟁자를 양성하는 게 되므로 지원할 이유가 없는 거다.

그래서 제품 개발부터 생산까지 우리가 책임지고 하겠으며 그래도 로열티는 물겠으니 명의만 빌려달라고 했다.

그러나 문제가 생기면 자기들을 부르지, 우리를 부르지 않는다며 부정적이었다. 이러느라 1주일이 훌쩍 지나서 남은 1주일 이내에 지원자를 찾지 못하면 자격 미달로 탈락하고 마는 거다.

하는 수 없이 일본 K사에 도움을 요청했다. 그러나 거기도 대만,

태국 등에 기술 제휴했으나 별 재미를 보지 못했다며 부정적이었다. 그러나 나는 반론을 제기했다. K사가 제휴한 대만, 태국 회사는 월산 3~4천 대 생산 규모의 프로젝트였으나 QM5는 월산 8~9천 대 규모여서 로열티 금액이 적지 않다. 명의만 빌려줘도 로열티는 내겠으며 제품 개발부터 납품까지 일체를 우리가 책임지고 하겠다고 제의했다.

휴회하고 구민회관 같은 데서 점심 대접받고 오후 회의에서는 오전과 사뭇 다른 분위기가 되었다.

이번 건을 긍정적으로 검토하겠으며 저녁 식사는 요코하마에서 제일 높은 빌딩의 스카이라운지 식당에 K사 사장이 우리를 초대했다는 거다.

이쯤 되면 희망이 있는 게 아닌가 생각하며 저녁 식사 자리에 갔는데 거기에는 사장, 담당 중역, 담당 부장, 그리고 고문이 배석했다. 요코하마의 화려한 야경이 내려다보이는 스카이라운지에서 프랑스식 풀코스 요리를 대접받으면서 구민회관의 점심 식사를 떠올리며 잘될 거란 확신을 갖게 되었다.

사장께서는 전에 대만, 태국과 기술 제휴해서 재미를 못 보았으나 우리 제안대로 일괄적으로 우리가 책임지고 하겠다면 시도해보겠다고 한다.

그러나 K사는 제품 개발 설계 데이터를 닛산에 납입할 때 필요한 소프트웨어를 제공한다는 조건으로 결말이 났다.

대화가 한결 부드러워지면서 참석했던 고문의 명함을 보니 이누가 따로 되어 있어서 혹시 전에 인수하려는 작업을 한 적이 있지 않냐고 물었다. 그랬더니 웃으면서 그 건으로 대단히 죄송스럽게 생각하여 오늘 사과드리려 이 자리에 참석했다는 거다. 그리고 정년퇴직하여 지금은 고문역을 맡고 있다는 거다.

그때 내가 인수 작업이 무모한 계획이라는 내용의 편지를 보낸 이누가따 상무를 지금 눈앞에 마주하고 있는 거다. 이누가따 고문도 그 당시 우리가 르노삼성차의 눈 밖에 나서 쫓겨날 뻔하다 살아나서 지금 신차 프로젝트에 동참하게 된 기이한 인연에 새삼 놀라고 있었다.

그리고 더욱 놀란 건 당시 르노삼성차 우리 담당이 지금 우리 회사 중역으로 동참하고 있다는 사실에 기절할 정도로 놀라고 있었다. 참으로 비즈니스 세계의 비정한 시련을 딛고 넘어야 앞으로 5년간의 생존이 보장되는 거다.

이튿날 닛산에 K사와 맺은 기술 지원 양해 각서와 새로운 견적서를 제출했으나 담당이 M사가 아니고 K사라는 점에 못마땅한 표정이다. 사실은 K사도 기술력이 부족해서 글로벌 R사와 합자해서 닛산의 다른 프로젝트를 하다가 탈락한 적이 있어서 못마땅하지만 제시한 조건에는 하자가 없어서 우리 기술을 검증한다는 조건으로 인정해주었다.

5일 후 닛산의 기술 검증팀이 우리 회사에 와서 본격적으로 기술 검증에 들어갔다. 이에 대비해서 회사의 규모를 크게 보이려고 기술 인력을 타 부서에서 차출해서 보강하고 중국 공장 기술 인력도 포함해 넣었다. 그리고 소프트웨어 아이디어스 케이블링 디자이너의 시험 설계 실적도 준비해놓았다. 검증팀은 우리가 보유한 인력 상황, 설계 소프트웨어 및 하드웨어 보유 현황, 게스트 엔지니어 운용 상황, 닛산에 파견할 게스트 엔지니어의 경력 상황을 점검하고 갔다.

우리는 SM3를 우리 실력으로 설계해서 성공적으로 납품한 사실에 중점을 두고 대응하느라 전 임직원이 총력을 쏟아부었다. 우리 경쟁 자는 닛산 자회사이며 인판넬 전문 회사인 C사와 전기 배선 전문 회 사인 S사가 연합하여 참여하고 있었다. 이 두 회사는 닛산 공급 업체 로서 오래됐으며 한국 내에 공장이 있는 우리와 T사하고는 상대가 안 되는 영향력을 갖고 있으며 신차 경험이 전혀 없는 우리는 안중에도 없었다.

우리는 참여 자격이 주어졌으므로 불리하기는 하지만 최선을 다해 서 살아남아야 한다. 이들은 일본에서 만들어 한국에 납품해야 해서 제조 비용과 물류 면에서 우리가 유리하고 양산 기간 르노삼성에 게 스트 엔지니어를 파견해서 설계 변경에 대응해야 하는 점은 우리가 확실히 유리하다는 거다.

이제부터 양쪽 경쟁자는 치열한 경쟁 협상에 돌입하여 마지막 단계 까지 치열한 가격 경쟁에서 경쟁자들이 포기 선언하기에 이르러 우리 와 T사가 수주에 성공하게 되었다.

참으로 피를 말리며 천당과 지옥을 넘나드는 시간을 지나 앞으로 5 년은 또 살 수 있게 되었다. 임직원 모두가 혼신의 힘을 다해 부족한 점이 많았으나 진실성을 보여주려고 노력한 결과로 생각하며, SM3를 성공적으로 설계해서 우수한 품질 실적을 올리고 있는 점도 크게 도 움이 되었다.

QM5 프로젝트에 이어 QM3 프로젝트도 수주에 성공하여 프랑스 르노자동차에 3명의 엔지니어를 파견해 개발 설계해서 명실공히 신차 개발 능력을 입증하게 되었다.

이로써 넥센테크 CEO 17년을 마치고 퇴임하고 3년 더 고문역을 했다.

현대판 로빈슨, 현대판 용병이다

한국 서바스(Servas Korea)

유네스코 국제 민간 교류 기구로 1965년 가입, 민간 교류를 증진하기 위해 회원 등록 시 직업, 숙식, 교통, 관광 안내, 공항 픽업 등 여행에 수반되는 편의 제공 의사 유무를 여행자와 호스트가 사전 등록하여 이용할 수 있도록 한다.

서바스 회원이 전 세계에 있어서 여행 준비부터 일정에 대해 여행자와 호스트가 숙박과 일일 호스트를 결정하게 되므로 서로 친숙한 관계가 되어 여행할 수 있다.

서바스 회원은 여행 계획부터 여행지의 상대방과 일정, 교통, 숙박, 관광 내용을 조율하므로 개인적으로 친숙한 관계로 시작한다. 숙박, 교통 등 예약할 수 없는 것은 현지에서 부딪치며 스스로 배우며 많은 경험을 할 수 있다. 아내가 정회원이고 나는 가족회원으로 참여하고 있었다.

아내가 여행을 좋아해서 여행 정보, 여행 계획, 일정 조율 등 여행 전반을 조율하고 일본어를 잘해서 일본 여행할 때는 많은 도움을 받고 있다.

한국에 지부가 있고 지역 조직이 있어 국내 여행도 하고 전국 대회도 지역별로 순회하며 여행 경험을 교류하고 국제 대회를 열어 활발한 활동을 하고 있다.

일본 서바스, 삿포로 요시** 부부 – 2005년 7월 30일

북해도는 원주민 아이누가 살던 곳인데 1869년 일본 정부가 정착민을 파견하여 살게 한다. 삿포로는 미국의 엔지니어 교육자 윌리엄 클라크의 지도로 서양식 건축으로 계획도시를 만들어 농업대학을 설립하게 된다. 농업 중심지로 발전하면서 일본의 곡창 지대로 성장하고 양조업이 번성하여 삿포로 맥주와 같은 유명 브랜드 맥주도 있다. 겨울에는 눈꽃 축제도 열리고 유명 아이누 문화박물관도 있다.

치토세 공항 도착 후 바로 오타루로 이동하여 옛 모습을 많이 간직하고 있는 오타루를 이곳저곳 둘러본 후 호텔에서 숙박했다. 다음 날이 일요일이라서 성당을 찾아가 미사를 하고, 초밥을 마음껏 먹을 수 있는 다베호다이(무한 리필) 음식점에서 점심을 먹고 기차로 랑코시역으로 이동했다. 가는 길에는 스키장이 여럿 보여 역시 겨울스포츠가 강한 지역임을 알 수 있었다. 역으로 마중 나온 요시** 씨와 별장으로 이동했다. 은퇴한 교사 부부로, 물려받은 임야 일부에 지은 통나무 별장에서 1박을 했다. 처음 우리를 만난 자리에서 우리에게 무릎 꿇어 조선인 강압 지배를 사죄해서 우리를 당황케 했다.

요시** 씨 모친이 초등 교사였는데 조선인 노동자로 온 자녀들을 가르쳤던 얘기를 어려서부터 들어와서 늘 죄스러운 마음으로 한국인을 만나면 이렇게 사죄하게 되었다고 했다.

먼저 손님인 우리에게 허브 탕 목욕하게 한 후 맛있는 저녁을 차려 준 부인과 식사 후 삿포로 개척 당시 청어잡이를 위해 도쿄에서 이곳으로 와서 정착한 조부의 이야기, 토지 개혁과 관련된 이야기 등 많은 대화를 나누었다.

이 통나무집은 주인이 여러 명인 집으로 돌아가면서 사용하고 있다고 하며 요시** 씨의 활발한 서바스 활동으로 많은 한국 사람이 다녀간 곳이기도 했다.

다락방에서 자고 다음 날 아침 손수 농사지은 밀로 빵을 만들어 평생 처음 맛보는 맛있는 빵과 옥수수, 블루베리 요거트 등으로 너무 멋지고 감동적인 아침 식사였다.

요시** 부부는 겨울 4개월은 스키로 시간을 보낸다고 한다. 개척 당시 총독 관저, 청어 잡어잡이 어부 숙소, 지진 박물관 견학을 하고 온천 숙박 후 귀국했다.

요시** 씨 자동차로 도야호 이동 - 2005년 8월 2일

요시** 씨와는 이런 계기로 우리 집에 초대하여 이분들을 위해 노래방 기기도 준비해서 즐거운 시간도 보내고 해운대, 경주 관광도 했다. 이 여행 이후 몇 년간 삿포로 명물 랑코시 수제 양갱과 한국산 김을 선물로 주고받으며 두 나라 사이에 어려운 일이 터질 때마다 서로 위로 전화하며 가끔 국제 서바스 모임에서 만나기도 하며 지내고 있다.

보통 서바스 호스트 후 현지에서 인사하고 헤어지지만 이때는 요시** 씨와 끊임없이 대화가 이어져 자동차로 우리의 그다음 일정인 도야호까지 안내해주어 더욱 고마웠다.

삿포로 히로* 부부

도야호, 노보리베츠 관광 후 삿포로로 이동하여 히로* 부부의 호스트를 2박 했고 낮 시간은 우리끼리 자유 여행을 했다.

초등 교감인 남편과 영어 학원 운영 중인 부인과 처음으로 말고기 요리를 맛보았다. 남편이 한국 김치를 너무 좋아해서 늘 김치는 한국 김치라고 한다. 다음 날 비에이 라벤더 꽃 축제를 봤는데 홍보와 달리 너무 규모가 작아서 실망했지만 비에이 특산물인 멜론은 정말 맛있었다. 한 세트 사 가지고 귀가하여 가족들과 함께 저녁 식사 후 후식으로 잘 먹었다.

8월 4일 치토세 공항을 출발하여 귀국했다.

큐슈 여행 - 2006년 10월 5일

큐슈는 임진왜란 때 전초 준비 기지로 제철소가 있는 중공업 도시다. 큐슈는 부산서 45분밖에 안 걸리는 아주 가까운 이웃으로, 큐슈 서바스 회원인 오이타의 칸* 부부와 쿠마모토의 소* 부부, 키타큐슈의 토모* 부부를 만나러 가는 여행이다. 큐슈 서바스를 통하여 사전에 일정 조정한 대로 오이타 전철역에서 만나기로 해서 만났다.

부인의 퇴근 시간에 맞춰 오이타역 근처에 있는, 부부의 단골 이자카야에서 저녁을 먹으며 서바스 활동에 관해 많은 얘기를 했다.

호스트는 많이 하지만 남편은 한 번도 호스트 받아본 적이 없다고 한다. 주방 벽 세계지도에는 다녀간 회원들의 국가가 빨간 원으로 표시되어 있었다. 남편 칸*은 전기 관련 일을 은퇴하고 목공에 취미 붙여 상당한 수준에 달한 작품을 냈다며 우리에게 선물도 주었다.

부인은 아주 활발한 성격으로 주변의 어르신들을 돌보아드리는 일을 계속하며 초고령사회 일본에서 한몫을 담당하고 있다.

10월 6일에는 남편 칸*과 셋이 승용차로 부근의 나이아가라 축소판 같은 폭포 등을 돌아보고 역에서 구마모토로 이동했다.

구마모토 소* 부부

이들 부부는 공무원인데 그들의 퇴근 시간에 맞춰 약속 장소에서 만나 함께 귀가하여 그들의 집에서 함께 저녁을 먹었다. 소* 씨는 한국에서 데모할 때 전투적으로 하는 모습을 TV로 본 이후 무서워서 한 번도 가본 적이 없다고 한다.

아기를 간절히 기다리는 부부였다. 다음 날 근무를 위해 짧은 대화 후 일찍 잠자리에 들었다.

10월 7일, 부부의 출근 시간에 맞춰 함께 집을 나와 인사를 하고 스이젠지 공원을 관람한 후 노면전차를 타고 구마모토성으로 이동했다.

구마모토성은 일본 3대 성의 하나로 가토 기요마사가 울산의 서생포 왜성을 쌓고 거기에 투입되었던 울산 사람들을 구마모토로 데리고 가서 우수한 축조 기술을 활용해 만든 성이다. 그때 왔던 조선 사람들이 모여 살았던 곳의 지명은 지금 울산마치 역으로 이름만 남아 있다.

기타큐슈 토모* 부부

기타큐슈는 데이 호스트 일정이어서 구마모토성 관광 후 기타큐슈역에서 부인을 만나 승용차로 토모* 부부 집에 도착했다.

남편 토모* 씨는 일본제철에서 은퇴하여 정원 가꾸는 취미로 시간을 보내고 있다고 한다. 부인이 정성껏 준비한 오뎅 전골로 점심을 함께하고 저녁 즈음 후쿠오카 시내로 이동하여 호텔에서 1박 하고 간단히 시내 관광을 한 후 귀국했다.

리치몬드 서바스 - 2007년 7월 28일

버지니아주는 독립전쟁과 미국 건국에 주도적 역할을 한 초대 대통령 조지 워싱턴을 비롯해 토머스 제퍼슨, 제임스 매디슨, 제임스 먼로 등 4명의 대통령을 배출한 곳이다.

남북전쟁에서 아메리카 연합국에 가담하여 리치먼드가 4년간 아메리카 연합국 수도였다.

버지니아주 랭카스타에 사는 친구 승호를 만나러 가는 길에 만나볼 수 있는 주변 서바스 회원 정보를 점검하다 보니 여성 부부(female couple)가 있어서 흥미가 생겼다. 일정을 주고 호스트를 할 수 있는지 몇 번 메일 보냈는데 회신이 없어서 전화했더니 집이 팔려서 미안하게 되었다고 한다.

여성 부부가 어떤 건지 궁금해서 시도했는데 우리가 여성 부부가 아니라서 거절한 걸로 보인다. 리치먼드 서바스 회원 캐서*이 데이 호스트를 하겠다고 해서 이번 일정을 친구 승호 2박, 워싱턴 디시 1박 하는 걸로 했다.

친구 승호는 래피해녹강 하구에서 대서양과 만나는 위치에 손수 별장 같은 멋진 주택을 짓고 옥상에는 천체 망원경을 설치해서 달을 관찰하는 취미로 시간 보내고 있다. 집 앞 독에는 어군 탐지기, 자동 항해 네비게이션도 장비한 요트와 2인용 범선이 정박해 있어서 요트로 대서양까지 시승도 하고 범선도 타봤다. 독의 앞쪽에 게 잡는 통발을 던져놓고 아침에 건지면 푸른 꽃게가 가득 들어 있다. 오늘 뉴욕에서 고교 친구들이 5명 온다 해서 점심거리는 충분하다.

친구 승호에게 수영을 배워 한강도 건넜다. 독서를 많이 해서 얻어 듣는 게 많아 나에게 많은 영향을 준 친구다.

서강대학을 졸업하고 은행에 우수한 성적으로 입사하여 은행장 연설문 초안도 작성할 만큼 인정받았다. 하지만 실무 적성이 맞지 않아서 용접 기술을 배워 미국에 이민해서 직장을 다녔다. 첫 번째 집 지을 땅을 사서 DIY 방식으로 구청에 신고하고 스스로 집을 지었다. 집 지을 때 벌목한 나무를 15년 난방 연료로 쓰기 위해 완전 자연연소 난로를 1,500불 주고 샀다고 한다.

요트 태평양 횡단이 꿈이어서 항해에 필요한 해류, 기상, 천문 등 기초 지식과 무풍지대 탈출 요령, 비상식량 공급 방법 같은 구체적 준비를 꾸준히 했다.

50세 넘어서 나와 함께 무동력 범선으로 태평양 횡단을 하기로 했는데 통풍이 생겨 포기하고 강가에 DIY 별장 짓고 요트를 사서 독에 정박시켜놓고 못다 한 한을 풀고 있다.

요트는 타는 기분은 좋았는데 출항 준비와 귀항 후 동력 장치를 담수로 씻어서 들어 올려놔야 부식이 방지된다. 이게 번거로워서 무동력 2인용 범선을 사서 독에 정박시켜놓으면 경치도 좋고 쓰기에도 편리해서 준비했다고 한다.

뉴욕에서 5명의 친구가 와서 졸업 후 처음 만나는 설렘도 있었다. 어려운 이민 생활을 잘 헤쳐나와 건강한 모습으로 만나니 반가웠다. 아침에 건져 올린 꽃게 반찬으로 한잔하며 이민 생활 이야기로 꽃피웠다.

리치먼드 서바스 캐서*을 만나러 친구 승호가 운전하고 우리 두 부부가 갔다. 캐서*은 네덜란드계 미국인으로 초등학교 교사였는데 정원을 가꾸는 것이 꿈이어서 이른 은퇴 후 집 정원 가꾸는 일로 시간을 보내고 있다. 아름다운 정원을 정성 들여 가꾼 흔적이 구석구석 묻어나 있다. 차 한잔하고 정원 구경하고 리치먼드 시내에서 아들이 하는 골동품 상점을 구경하고 기념으로 집에 필요한 소품을 샀다.

승호 친구 두 딸은 워싱턴 디시에서 일하고 있는데 딸이 쓰던 침실을 우리가 쓰게 되었다. 침실과 침구가 너무 깨끗해서 특급 호텔보다 훨씬 좋았다. 승호 부인은 2박은 너무 짧다며 일주일은 있어야 한다고 하며 아쉬워한다.

다음 날 승호 친구가 워싱턴 디시 호텔까지 태워다줘서 1박하고 다음 날 귀국 예정이다. 체크인하고 수녀원을 방문하여 수녀 수련 기간 중인 아내 성당 자매인 유스티나를 만났다. 다음 날 링컨 박물관과 스미소니언 박물관을 보고 워싱턴 디시 공항에서 샌프란시스코를 거처 귀국 길에 올랐다.

알라스카 크루즈 – 2010년 7월 23일

알라스카 크루즈 7박 8일 계획을 세우면서 크루즈 정박지에서 서바스 회원과 만날 수 있는지 정보를 점검하여 알라스카 서바스, 빅토리아 서바스 회원을 만나기로 일정을 잡았다.

알라스카 서바스

인천국제공항을 출발하여 다음 날 아침 시애틀 도착, 오후에 출국 심사를 마치고 승선하여 보딩 패스에 적힌 방에 짐을 풀고 선내 이용할 시설을 둘러보았다. 먹고 마시고 놀고 운동하고 영화, 공연도 보고 춤추고 놀기에 남고 넘치는데 대부분 전부 무료다. 이것도 부족한 승객을 위해 유료 식당이 2곳 있어서 입맛대로 맞추도록 준비하고 있다.

선창가에 비치는 시애틀 야경을 보면서 잠이 들어 아침에 깨어 보니 캐치칸인 듯하다. 여러 가지 주의 사항을 전달받고 긴장하며 하선했다. 만약 시간 내 승선하지 못할 때 크루즈를 놓칠 수도 있다고 으름장을 놓는다.

주노는 부동항으로서 알라스카주 정부 소재지로 1880년 금광이 발견되면서 인구가 늘기 시작하여 금광이 폐쇄된 후에는 어업, 임업, 수산물 가공업이 중심 산업이 되었다.

주노에 입항하여 창밖을 보니 여러 마리의 고래가 숨 쉴 때 뿜어내는 물기둥이 보인다. 단체로 빙하를 보러 이동했다. 이제 빙하는 여러 번 보아 설렘은 없다. 주노의 멘델홀 빙하는 도시 부근에 위치하여 순백도 아니다. 하지만 이 빙하 지역에 작은 도시를 이루고 사는 주민들의 삶에는 관심이 컸다.

그리고 크루즈 이동 중에 보았던 숲과 부서지는 빙하의 푸른색이 기후 위기감과 함께 아주 인상적이었다. 이후 3시간 자유 시간이 주어져서 약속대로 항구 입구에서 알라스카 서비스 회원 낸*를 만났다. 인문 예술 상담사로 일하고 있는 다정다감한 중년 부인이었다. 인디언, 에스키모 관련 전시물이 전시된 박물관도 구경하고 다른 사람은 갈 수 없는 경치가 아름다운 곳으로 우리를 안내했다.

서바스 시스템으로 만난 적도 없는 회원과 일정을 잡아 크루즈에서 외출하여 현지 회원을 만나 데이 호스트를 받다니 신기할 따름이다.

주노는 연어 도시로 연어 낚시를 하면 잡은 물고기는 미국 국내 택배 서비스로 배송도 된다고 한다.

다시 크루즈에 승선하여 스캐그웨이로 이동한다. 금광석 운반 철도는 알라스카에서 캐나다 유콘까지 이어지는 산악 철도로, 현재는 관광용으로 개조해서 이용하고 있다. 산악 철도를 1시간 타고 가면서 금광석을 운반하던 가파른 계곡을 오르내리며 아름다운 자연과 골드러쉬로 북적이던 옛 모습을 상상해보았다.

다시 캐치칸으로 이동. 통가스 역사 박물관에서 원주민의 민속 공예품과 예술품을 보고 원주민 학교와 마을들을 둘러보았다. 탐험과

대륙 발견, 원주민의 고통과 지역 발전의 역사는 생각에 빠지게 한다. 선내에서 생선 요리로 식사하고 같은 식사 테이블에 앉았던 사람들과 대화도 즐겨본다. 갑판 조깅 트레일에서 조깅도 하고 잠이 들었다.

빅토리아 서바스

캐나다의 빅토리아섬은 1838년 토마스 심슨이 발견한 섬이다. 부쳐스정원은 4계절 꽃이 피도록 대를 이어가며 정원을 가꿔서 캐나다 국가유적지로 지정되어 있다. 곤충 동물원에는 세계에서 가장 큰 나비 공원이 있다. 우리는 지난번 밴쿠버 여행 시에 친구 부부의 안내로 방문했었기에 이번에는 그 시간에 빅토리아 서바스 회원을 만나기로 했다.

빅토리아 항구에 아침에 도착했다. 항구 입구에서 나는 푸른 셔츠, 서바스 회원 로즈는 붉은 셔츠를 입고 만나기로 되어 있다, 우리는 금방 서로 알아보고 만났다. 로즈는 은퇴한 간호사로 스위스계 캐나다인이고 남편은 은퇴한 의사다. 은퇴 전에는 캐나다 동부에서 살았는데 너무 추운 곳이어서 은퇴하면서 따뜻한 빅토리아로 이사 왔다고 한다. 시간이 제한적이어서 항구 부근을 드라이브하고 산 위로 가서 항구를 조망하며 이야기를 나누었다. 한국에 한번 방문해주기를 부탁했더니 나이 80에 이제는 멀리 다니지 못하니 젊은 너희가 시간을 넉넉히 내서 다시 오면 1에이커의 땅이 있으니 와서 일주일 정도 머물면서 푹 쉬었다 가라고 한다.

오후에 시애틀에 도착하여 원영 친구를 만났다. 밴쿠버에서 드라이브하며 왔다고 한다. 원영 친구 부부가 한국에 오면 우리 집에 머물기도 하며 같이 국내 여행도 했는데 크루즈 중에 만나게 되어 또 다른 감동이었다. 잠깐의 시간이지만 식사도 하고 차도 하다가 귀국길에 올랐다.

말레이시아 서바스 - 2012년 7월 29일

쿠알라룸푸르는 한국 서바스 회원 모다*의 딸 샛*이 하고, 말라카는 캐* 회원이, 페낭은 토* 회원이 호스트하기로 했다.

말레이시아는 동서양의 교차점이어서 포르투갈, 네덜란드, 일본, 영국 식민지를 겪는 동안 여러 인종과 문화가 혼재한 국가다. 15세기 중국의 정화 함대 시절 중국의 지원으로 이슬람을 받아들여 이슬람 국가가 되었다.
말라카는 중계 무역 중심지였으며 페낭은 동서 교차점으로 말레이인, 인도인, 유럽인 등 여러 민족이 살고 있다.

쿠알라룸푸르에서는 탄 변호사 회장과 제프 회원을 만나 일정을 조율하고 식사도 함께했다.
한국 서바스 회원 모다* 남편이 쿠알라룸푸르에서 사업을 하고 있고 한국 서바스 회원을 위해 아파트 한 채를 할애해주고 딸 샛*이 호스트로 도착한 날 하루, 페낭에 다녀와서 하루, 말라카에서 돌아와서 하루 3일을 숙박했다.

쿠알라룸푸르에서 페낭까지는 버스로 이동했는데 한국서 인터넷으로 예매한 표로 갈 수 있어서 놀라웠다.

페낭의 토*는 중국계 말레이시아인이며 부친이 하이난 도에서 이민해 와서 살고 있으며 보험과 몇 가지 일을 하고 있으며 부인은 유치원을 하고 있다. 버스 터미널에서 만난 토*는 가는 동안 아내에게 밥을 해놓으라고 말하고 집에 가서 자기가 카레 라이스를 만들어 같이 먹었다.

다음 날 우리를 부두까지 데려다줘서 배 타고 페낭섬에 가서 조지타운 거리를 구경하고 중국 불교사원 극락사도 보고 박물관 구경하고 먹거리 장터에서 식사도 하고 왔다.

저녁 식사는 토*에게 부탁하여 좋은 식당을 소개해주면 우리가 토* 가족을 초대하여 저녁 식사를 대접하고 싶다고 하니 자기들이 즐겨 가는 중국 레스토랑에서 함께 즐겁고 맛있는 식사를 했다. 이 가족은 많은 서바스 회원을 호스트했지만, 자기들이 대접받은 것은 처음이라며 다음에 꼭 다시 한번 방문해달라고 하였다.

쿠알라룸푸르에 돌아와 샛* 집에서 1박 하며 서바스 회원들과 먹거리 장터 구경하고 식사도 함께했다. 샛*은 한국에서 의대 다니다가 적성에 맞지 않아서 미국에 가서 상담 공부하려고 준비하던 중에 영어 공부하기 위해 이곳에 왔다가 직장에서 일하고 있다.

말라카의 캐＊는 고등학교 영어 교사였는데 돋보기 쓰고 수업하는
게 싫어서 교과서를 외워서 수업했다고 한다.

한국 서바스 회원으로 활동하다가 남편이 말레이시아로 오게 되어
따라오면서 동반 휴직 중 말레이시아 서바스 회원이 되었다고 한다.

말레이시아 서바스 회원으로 우리를 호스트하게 되고 얼마 전에 명
퇴 신청했었는데 우리가 도착하기 바로 전에 확정 통보받게 되어 기
쁘다고 한다.

큰아들은 경찰대학에 다니는데 방학이라 잠깐 다니러 와서 우리가
화장실 다니기 편한 안방을 쓰도록 해주었다.

남편은 반도체 회사에 근무하고 있으며 골프장 내에 숙소가 있고
부부는 골프를 좋아하기도 하고 우리를 위해 오전 시간을 내서 함께
골프를 했다.

저녁 식사는 우리가 호스트해서 캐＊ 가족과 함께 말라카 전통적인
포르투갈 레스토랑에서 푸짐한 생선 요리를 즐기고 차 안에서 간단
히 시내 구경을 했다. 집에 돌아와 대화를 즐기고 다음 날 KL 샛＊의
아파트로 돌아왔다.

몇 번이나 샛＊의 아파트에 신세를 졌지만 한 번도 샛＊과 식사나 차
를 한 적이 없었다. 이대로 귀국하기가 섭섭하여 시간을 내달라 부탁
하여 시내에 가서 샛＊의 안내로 메뉴를 선택하여 맛있는 식사를 하
고 부모님 이야기도 들었다. 샛＊의 부모님과는 그 이후에도 연락을
주고받고 있다. 우리는 다음 날 귀국했다.

대만 서바스 - 2017년 3월 4일

타이완은 데이 호스트와 자유여행으로 하고 한국 국제 대회 때 참가했던 탕 회장과 스티브 *, 그리고 회원들과 저녁 식사하면서 일정을 조율하고 이곳 서바스 활동에 관해 많은 얘기를 들었다. 타이베이 스타호텔에서 숙박했다.

국립박물관과 예류 지질 공원을 관광했다. 국립고궁박물관은 아시아를 대표하는 박물관으로, 과거 중화권 예술과 역사를 알 수 있으며 예류 지질 공원은 사암 형질의 암석이 파도에 의한 침식작용과 풍화작용으로 이루어진 독특한 모양의 바위들로 1.7킬로미터 해안 곶까지 뻗어 있어 자연의 신비로 불리고 있다.
야시장에도 들러 먹거리, 볼거리, 사람 구경하며 이것저것 시식하며 사탕수수 주스 한잔하고 행복한 하루 보냈다.

타이중 호텔에서 1박을 하면서 서바스 회원으로부터 한국 문화를 아주 좋아하는 아가씨를 소개받아 데이 호스트로 함께 시내 구경하고 점심 식사 후 몇백 년 된 차 나무도 있는 차밭에서 전년도 최우수 명품 차를 맛보았다. 타이완에서 가장 큰 고산 호수이며 타이루거 협곡과 더불어 타이완 3대 비경 중 하나인 르웨탄 호수를 유람선 타고 돌아보고 다음 날 아리산 관광했다.
아리산 찌아이 역 앞 호텔에 숙박했다.

아리산 울창한 삼림의 고급 목재 벌목 운송을 위해 일본인이 개설

한 삼림 열차는 숲이 아름답고 수려한 경관을 볼 수 있는 것으로 유명하다. 타이중에서 1박 후 타이베이 공항버스 시간표를 알아보고 아침 일찍 공항 가는 버스를 기다리지만 버스는 오지 않고 시간은 흘러가고 결국 택시로 공항까지 이동하여 귀국했다.

브라질 서바스 - 2017년 11월 13일

브라질은 항공편으로 30시간 걸리는 장거리 여행이지만 더 늦기 전에 이과수 폭포도 보고 피아졸라가 사랑했던 리오의 이파네마 해변도 보고 싶었다. 가는 길에 밴쿠버에 사는 친구 원영 부부도 보고 브라질의 서바스 회원과도 만나보고 싶어 접촉했는데 상파울루 회원이 호스트하게 되었다.

밴쿠버 원영 친구 집에서 2박하고 상파울루, 이구아수, 리우데자네이루 경로로 일정을 잡았다.

밴쿠버 도착하여 다음 날 원영 부부와 딸 아들 가족 모두 모여 풍성한 저녁 식사를 했다. 친구의 딸은 치안도 불안한 곳이라며 걱정을 많이 했다. 우리는 이때까지 브라질이 치안 위험 지역인 줄 몰랐다. 걱정이 좀 되기 시작했다.

다음 날에는 친구 부부, 김 박사 부부와 함께 점심 식사하며 80세 되는 해에 기념으로 하와이 여행하기로 했다.

캐나다항공으로 토론토를 거쳐 상파울루에 가서 서바스 회원 안드**를 만날 예정이다.

상파울루 서바스

상파울루는 16세기 포르투갈인이 살기 시작하면서 곡물 생산지로 시작하여 17세기 금광이 발견되면서 급격히 발전하고 이어서 커피가 생산되면서 국제적으로 성장한 나라다. 국제 음악 페스티벌을 통해 삼바, 펑크 음악 등 다양한 음악과 현대 미술 중심의 갤러리 박물관이 있다. 카니발을 비롯하여 음식, 영화, 문학 축제가 열려 도시 전체가 축제 분위기로 가득하다.

상파울루 공항에서 버스를 타고 전철역까지 붐비는 차 안에서 가방을 앞가슴에 메고 주위에 눈치를 보면서 전철역까지 잘 온 셈이다. 안젤** 집까지 가는 노선을 찾느라 헤매기는 하지만 아파트 찾아가는 데 문제는 없었다. 이곳은 거의 모든 건물마다 보안원이 상주하고 아파트도 공항 보안원 못지않은 엄격한 절차를 밟아 주인이 나와서 동행하는 절차다. 안드**는 은퇴한 여성 치과 의사로 할머니가 이민 온 일본인으로 일본인 3세다. 할머니 영향으로 집 안에 일본 장식품이 많았고 일본식 예절이 몸에 배어 있었다. 정성 들여 차린 스테이크 요리로 식사하며 살아온 이야기를 시간 가는 줄 모르고 들었다.

다음 날 아침 데이 호스트를 하기로 한 안드**가 몸이 안 좋아서 못 오겠다는 연락을 받았다. 안젤**가 자기 아들이 여자 친구 집에서 하는 공예품 작업장에서 일하고 있어서 거기 같이 가서 아들을 만났다. 아들과 함께 차도 마신 후 우리는 시내 중심지에 있는 작은 공원에 가서 산책도 하고 산책도 한 후 공항으로 가서 이구아수로 향했다. 안젤**는 브라질 여행 중 불편 사항이 생기면 언제든 연락하라며 여러 가지로 배려해주고 이구아수에 가거든 폭포도 보고 새 공원에도 꼭 가보라고 당부했다.

이구아수 폭포

이구아수 몬테알레 호텔에 숙박하고 아침에 택시로 이구아수 폭포로 갔다.

이구아수 폭포는 브라질과 아르헨티나 국경에 이구아수강과 파라나강이 만나 높이 82미터, 길이 4킬로미터에 달하는 나이아가라 폭포의 4배인 275개의 폭포로 이루어져 있다.

폭포는 브라질 쪽에서 떨어지지만 보는 경치는 아르헨티나 쪽이 더 좋다며 기내에서 만난 승객이 추천한 아르헨티나 식 아사도 스테이크도 꼭 먹어보라고 한다. 덕분에 구경도 잘하고 너무 멋지고 맛있는 숯불 아사도 바비큐 스테이크도 맛보았다. 팜파스에서 방목한 소라서 그런지 별다른 맛이 있다. 어마어마한 폭포 구경한 후 그 감동은 쉬 사라지지 않았다. 바로 옆에 있는 새 공원에서 다양한 새도 보고 아름다운 산책로를 걷는 즐거움도 있었다.

이타이푸 댐

아침에 미사하고 버스로 이타이푸 댐으로 갔다.

이타이푸 댐은 브라질과 파라과이 사이를 흐르는 파라나강을 막아 세운 댐으로 길이 791미터, 높이 196미터로 세계에서 두 번째 큰 댐이며 발전량은 세계 1위다. 장대한 댐을 조망할 수 있는 레스토랑에서 품격 있는 생선 요리를 시간을 갖고 즐길 수 있었다.

리우데자네이루

리우데자네이루는 포르투갈어로 1월의 강이란 뜻으로 브라질을 발견할 당시 리우 해안을 강으로 알고 붙인 이름이다. 리우는 나폴리 시드니와 함께 세계 3대 미항이며 1763년에 공화국으로 독립하여 1960년대까지 브라질 수도였으며 세계 문화유산에 등재되어 있다. 해변에는 세계적 휴양지, 국립공원, 식물원, 세계 7대 불가사의 하나인 거대 예수상이 있다. 리우는 삼바, 카니발 도시로 전 세계 관광객이 몰리는 지구촌 삼바 축제로 유명하다.

리우데자네이루 공항에 내리자 호텔에서 예약해준 택시가 와서 까사 쿨빈스 호텔에 왔다. 식민 시대에 관리가 쓰던 저택을 비엔비 호텔로 사용하고 있는 곳이다. 기사는 호텔 대문 비밀번호를 알려주고 여는 연습을 하게 한 후 저녁에는 외출을 삼가고 혼자 외출하지 말라고 당부했다.

방은 몇 개 되지 않지만 깨끗하고 정원이 너무 잘 가꾸어져 있고 산 중턱에 위치해서 전망도 좋은 곳이다. 호텔 주인은 미국인으로 치안이 별로 좋지 않다며 자상하고 친절하게 설명하면서 호텔 투숙객 중에 중국인 노부부가 있었는데 영어를 전혀 못 해도 돈만 가지고 세계를 여행하고 있다고 했다.

호텔 주변은 식민 시절 관리들이 살던 저택 지대로 산 중턱 전망 좋고 경치 좋은 위치에 있다. 카페, 바, 고급 레스토랑도 있고 산타마리아 성당도 있다.

코파카바나 해변에는 특급 호텔이 많고 이파네마 해변은 고급 주택이 많은 지역이다. 거대 예수상이 보이는 해변도 걸어보고 거리 구경하다가 UMESUSHI(매실 초밥)이라 써 붙인 간판을 보고 너무 기뻤다. 일본식 초밥집이다. 일찍이 이민해 온 일본인들의 문화적 유산이다. 들어가서 주문하려고 보니 초밥과 반찬을 합해서 중량으로 값을 계산하는 데 놀랐다. 연어 초밥을 맛있게 먹었다.

호텔 가기 전 산 아래 전철역에서 내려 호텔까지 걸어가며 상가, 카페 등 거리를 살펴보았다. 칠레 예술가가 화려한 색깔로 칠을 한 셀라론 계단에 마을 밴드가 모여서 연습하고 있다.

코파카바나 해변과 이파네마 해변을 걷고 주변의 해물 전문 레스토랑에서 주문 방법을 이해하지 못하여 1시간쯤 후에나 주문하게 되는 일도 있었다. 그러나 전통 요리는 아주 맛있게 먹었다.

테이주카 국립공원은 세계에서 제일 큰 도심 속 열대우림으로 야생동물도 구경하며 한나절을 보냈다.

메타폴리타나 대성당은 원추형 뿔 모양의 기묘한 설계로 지어져서 코르코바도 언덕의 거대 예수상, 셀라론 계단과 함께 리우의 3대 볼거리 명소다.

우리가 갔던 날도 대성당 앞에서 일일 관광 가이드가 대성당을 설명하고 있는 자리에서 여성 한국 여행자를 만났다. 그녀는 혼자서 아프리카, 중남미를 한 달간 여행 중인데 리우의 게스트하우스에서 샤워하고 나왔더니 소지품 중에서 항공권 여권 이외에 돈만 없어져서 난감하다고 한다. 다행히 약간의 돈은 남겨놓아 간신히 돌아갈 수 있다고 한다.

특급 호텔 츄라스카리아 팰리스의 무한 리필 바비큐, 츄라스코 스테이크 로디지오 레스토랑인데 예약도 어려운 곳이어서 비엔비 주인이 예약해주었다. 스테이크를 부위별로 입맛대로 원 없이 먹을 수 있었다.

빵 산은 두 개 봉우리로 되어 있어서 케이블카를 중간에 한 번 갈아타야 한다. 빵 산에서 리우데자네이루 전경과 아름다운 바다 경치, 거대 예수상을 한눈에 조망할 수 있었다. 슈가로프 마운틴 빵지아수까르는 뾰족하고 동그란 모습이 설탕 고깔같이 생겼다 해서 붙인 이름으로, 한국 사람들이 이것을 줄여서 빵 산이라 부르기 시작했다.

상파울루

리우에서 아침에 항공편으로 상파울루에 와서 한인 타운을 보기 위해 공항 근처 풀먼 호텔에 짐을 풀어놓고 한인 타운으로 갔다. 택시는 호텔의 직원이 자신의 스마트폰으로 우버 택시를 불러주었다. 상파울루는 브라질 최대의 도시로 한인은 1962년 농업 이민부터 시작하여 1970년대 봉제업 중심의 기술 이민이 시작되어 1996년까지 5차례 걸쳐 이루어졌다.

봉제업 진출로 한인의 경제가 급성장하여 의류 시장 점유율 80%를 차지하게 된다. 경제력이 상승한 한인들이 봉혜찌로에 모여들기 시작한다. 봉혜찌로는 커피 농업으로 성공한 부자들이 별장과 주말농장을 가지고 있는 지역으로 한인들이 들어와 한인 타운을 형성하게 되었다. 의류는 원단부터 의류 부속품, 완제품까지 시장의 80%를 점유하고 있으며 브라질 이외 중남미 시장도 장악하고 있다고 한다.

시장을 구경하고 한인 식당 맛집을 찾아갔더니 영업시간이 지났는지 안에서 문이 잠겨 있어서 문을 두드리니 누군가 확인하고 문을 열어주어 한정식을 먹었다. 치안 문제로 낮에도 이렇게 문을 잠그고 영업한다고 한다.

앞에서 한인 슈퍼마켓 구경하고 있는데 젊은 주인은 이민 2세인데 여기서 태어나고 고등학교도 졸업했는데 한국말을 잘해서 놀랐다. 안쪽에 모친도 나와 계셔서 여러 가지 이민 생활에 대해 들을 수 있었다(이 모친은 며칠 뒤 뉴스를 통해 강도가 들어 돌아가셨다는 놀랍고도 안타까운 소식을 들었다).

시간이 되어 이비푸에라 공원도 가보았는데 여기서는 슈퍼 주인 패스로 우버를 불러줘서 갈 수 있었다. 넓고 넓은 공원에는 산책로와 호수, 미술관, 레스토랑 등 다양한 즐길 거리가 풍부했다.

우리 힘으로는 우버를 이용할 수 없었는데 다행히 택시가 잡혀 안전하게 호텔로 돌아갈 수 있었다. 첫날 호스트였던 안젤**에게서 자기 집에 와서 하루 더 자고 가라고 연락이 왔다. 갈 수는 없었지만 고마운 마음을 표현하고, 다음 날 토론토, 밴쿠버를 거쳐 귀국했다.

산티아고 순례길

　내가 은퇴하길 기다리던 친구가 있었다. 캐나다에 사는 원영 친구다. 대학 동기로 신입 사원 시절 포커로 밤샘하던 동지로 몬트리올 이민해서 만나고 키티멧 발전소 근무할 때도 만나고 해서 나하고는 인연이 아주 많은 친구다. 나보다 먼저 부부 모두 은퇴한 후 전 세계를 여행하고 다녔다. 내가 은퇴하자 기다렸다는 듯이 산티아고 순례길을 같이 걷자고 한다. 원영 친구가 순례길 여행을 차분히 많이 준비했고 여행을 좋아하는 아내가 대환영이어서 나는 아무 준비 없이 떠나게 되었다.

　짐을 7킬로그램 이하로 맞추고 건강도 점검하며 바쁘게 준비하여 인천공항 탑승 절차를 받고 있었다.

　그런데 인천공항에서 출발 당일 아내가 여권을 안 가지고 왔다 한다. 아내가 창백한 얼굴로 망연자실이다. 어젯밤 늦게 준비하다가 프린터에서 복사하고 그대로 놔두고 온 여권 회수에 총력을 집중했다. 게다가 항공 티켓은 인터넷으로 구매한 것이어서 취소하거나 일정 변경이 불가한 조건인데다 오전 11시쯤에는 여행사 전화 연락도 전혀 안 되고 사무실도 찾을 수 없었다. 겨우 여행사와 연락이 닿아서 사정을 말하고 비행 스케줄을 다음 날로 변경해놓고 일단 한숨 돌렸다.

물론 추가 요금은 내지만 말이 안 되는 실수 앞에서 그저 비행기를 타고 다음 일정에 연결할 수 있다는 것만으로도 감사할 일이라고 생각했다.

아내 친구에게 아파트 문의 비밀번호를 알려주고 KTX 특송 화물로 서울역 화물 사무실에 도착하도록 조치를 부탁했다.

원래 일정은 인천 출발, 프랑스 파리에 도착해서 친구 부부와 만나 다음 날 함께 파리 출발, 비아리츠 도착 예정이었고 파리 국내선 예약은 친구가 해주었는데 이런저런 상황을 친구 원영에게 알려줬다. 기절초풍할 소식에 일단 비아리츠 기차역에서 만나기로 했다. 순례길이 순탄치 않을 것 같은 예감이 스쳤다.

친구 원영이 기절할 정도로 놀란 건 전광석화 같은 여권 회수 작전이고, 더 놀란 건 탑승 직전에 취소하고 하루 연기된 일정으로 정리한 점이다.

물론 일정이 하루 늦어져 비아리츠 호텔에서 묵기로 하고 예약했던 숙박비는 날아갔지만 그래도 천만다행한 일이다. 아내가 점심 식사도 걸러가며 초죽음이 되어 담당자들과 사투로 이룬 결과다.

우리는 무사히 비아리츠에 도착했고 친구 원영과 비아리츠 바욘 역에서 반갑게 만났다. 어쩌면 이 순례길은 네 명이 아니고 두 명이 될지도 모르겠다고 마음 한구석에서 대비도 했는데, 캐나다에선 있을 수 없는 놀라운 일이라고 몇 번이나 감탄하며 특히 한국의 택배 시스템에 감탄하고 또 감탄했다. 기차가 그날 운행하지 않아 기차 대신 마련된 버스로 생장 피드포트에 도착, 작은 옛 도시를 호기심 어린 눈으로 살피며 예약한 알베르게 에스프리케민으로 찾아갔다. 남녀 구분 없이 2층 침대로 베드당 10유로로 숙박했다. 이 알베르게는 후기가 좋은 곳이었고 순례길에 만나는 첫 번째 알베르게로 그 체험이 상당히 궁금했던 차였다.

우리는 작은 방에 이층 침대 두 개를 배정받은 후 잠깐 마을 구경에 나섰다. 국경의 작고 아름다운 마을이었다.

저녁 식사 겸 순례자 환영 파티가 열렸다. 주인은 폴란드 사람으로 그날이 마침 새 주인과 인계 인수식을 겸한 자리인데 새 주인도 폴란드 사람이다. 폴란드 전통 음식으로 만찬을 성대히 준비하고 오늘부터 12유로로 숙박비도 올라간다.

순례 참석자가 20명 정도인데 유럽 각국에서 온 사람들이 많았고 브라질에서 온 사람도 있으며 한국인은 우리 4명이다. 순례길에 참가하게 된 이유는 삶의 변화를 찾아보고 앞으로 다부지게 살아보겠다는 의지도 보였다.

내일 아침 출발할 때 푸짐한 샌드위치를 7유로로 주문받아 준비했다. 아침에 출발하면서 바로 앞에 있는 순례자 사무실에서 순례자 패스포트를 받아 떠났다.

론세스바에스 - 32킬로미터

드디어 생장 피드포트를 출발하여 카미노 화살표 따라 걷기 시작하여 프랑스의 샤를마뉴 대제와 나폴레옹 황제가 이베리아반도 이슬람 제후국 코르도바를 정복하러 피레네를 넘다가 바스크 전사를 만나 철수했던 나폴레옹 길. 스페인 문에서 나폴레옹 길을 따라 오르막 포장도로로 가서 순례길 최초로 만나는 카페는 그냥 통과했다.

전망대, 식수대 지나 오리손 알베르게에서 캐나다에서 가져온 초콜릿 간식을 먹고 수통에 물도 보충했다.

오리손 봉을 지나 돌무더기 언덕 위에 성모상이 보이는 데서 아침에 싸준 푸짐한 샌드위치를 맛있게 먹고 정상을 향해 출발한다. 오르막길 따라 십자가 길을 지나면서 다리에 근육통이 나기 시작하고 브라질 순례자 묘지가 보이는 지점에서부터 통증은 심해지기 시작했다. 날이 흐리고 눈이 부슬부슬 내리기 시작하는 레푀더 안부 정상에서 론세스바에스 수도원과 마을이 보이는 지점부터는 내리막이라 통증이 더 심해져서 카미노를 완주할 수 있을지 걱정되기 시작했다.

마을 입구에서 호텔 포사다가 보이기 시작해서 있는 힘 다하여 걸어서 갔으나 만실이 되어 난감했는데 500미터 더 가면 수도원에서 운영하는, 카미노 길을 통틀어 가장 좋은 알베르게가 있다고 한다.

그러나 이제는 모두가 지쳐서 한 발도 더 걸을 수가 없어 멍하니 앉아 있었더니 주인은 자기가 운영하는 아파트로 안내하겠다고 한다. 주인 차로 3킬로미터 정도 떨어진 곳에 샤워도 할 수 있는 욕실과 방

2개, 주방과 거실이 있는 아파트에 구세주 만난 기분으로 35유로로 하룻밤 쾌적하게 자게 되었다. 악몽 같은 첫 코스를 넘기며 나름 준비랍시고 이런저런 준비 후에 떠난 우리 부부는 인천공항서부터 맞닥뜨린 황당한 일들을 겪으며 아직도 긴장이 풀리지 않았다고 생각했다. 하룻밤 푹 쉬며 잘 지냈어도 근육통이 풀리지 않아서 나는 둘째 날 일정은 택시로 가기로 했다.

수비리 - 21.9킬로미터

국경 지대 오지여서 버스가 2~3일마다 운행해서 자가용 택시로 다음 코스 수비리까지 21.9킬로미터를 15분 만에 갔다. 수비리는 오늘 출발하는 사람들이 모두 떠난 뒤여서 아주 조용했다. 일찍 와서 시간이 많아 숙소를 잡을 생각으로 마을을 둘러보기로 했다.

까사라는 민박집은 초인종을 눌러도 반응도 없다. 수도원이 운영하는 제법 규모가 큰 알베르게 뮤니시팔에 갔더니 거기도 문이 닫혀 있고 1시 반부터 등록받는다고 적혀 있었다. 잠시 후에 여성 순례자가 혼자 와서 1시 반부터 등록한다 했더니 야외 식탁에 앉아 샌드위치를 먹기 시작한다.

마을 주변을 돌아보려고 다리를 지나 언덕길 따라 올라가다 석조 건물이 나와서 보니 호텔 아끼레타다.

대문이 닫혀 있어서 문을 두들겨도 아무 반응이 없어 가려는데 어디선가 여자 목소리가 들려온다. 주변에는 아무도 보이지 않아서 또 가려고 했더니 이번에는 목소리가 위쪽에서 벽을 치면서 들려온다.

한 여성이 2층 창문에서 여기라며 부르는 소리인 것 같다. 거기 있으라는 모양 같아서 기다렸더니 바로 내려왔다.

조식 포함하여 1박 50유로이고 저녁 식사는 2인 29유로 추가하면 포도주 포함하여 푸짐한 전통 스페인 식사가 나온다고 한다. 순례길 첫날 만실로 놓친 호텔을 생각하며 선뜻 예약했다. 친구 원영에게 알려주려고 와이파이가 되는 카페를 찾아서 점심 식사하며 친구도 카톡에 나오기를 기다려야 했다. 친구 원영이 연결되어 숙박 예약을 얘기했더니 대환영이다.

오후 3시 정도에 오는 길목에서 마중하려고 갔다. 순례자들이 줄지어 오는 중에 우리 팀을 만났다. 친구 원영은 호텔에 짐을 풀고 너무 좋다고 한다. 첫날 생장 알베르게에서 불편한 잠자리에서 잠을 설쳤는데 호텔이 쾌적해서 좋고 영화 '길(The Way)'에 나왔던 호텔이라며 놀라워했다.

저녁 식사는 전통 스페인식 만찬에 포도주 한잔, 너무 품위 있는 식사로 후식으로는 농장의 유기농 목장에서 나온 요구르트가 나왔다. 주인은 서빙하면서 미국서 경영학을 공부하고 부인은 의사로 퇴근 후 돕고 있으며 몇백 년 된 고택을 매입해서 호텔로 개조해 영업하고 있는 곳으로 이 호텔의 주인은 자기와 은행이 공동 주인이라고 하며 웃었다.

영화 '길(The Way)'에서는 주인공이 산티아고 순례길에서 사고사로 죽은 아들의 시신을 수습하러 왔다가 이 호텔에 들르게 된다.

그 주인공은 여기서부터 아들의 배낭을 메고 아들의 순례자 여권으로 아들의 남은 카미노 여정을 이어가면서 아들 유골을 중간중간에 뿌리며 죽은 아들을 조금씩 이해하고 화해해간다는 내용으로, 그 영화에 이 호텔이 나왔다는 사실을 주인은 자랑하고 있었다.

시수르메노르 - 26킬로미터

호텔 아끼레타에서 맛있는 크루아상과 유기농 샐러드 토스트 요구르트를 먹고 팜플로나 21킬로미터를 지나 시수르 메노르의 론칼 사립 알베르게까지의 여정을 떠난다.

시골길을 걷다가 신작로를 걷다가 다시 작은 강줄기를 따라 아름다운 길을 따라가는데 비를 만나 판초를 쓰고 걷기 시작했다. 군대 시절 판초 우의를 입고 비 맞으며 행군하던 일을 기억하며 판초 우의의 편리함에 새삼 놀랐다. 나바라 왕국의 수도였던 팜플로나는 산페르민 소몰이 축제와 대성당 박물관으로 유명하며 헤밍웨이가 자주 들렀던 카페와 투우장이 있다.

어제 일정은 짧게 걸어서 오늘은 시수르 메노르까지 5킬로미터 더 가서 파밀리아 론칼 알베르게에 숙박했다.

이 알베르게 주인은 우리에게 국적을 묻곤 한국인이라 하니 한국인 방에 우리를 우선 배정하고 다른 방은 외국인 전용으로 했다. 친구는 첫날 생장에서 코골이들로 인해서 잠을 설친 악몽으로, 자신들은 캐나다인이라며 캐나다 방으로 갔다.

다음 날 아침 우리 방에서 한국인 노부부가 일찍 짐을 싸기 시작한다. 그러자 어떤 외국인이 당신들은 6시부터 등을 켜는 규정도 모르냐고 야단치고 있었다. 다른 나라 사람들은 일찍 일어났을 때는 조용히 짐을 들고 밖으로 나가 조용조용 짐을 챙기는데 일찍 일어나 등까지 켜고 방에서 소리 내며 짐을 챙기다 생긴 일이다. 이 순례자는 어젯밤 늦게 도착하여 다른 방으로 갈 사람들이었지만 만실이 되어 이 방에 빈 침대가 있어 부득이 한국인 방에서 잤다고 한다.

그러고 보니 주인이 특별히 한국인 방을 정해놓고 한국인들을 한 방에 모아놓는 이유를 알 것만 같았다.

원영 친구에게 어젯밤 어떻게 잤는지 물었더니 화통 삶아 먹은 놈 만나 한숨 못 잤다고 했다.

우리는 출발하기 전에 전날 저녁에 슈퍼에서 준비한 먹거리로 간단하게 가벼운 식사를 하며 이날 저녁부터는 적어도 화장실과 에어컨이 있는 개인실에서 자기로 했다.

사실은 생장에서 출발할 때까지만 해도 숙박은 선택의 여지가 없이 알베르게에서 해야만 하는 줄 알았는데 호텔, 호스텔, 펜션, 알베르게 등 지역에 따라 도착하는 마을 사정에 따라 선택의 폭이 조금은 있었다,

우리는 주인에게 부탁해서 우리는 오늘 뿌엔떼 라 레이나까지 갈 예정이라 말하고 혹시 아는 호스텔이 있으면 소개해달라고 부탁하여 예약했다.

이날부터 우리는 출발하기 전에 우리의 목적지를 정하고 미리 호스텔을 예약하며 다녔다. 평균 25킬로미터 정도는 자동차로 이동하면 한 20분 정도의 거리이고 그 주민들끼리는 이웃 동네이니 우리의 부탁이 어려운 것은 아니어서 기꺼이 들어주었다. 이렇게 소개받은 호스텔은 대체로 만족스런 가격에 깔끔한 곳이어서 만족도가 높았으나 한두 곳은 아니올시다인 곳도 있었다.

뿌엔떼 라 레이나 - 20킬로미터

시수르 메노르 마을에서 경작지를 지나자 태어난 지 얼마 안 되는 송아지가 어미 젖 먹고 있는 광경이 한적한 농가의 평화로운 모습이다.

길 따라 언덕길 오르막을 오르면 풍력 발전기와 철제 순례자 상이 있는 페르돈 봉에 온다. 여기서 보면 뒤쪽은 팜플로나가 보이고 앞으로는 뿌엔떼가 한눈에 내려다보인다.

한국인 8명의 자전거 순례자를 만나서 놀라기도 하고 반갑기도 했다. 걸어서도 힘이 드는 오르막 내리막길을 가야 하는 다부진 의지가 부럽고 믿음직스럽다. 하루에 40~50킬로미터씩 가서 15일 만에 완주

예정이라 한다. 선두와 후미에 워키토키를 들고 대열을 조율하며 자갈길 내리막을 조심스레 내려가는 모습이 자랑스럽다.

내리막 끝자락 포도밭 길 따라 우테르가 카페에서 점심을 하고 휴식했다. 우테르가에서 흙길 따라 지하도 지나 오바노스 가파른 길을 내려오면 뿌엔떼 라 레이나 구시가지에 들어선다. 뿌엔떼 라 레이나에는 산티아고 성당과 레이나 다리(왕비의 다리)가 유명하다.

호스텔도 운영하는 뿌엔떼 알베르게에서 여장을 풀고 식당 앞에서 식사하고 있는 노 순례자 부부가 맛있게 식사하고 있다가 서로 마주 바라보며 석양을 배경으로 정다운 눈빛으로 교감하는 모습이 너무도 인상적이었다. 그래서 식사가 어떠냐고 물었더니 엄지손가락을 추켜세운다. 우리도 그 식당에 들어가서 생선 2인분, 양고기 2인분을 시켰다. 덕분에 맛있는 저녁 식사를 하고 중세의 모습을 잘 간직한 마을도 한 바퀴 돌아보고 처음 미사도 했다.

에스떼야 - 21.01킬로미터

뿌엔떼 라 레이나를 떠나면 바로 레이나 다리를 건너 경사도 심한 오르막을 지나서 포도밭 오솔길 따라 한가한 경작지를 지나며 젊은 여성 순례자를 만났는데 발가락이 전부 물집이 생겨 걸을 수가 없다고 한다.

가지고 갔던 파스와 비상약을 나눠주고 격려도 해주었다. 삶의 의

미를 찾아보려고 휴가 내서 인천서 왔다고 한다. 여성 혼자 온 외국인 순례자는 제법 보이는데 한국 여성 단신 순례자도 의외로 가끔 눈에 띈다.

까미노 길에서 만나는 사람들은 모두 친구가 되어 이야기하며 간다. 대화는 말이 통하는 만큼 이해하는 대로 가면 된다. 그래도 즐겁기만 하다. 우리는 활발하고 쾌활한 친구 부인 덕에 다른 순례자들과 풍부한 대화와 정보를 나누었다. 휴식할 때도 모이는 대로 서로 인사하고 까미노 정보도 교환하며 모두 즐겁고 진지한 대화를 나눈다. 발에 물집이 생기기 시작하면서 상비약도 나눠 쓰며 많은 도움이 되었다.

에스떼야에서는 산 페드로 성당, 카스티요의 십자가, 박물관 등을 둘러보고 호스텔에 짐을 풀고 산티아고 광장 식당에서 식사했다.

로스 아르코스 - 21.7킬로미터

에스떼야에서 힘부치는 언덕길을 올라 구시가지 건너 까미노 길 따라가면 오른쪽에 이라체 수도원 포도주 샘을 만난다. 왼쪽 수도꼭지는 포도주, 오른쪽 수도꼭지는 생수가 나온다. 무료 포도주로 순례자들은 목을 축이고 생수로 물을 보충한다. 애주가 중에는 다른 병에 포도주를 담아 가기도 하지만 오르막 길목에 카페가 있어서 쉴 수 있다는 기대로 힘내서 걷기 시작한다.

포도주 샘을 지나 산티아고 길 따라 가면 이라체 마을을 지나 숲길을 벗어나면 고양이 벽화로 유명한 아스께타가 보인다. 아스께타를 지나 언덕길을 따라 무어인들의 샘을 지나면 로스 아르코스가 나온다.

에스떼야에서 예약한 호스텔 에제끼엘에서 자고 마비 식당에서 아침 식사하고 버스 타고 로그로뇨까지 갔다.

로그로뇨 - 27.8킬로미터

로스 아르코스를 나와 산 페드로 천지나 리나레스 강 건너 토레스 델 리오에 도착한다. 코르나바 천지나 오르막을 오르면 비아나 산타 마리아 성당에는 성 야고보 상이 있는 내부 장식이 있다. 발데아라스 천을 건너 카냐스 저수지를 우회해서 칸타 언덕을 지나 포도밭 내리막을 지나 피에드라 다리를 건너면 로그로뇨다. 로그로뇨는 라 리오하주의 수도로 품질 좋은 포도주와 카예 데 산후안 거리의 타파스가 유명하다.

나헤라 - 29.4킬로미터

로그로뇨 시가지를 나와 그라헤라 고갯길을 지나면 포도밭 사이를 걷는 시골길이다. 순례길에서 마을이 보이면 사막에서 오아시스를 만난 기분이다. 간식도 하고 차도 한잔하고 와이파이도 된다.

원영 친구가 젊은 순례자들끼리 하는 얘기를 듣고 와서 얘기해주었다. 젊은 순례자가 아침 일찍 일어나서 짐 싸고 있는 사람을 규정도 모르냐고 야단치고 나서 잠도 설치고 있는데 이네들이 밖으로 잠깐 나간 틈에 하도 화가 나서 이네들의 가방을 찢어놨다고 한다.

듣고 보니 시수르 메노르에서 아침 일찍 일어나서 야단맞던 사람들 얘기인 것 같았다. 이날 원영 친구 부부는 외국인 방에서 자서 이런 사실을 몰랐던 거다.

원영 친구 부부가 영어가 유창하여 수시로 가져다주는 정보 덕분에 우리 대화도 한층 풍성하게 되었다.

나헤라는 나바라 왕국의 수도로 나헤리야 강과 마을 뒤의 멋진 암벽이 있다. 나헬리야 강변 식당에서 멋진 저녁 식사를 했다. 호스탈 히스파뇨에서 숙박했다.

산토 도밍고 데 칼사다 - 21킬로미터

나헤라를 나와 경작지 시골길 가면서 유채꽃 만발한 지역을 보면서 평원을 거쳐 언덕 길지나 시루에냐 마을로 들어선다. 순례길에서 마을이 보이면 사막에서 오아시스를 만난 기분이다. 간식도 하고 차도 한잔하고 와이파이도 된다.

여기 오기 위해 스페인어 공부를 제법 한다고 했는데 한마디도 써 먹을 수 없었다. 돈, 요일, 시간, 일자를 얘기하는 데 필요한 수를 말할 줄 알면 족하고, 음식 이름을 모를 때는 메뉴 델 디아(오늘의 메뉴)만 알면 급한 대로 통하고 그다음부터는 현물 보고 배우면 된다.

유럽에서 온 젊은 부부와 가면서 얘기를 나눴는데 자기들은 작년에 까미노에서 만나 결혼하여 추억의 까미노를 다시 찾아왔다고 한다.

수원서 왔다는 한국인 노부부와 같이 걷게 되었다.

자기는 75세인데 내가 70세로 한참 아래 동생이라며 정정함을 과시하고 있다. 오는 길에 탈 없이 잘 왔는지 물었더니 오는 데는 문제가 없었는데 며칠 전 아침 일찍 일어나서 잠깐 밖에 나가 아침 먹고 들어왔더니 어떤 놈이 가방을 찢어놔서 오는 길에 가방을 바꿨다고 한다. 그리고 보니 시수르 메노르에서 아침 일찍 짐 싸다가 야단맞던 부부 같아서 원영 친구가 하던 얘기와 꼭 맞아떨어져서 놀랐다.

경작지 사이 순례자 길 따라 가면 구시가지가 나오고 이어서 수탉과 암탉의 기적 전설로 유명한 산토 도밍고 데 칼사다에 들어선다.

벨로라도 - 23.9킬로미터

산토 도밍고 데 칼사다를 지나면 그늘이 없는 구간이 대부분이다. 아침에 떠나서 아득히 보이는 먼 산이 오늘 가야 하는 오늘 일정인데 이제는 담담하게 받아들이는 데 익숙해졌다. 가는 도중 마을이 보이면 오아시스 만나듯 반갑다.

친구를 부축하여 걸어오는 한국 여성 순례자를 만났는데 한 사람이 무릎이 몹시 힘든 것 같았다. 직장에서 휴가를 내어 산티아고 순례길에 도전했다고 한다. 내가 준비했던 무릎 보호대를 나누어주었다.

무릎에 문제가 있어서 준비했는데 첫날 근육통으로 고생하고 지금은 견딜 만해서 나누어주었다.

용사들의 십자가를 지나 그라뇽, 산토 도밍고 출생지 빌로리아 데라리로하 지나 벨로라도에 진입한다. 가죽 공업으로 유명했던 벨로라도는 고대 동굴 암자 산타마리아 성당이 있다. 까사 루랄 베르데안초에서 숙박했다.

아타푸에르카 – 18.04킬로미터

벨로라도 까사 루랄 베르데안초에서 자고 다음 날 아내가 발에 문제가 생겨서 버스 타고 가기로 했다.

발에 문제가 생기기 시작했는지 버스 터미널에는 제법 많은 순례자가 기다리고 있었다. 버스 정류장에서 순례자들과 버스 기다리는 동안 무료함을 달래보려 이태리 노래 '여자의 마음'을 불렀다.

라 돈네 모빌레 쾰퓨마 벤토

무타다 젠토 에디펜 예로

셈푸레움 모빌레 레그라디아 비소

인피안루 인리소 에디펜 예로

라돈네 모빌 쾰퓨마 벤토

무타다 젠토 에디펜체

때아닌 노래를 불러 무료하던 순례자들과 함께 즐겁게 시간을 보내게 되었다.

우리는 버스로 비야프랑카 몬데스 데 오카에 내려서 걷기 시작했다. 스페인 내전 당시 죽은 전사자를 위한 기념비 산 후안 데 오르테가, 아헤스를 지나 아타푸에르카까지 걸어서 갔다. 아타푸에르카는 100만 년부터 원시 인류의 거주지로 2000년 세계 문화유산으로 등재된 곳이다.

숙소를 엘 알베르게 페레그레뇨에 정하고 취사 시설이 돼 있어서 근처 마트에서 식재료를 사서 처음이자 마지막으로 카레 라이스를 손수 만들어 먹고 마을 구경에 나섰다.

품위 있게 보이는 음식점이 있어 들어가 보니 이제까지 순례자 메뉴만 하다 보니 제대로 된 음식점이다.

방금 저녁을 먹었지만 음식점 분위기에 매료되어 피자 한 판과 파스타를 하나 시켜서 시식했다. 주인은 이곳이 고향인데 대도시에서 일하다가 고향에 돌아와 음식점을 차린 지 얼마 안 된다고 한다.

덕분에 내일 갈 부르고스의 숙소와 음식점도 소개받았다.

부르고스 - 18.2킬로미터

아타푸에르카를 나와 부르고스의 시가지를 걸어야 한다.

여러 명의 외국 젊은 순례자들을 이끌고 커피값도 내주고 식사비도 내며 다니는 한국 순례자를 만났다.

자기는 대기업 중역을 퇴직하고 머리를 식히려고 순례길에 참여했는데 외국 젊은이들을 만나 너무 재미있는 시간을 보내고 있다며 만족해하고 있다. 다음에 잠잘 정보를 점검하고 일정을 조율하느라 모두 진지한 모습이다. 리더십이 대단해 보여서 보기에도 좋았다.

부르고스 시내에는 세계 문화유산에 등재된 부르고스 대성당, 산타마리아 대성당, 산타마리아 아치문, 인류 진화 박물관 등이 있다. 부르고스는 무어인과의 전쟁으로 명성을 올린 스페인의 국민적 영웅 엘 시드의 본고장이다. 발렌시아를 정복해 군주가 되고 무라비트 군대와 전쟁에서 전사하여 부르고스 대성당에 묻혀 있다. 호텔 코로나 데 카스티요에서 숙박했다.

레온 - 181.9킬로미터

작년에 왔던 순례자는 부르고스에서 레온까지는 해발 800미터 메세타 고원 지대로 나무 그늘도 없고 물도 부족하여 고생을 너무 해서 이번에는 이 구간을 기차로 간다고 해서 우리도 기차로 가기로 했다.

걸어서 가면 일주일 정도 걸리는 거리지만 기차를 타면 2시간이면 도착한다. 이 일주일의 시간은 중간에 관광도 하고 쉬기도 하면서 여유를 갖기로 했다

기차로 가면서 보이는 고원 지대 광야는 걷기에는 너무 지루하여 단조로울 것 같아서 다행이라 생각했다. 숙소에 짐을 풀고 소개받은 식당에서 식사하고 한국인 산티아고 가이드를 만나게 되었다.
사업하는 아버지를 따라 여기 와서 고등학교를 마치고 순례길 가이드를 하고 있다고 하며 식당도 소개받았다. 휴직하고 순례 중인 건축가도 만났는데 순례길에 수많은 성당 건축물을 연구하고 순례가 끝나면 유럽 전역의 건축물을 연구하겠다고 한다.

레온은 레온 왕국의 수도로 스페인 통일의 기반을 마련한 중요한 역할을 하였다. 레온 대성당은 부르고스 대성당과 함께 스페인의 대표적인 고딕 건축물로 유명하다.
순례길 마을마다 제일 큰 건축물은 성당이고 역사적인 건축가의 건축물도 있고 부르고스 대성당처럼 세계 문화유산에 단독 등재된 성당도 있다.
순례길에는 성인들이 순례하다 지은 성당, 순례자를 위해 병원, 다리를 만든 역사가 많이 남아 있다.
대성당에서 보이는 금빛 찬란한 성물들은 하나님의 위력을 실감하게 하고 인간의 힘으로 만들 수 없는 기적 같았다.
아름답고 고풍스러운 라 포사다 레지나 호텔에서 이틀을 숙박했다.

아스토르가 – 30.1킬로미터

비야르 데 마사르페를 지나, 오스피탈 데 오르비고, 산 후스토 데 라 베가를 지나 아스토르가에 간다.

아스토르가에는 로마 박물관, 마요르 광장, 초콜릿 박물관, 산타마리아 대성당, 대성당 박물관, 주교의 궁(가우디 건축) 등이 있다.

아스토르가에 들어서자 다양한 로마 유적이 보인다. 대성당과 수도원, 시청 등 상당히 큰 규모의 광장에서 우리도 멋진 순례자 메뉴를 먹고 쉬며 대화를 즐기고 시내 관광에 나섰다. 성벽과 가우디의 젊은 시절의 건축물 주교궁, 시내 상점가를 구경하며 무리아스 데 레치발도 마을에 있는 숙소 RCT LA VALETA로 간다.

이 마을에는 마라가떼리아 전통 양식의 집과 아주 작은 규모의 오래된 산 에스떼반 성당이 있다.

이 숙소는 2층의 단독주택으로 우리는 순례 기간을 통틀어 처음으로 B&B에 묵었는데 조상 대대로 이 지역에서 살아왔고 남편도 이 지역 출신이며 거실 벽에 결혼식 사진에는 전통 복장의 모습이 있어 인상 깊었다.

우리의 방은 2층에 있었는데 방이 정말 아름답고 무엇보다도 침구가 눈부실 정도로 흰색이라 감동스러웠다. 짐을 방에 놓고 잠깐 마을 구경을 나가려고 하니 열쇠가 없어 좀 신경이 쓰였다. B&B는 열쇠는 안 주나 생각하며 우리가 나갈 건데 열쇠가 없으니 잘 부탁한다고 대충 의사표시를 하고 나갔다 오니 열쇠를 우리한테 주었단다. 그리고 원영 친구 부부는 열쇠를 들고 있었다. 난 받은 사실이 없다. 그러다가 말은 안 통하고 졸지에 도둑으로 몰리니 열은 나고 가방을 뒤져보라 하고, 입고 있던 옷의 주머니도 뒤져보라 하고… 방 열쇠에는 그 주인이 아끼는 전통 장식품이 끼워져 있었고 예쁘단다. 자기 집에 온 손님에게 본 적도 없는 물건의 도둑 취급하다니 이게 도대체 무슨 일인가. 이 일은 두고두고 기분 나쁜 일, 내 인생의 황당한 일로 기억된다.

폰세바돈 - 27.2킬로미터

무리아스 데 레치발도를 출발하여 산타 카탈리나 데 소모사, 엘칸소, 라바날 데 카미노를 지나면 폰세바돈에 들어선다. 콘벤토 폰세바돈에 숙소를 정하고 주인에게 소개받은 식당을 찾으러 마을 구경을 나갔다.

순례자들이 여럿이 모여 쉬고 있어서 인사했더니 이태리 사람들이라고 한다. '오 솔레미오'를 불렀다. 모두 웃음 가득한 모습으로 반기고 있다.

케벨라코사 나요나데 솔레

나라세 네나돕 포나렘 페스타

펠라랴 프레스카 파레지아나 페스타

케베라 코사나요나데 솔레

마나두 솔레 큐벨로이네 오 솔레미오

스탄프론티아데 오 솔레 솔레미오

스탄프론 티아데 스탄프론 티아데

보이는 식당에 가서 소개받은 식당을 물었더니 여기에는 그런 식당 없다고 한다. 그런데 나와서 보니 바로 뒷집이었다. 라 카베르나 가이아, 덕분에 멋진 원주민 식 양고기 전통 요리를 맛있게 먹었다.

폰페라다 - 27.4킬로미터

간단히 아침을 먹고 출발, 이라고의 철 십자가에 왔다. 사람들은 모두 갖고 온 돌멩이를 십자가 밑에 내려놓으며 간절한 기도를 한다. 계속 걸어가서 만나는 만하린은 중세의 순례자를 지켜주던 템플 기사단의 깃발로 장식된 사설 알베르게와 독특하고 멋진 풍경이 있는 마을이었다. 엘 비에르소를 거쳐 7킬로미터 정도 가파른 내리막을 힘들게 내려오면 꽃으로 장식된 테라스가 아름다운 마을 엘 아세보가 나온다.

잠깐 라 까사 델 페레그리뇨에서 차 한잔과 간단한 간식을 하고 다시 걷기 시작하자 바로 이 길에서 사고로 생을 마감한 독일인 순례자의 자전거가 길가에 들어 올려져 있어 지나가는 순례자에게 경각심을 일깨운다.

몰리나세카를 지나기 전부터 아내의 발에 문제가 생겨 더 이상 걸을 수 없어 원영 친구 부부의 양해를 구하고 지나가는 택시를 타고 폰페라다까지 이동했다.

　폰페라다에서 순례자 메뉴로 늦은 점심을 하고 원영 친구와 일정 조정에 관한 상의를 했다.
　아내의 발 사정으로 보면 하루에 18킬로미터 정도가 걷는 한계이므로 더 이상 같이 걷는 데는 부담되어 여기서 서로 헤어져서 산티아고에서 만나기로 정했다. 헤어진 후 친구 부부는 28~29킬로미터 이상도 걸을 수 있으리라 생각했다.
　그동안 우리는 사리아까지 버스로 가서 거기서부터 산티아고까지 하루에 15킬로미터 정도 걷는 걸로 계산하면 산티아고에 이삼 일 정도 먼저 도착하여 쉬면서 기다리는 걸로 했다. 로스 템플라리오스 호텔에 숙박하고 다음 날 폰페라다 버스 정류장에서 헤어졌다.

페레이로스 – 12킬로미터

　사리아에서 산티아고까지 이정표 표시를 보며 화살표 찾아 따라간다. 여기서부터 순례자가 많이 늘어나면서 산티아고가 가까워져감을 실감하게 된다.
　호주에서 왔다는 노 순례자와 같이 걸었는데 작년에 알베르게에서 자다가 젊은 친구가 코를 쥐고 있어서 깨어보니 코 고는 소리에 잠이 깬 순례자가 화가 나서 코를 잡아서 이번에는 밖에서 자려고 매트를 가져왔다고 한다.

중세 사리아 성 유적지와 돌 십자가를 지나 외벽 석조 조각이 멋진 막달레나 수도원 지나서 철길과 다리를 건너 아름다운 평지 길을 걸어서 산티아고 100킬로미터 이정표를 지나 평지의 아름다운 길을 걸었다.

이런 경치에 도취되어 몇 개 알베르게와 카페를 지나니 더 이상 알베르게는 안 보이고 날은 어두워지고 아내의 발이 더 이상 걸을 수 없게 되었다. 성당이 보여서 여기 바닥에서라도 자는 수밖에 없다고 생각하고 옆을 보니 바가 보인다.

들어가서 우선 식사를 챙기고 주인장에게 잠잘 곳을 문의하니 만실이란다. 사정을 얘기하고 식당 바닥에서라도 잘 수 없는지 사정했으나 어렵다며 까사 쿠르세이로 맨션의 테라스에서 잘 수 있도록 매트와 베개를 마련해주었다.

테라스에 가보니 거기에는 먼저 와 있는 순례자가 있었다. 40세 핀란드 여성 순례자인데 놀라움에 상견례를 하고 좀 더 걸어가려다 여기까지 오게 된 비슷한 사정을 서로 이해하면서 자게 되었다.

포르토마린 - 10.9킬로미터

아침을 간단히 먹고 걷다 보니 어제 자려고 했던 성당은 묘지 성당이라는 데 놀랐다. 호주 순례자가 밖에서 자려고 매트를 준비해 다니는데 용기를 얻어 우리도 침낭이 있어 자려고 했는데 묘지에서 잘 뻔했다.

한참 가다 보니 아침에 먼저 떠난 핀란드 여성 순례자는 유럽의 다른 젊은 순례자들과 앞서가고 있었다. 40세 생일 기념으로 순례길에 올랐다는 얘기를 떠올리며 새로운 계기가 될 것 같다는 생각이 든다.

소를 방목하는 목초지, 낮은 돌담길, 언뜻 제주 올레길을 탄생시킨 계기가 되지 않았을까 하는 생각이 들었다.

펜션 곤사르에서 숙박했다.

사리아를 지나면서 이제까지 못 보던, 돌로 된 네모난 형태의 구조물이 보인다. 주위에 물으니 스페인 순례자가 오레오라는 예전의 곡식 창고란다.

오레오는 15세기부터 곡물 창고로 갈리시아 북부, 아스투리아스, 포르투갈 등에 주로 산재해 있는 건축물이다. 원래는 동물 사료 저장이 목적이었는데 농산물 비축용이나 추가 숙성이 필요한 농산물에도 사용된다. 크기는 1미터에서 10미터 화강암으로 만들어져 설치류를 방재하기 위해 높은 곳에 있다.

모르가네 지나 빌라차 마을 지나 좁은 미뇨 강 다리를 조심조심 건너면 아름다운 포르토마린이 나온다.

팔라스 데 레이 - 26.1킬로미터

포르토마린을 나와 산 안토니오 언덕과 숲길 지나면 곤사르가 나온다. 독일 순례자들과 가면서 몇 마디 인사하고 얘기하며 가다가 알고 있는 독일어를 생각해봤다. 굿텐모르겐(좋은 아침), 이히 리베 디히 (사랑합니다) 정도다. 학교서 배운 후 독일어를 할 일이 전혀 없었다. 그런데 생각나는 노래가 있다.

드룬텐인 운털란 다아이츠 할트 파인
드룬텐인 운털란 다아이츠 할트 파인
술레헌 인 운털란 트라우벤인 운털란
드룬텐 인 운털란 매티 펄자인

깊은 산속 옹달샘
누가 와서 먹나요.
깊은 산속 옹달샘
누가 와서 먹나요.
아침에 토끼가 눈 비비고
세수하러 왔다가
물만 먹고 가지요.

이 노래는 독일어 수업 시작 전에 항상 부른 다음 수업하곤 했는데 그 후 지금 처음 불러봤는데 완벽히 부른 거 같다. 부르면서 생각해보니 어린이 방송에 매일 나오던 동요 '깊은 산속 옹달샘' 노래인 데 놀랐다.

이것이 독일 동요라는 데 더욱 놀라고 있다. 독일어는 한마디도 못하는데 처음 불러보는데 완벽히 부른 거다. 말은 다 잊었는데 아리랑을 부른 이민 1세 이야기와 같은 거다.

같이 가던 독일 순례자가 너무 좋아한다. 순례길에서 어찌하든 통하는 재미로 순례길의 힘든 고비를 즐기며 간다.

산타마리아 성당이 있는 철기 시대 유적지인 카스트로 데 카스트로 마이오르 지나 에이렉세, 아브레아 지나면 산 티르소 성당이 있는 팔라스 데 레이가 나온다.

오늘의 숙소는 까사 꾸로, 1층 식당에서 추천 메뉴 갈리시아 전통 우거지 국인데 구수한 맛이 우리 입맛에 꼭 맞아서 기억에 남는다.

멜리데 - 15.3킬로미터

팔라스 데 레이를 나와 팜프레 강을 건너 마사 카사노바, 포르토 데 보이스, 캄파니야를 지나 레보레이로로 간다.

세코 강을 건너 중세풍의 산후안 다리를 건너 푸렐로스의 산후안 성당을 지나면 멜리데가 나온다.

멜리데는 숲길이 아름다운 산책로가 있고 로마 시대부터 있던 오래된 마을이다. 아 가마차 식당에서 멜리데의 유명한 문어 요리 뿔뻬리아와 피멘토를 먹고 장터 구경하고 카페에서 차도 한잔하고 성당에서 미사도 했다.

미사에 같이 참석했던 필리핀 순례자와 인사를 나누니 자기는 미국 LA에 살고 있고 아들은 거기서 사제로 있다고 한다. 갈리시아 전통 요리 식당 테오도라에서 저녁을 먹고 빠리야다 엘 몰트로에서 숙박했다.

아르수아 - 14.1킬로미터

 멜리데를 지나 산티아고가 가까워지면서 스페인 억양이 많이 들려서 베싸메 무초를 작게 부르기 시작했다. 점점 따라 부르는 사람들이 늘어나서 크게 부르며 합창이 되었다.

> 베싸메 베싸메 무초
> 코모시 페라스타 노첼라 울티마베
> 베싸메 베싸메 무초 께뎅고 미에도
> 뻬르데떼 뻬르데떼 데스프에
> 께로떼 네로떼 무이세르카
> 미라멘뚜오 소스 베르떼 운토미
> 벤싸께 딸베스 마냐 요이스 따레
> 레호스 무이레호스 데끼
> 베싸메 무초 베싸메 무초
> 께뎅고 미에도 뻬르데떼 뻬르데떼 데스프에

 지치고 힘든 까미노 길에서 합창하며 가다 보니 목적지에 다다랐다. 펜션 비아리뇨 모소코소에 숙박했다.

오 페드로우소 - 19.2킬로미터

콤파스에서 숙박. 이 호스텔은 순례 기간 중 이용했던 호스텔 중에서 최악이었다. 트럭도 많이 다니는 큰길에 있는 숙소로 밤새도록 자동차 소리에 잠을 설쳤다.

순례길에서 만나는 돌무덤, 순례 도중 사망한 순례자의 무덤이다. 다 떨어진 신발을 나뭇가지에 걸어놓고 간 사람, 자전거로 순례하다 죽은 순례자의 자전거도 걸려 있고, 러닝셔츠를 걸어놓고 간 사람 등 기진맥진했던 순례자들의 모습을 생각한다.

면죄부 팔던 시절도 있었지. 지금은 말이 안 통해 면죄부 줄 수 없다고 한다. 말이 안 통해 천당 못 가는 시절이 올지도 모른다.

고해성사하러 성당에 갔는데 신부님께서 영어를 하지 못해서 고해 받을 수 없다고 하신다. 순례자 모두가 고해성사하는 심정으로 까미노 길을 걷고 있으며 보속으로 고행을 견디며 희망과 빛을 찾아 까미노 길을 가고 있는 거다.

몬테 델 고소 - 16킬로미터

몬테 델 고소는 아내가 1989년 요한 바오로 2세와 세계 성체 대회 때 참석했던 남다른 기억이 있는 곳이다. 그때는 붉은 진흙의 나지막한 둔덕이었다는데 현재는 그 기념으로 순례자 숙소를 멋지게 만들었다. 입구 쪽에 서서 보면 지붕이 일렬로 늘어선 모습만 보인다. 입구에서부터 내리막 지형을 그대로 살려 건축한 것이다. 산티아고 대성당까지 5킬로미터밖에 남지 않아 다들 이곳은 그냥 지나칠 것 같다.

순례 중에 처음 보는 관광 안내소에서 예약하여 몬테 델 고소 호텔 알베르게에서 하루 자기로 하고 호텔 아메날 레스토랑에서 멋진 식사도 했다.

고교 시절 마리오란자, 스테파노 노래를 LP 레코드판으로 애청하고 군대 시절 하숙 룸메이트가 이태리 성악곡을 저녁 식사 후 10곡씩 하곤 해서 거의 외울 정도가 되었는데 순례길에서 몇 곡 불러 순례자들과 만나면 오 솔레미오, 베싸메 무초를 부르며 소통하게 되어 즐거운 까미노 길을 가게 되었다.

그 룸메이트는 교수 퇴직 후 독학으로 성악 공부하여 이태리에서 테너 김필규로 데뷔하여 테너 가수로 활동하고 있다. 그 당시 귀동냥으로 듣던 성악곡들을 순례자들과 함께 즐기니 이 또한 크게 감동적인 일이었다.

산티아고 데 콤포스텔라 - 4.5킬로미터

현대판 순례길
까미노 길, 고해성사 길
누구나 고해성사 이루어지는 길

힘들지만 즐겁고 기쁜 길

현대판 고해성사 길

　산티아고는 예수의 12명 제자 중 첫 번째로 순교하여 제자들이 산티아고의 유언에 따라 시신을 돌배에 싣고 이베리아 반도로 건너오는 도중 풍랑을 만나 우여곡절 끝에 현재의 파드론에 이르렀다고 전해진다. 그 후 9세기경 이슬람교도와 전쟁 중 갈리시아 들판에서 별빛이 한 곳만을 비추고 있었는데 그곳이 바로 산티아고의 무덤이었다.

　이때부터 이곳을 별이 비쳤다는 의미의 캄푸스텔라로 부르기 시작했다.

　순례자를 환영하기 위한 향로 미사에 수많은 순례자가 기쁨 가득한 눈빛으로 참석하고 있다. 신부님 몇 분이 고해성사를 해주고 있다. 여러 나라 순례자와 어떻게 소통하고 있는지 궁금하다. 순례자를 위한 향로 미사는 지친 순례자들에게 위안과 질병 예방을 위해 시작되었다고 하지만 순례자들의 찌든 체취를 완화하기 위해 시작된 것으로 생각된다.

　세계에서 제일 큰 향로를 대성당 중앙에 매달아 포물선을 그리며 흔들어 향을 퍼뜨려 성당 가득한 묵은 체취를 완화시키고 벅찬 감동을 준다고 한다.

　성모님의 가마와 거대한 향로 그네가 높은 천장에서 스윙하는 예식이 순례자들의 시선을 집중시켰다. 순례자 모두가 희망과 빛을 찾은 눈빛으로 기쁨과 환희의 표정이다. 언어는 통하지 않아도 순례자 모두가 기쁨과 환희의 표정으로 고해성사가 모두 이루어진 것만 같다. 순례자를 위한 고해성사 미사다. 원영 친구 부부와 만나 순례자 환영 미사도 하고, 까미노 인증서도 받았다.

파로 데 피네스떼레 – 43.5킬로미터

피네스떼레는 야곱의 유해를 실은 돌배가 이베리아 해안에 도달한 장소로 알려진다. 피네스떼레에서 까미노 이정표 기점 0킬로미터가 시작되고 야곱의 배가 도착했을 때 배에 붙은 가리비 조개는 순례자 가방에 달고 다니게 되었다.

전에는 피네스떼레 등대 앞에서 순례를 마친 순례자의 신발과 옷 등을 태우던 의식도 있었다. 원영 친구 부부와 함께 피네스떼레를 버스로 왕복했다.

비고

산티아고 순례를 마친 후 비고를 거쳐 포르토를 여행하기로 하고 비고로 이동했다.

비고는 갈리시아 지방에서 최초로 프랑스 통치에서 벗어나 나폴레옹 군대를 이베리아반도에서 몰아낸 3월 28일을 반도전쟁 승리 기념

일로 정하고 있다.

카스트로 공원은 3개의 요새 성벽으로 둘러싸여 있어서 역사상 여러 번 외적을 막아낸 기록이 있고 기원전 2~3세기 고대인의 생활상을 볼 수 있는 유적지도 있다.

요새 성벽에서 항구를 보니 EUKOR 현대차 차량 운반선이 정박해 있어서 뿌듯하고 자랑스러웠다. 비고에서 묵었던 호스텔은 가격도 저렴하고 특급 호텔 못지않게 너무 깨끗하며 특히 린넨이 정말 감동적이었고 직원들도 친절했다. 비고는 스페인 제2의 수산물 도시로 볼거리와 먹거리가 풍성한 수산물 시장을 원영 친구 부부와 구경하고 시장 안의 맛집 식당에서 맛있는 조개 요리와 파스타, 빠에야로 저녁 식사를 했다. 여행에서 깨끗한 잠자리와 맛있는 식사는 오래 기억에 남는다.

포르토

비고의 비사르역에서 기차 타고 중간에 국경선에서 열차 직원이 여권 검사하고 포르토 상벤투역에 도착했다.

포르토 상벤투역은 푸른색 아줄레주 문양으로 장식된 역으로 역 전체가 미술관 같다. 역 전체에 푸른색 타일로 포르투갈 역사를 장식했다고 한다. 포르토는 로마인들이 지어준 이름으로 항구라는 뜻이다. 도시 전체가 역사적이어서 일부 지역은 포르토 역사 지구로 유네스코 세계 문화유산 지구로 등재될 정도다.

　세계에서 가장 아름다운 서점으로 꼽히는 렐루 서점은 네오 고딕의 외관과 화려한 내부 장식이 인상적이다. 붉은색 나선 계단을 따라 2층으로 올라가니 책을 사려는 사람보다 관광객이 더 많아 보여 재빨리 살펴보고 내려왔다. 우리가 들른 당시에는 아직 입장료가 없던 시절이었다. 이곳은 조앤 케이 롤링이 해리 포터 시리즈를 쓸 때 영감을 준 유명한 장소로 알려져 있다.

　다음 날은 일일 관광 안내 팀을 만나 시내의 관광 명소들을 걸어 다니며 설명을 들었다. 유네스코 문화유산에 등재된 만큼 옛 모습을 잘 간직하고 있는 건물들과 성당, 첨탑, 골목길, 전통 공예점, 빵 맛집과 와이너리를 방문하고 도우루 강가의 산책로와 카페 등을 방문했다.

　우리는 트램을 타고 마토지누스 수산시장으로 갔다. 이 시장은 규모는 작지만, 수산물이 풍부해서 볼거리는 있다. 다시 트램을 타고 수산물 도매시장에 들러 구경하고 나오다가 부두 관리자에게 이 지역 주민들이 단골로 다니는 음식점을 소개받았는데 도매시장 길 건너편에 있는 가게라 찾기도 쉬웠다. 가서 주인에게 자신 있게 추천할 수 있는 최고 메뉴를 일임했더니 엄지손가락을 추켜세우면서 만족해한다.
　창밖 거리에 바베큐 장비를 가져다놓고 커다란 생선을 훈제하기 시작한다. 시간이 좀 걸린다고 해서 그동안 옆 테이블 사람들과 인사도 하며 기다렸다. 훈제된 생선 한 마리에 풍성한 반찬 요리가 곁들어져서 한껏 즐거운 식사를 했다. 옆 테이블 노부부가 자기들 요리를 한 접시 가져다주면서 먹어보란다. 우리도 한 접시 드렸더니 먹어보고 엄지손가락을 추켜세운다.

산티아고에 돌아와 순례길은 여기서 끝내고 원영 친구 부부는 파리로 가고 우리는 마드리드로 향했다.

마드리드

마드리드는 무어인들이 9세기 만사나레스 강 유역에 요새를 건설하면서 시작됐으며 아랍어 마게리트에서 유래된 걸로 보인다. 16세기 펠리페 2세가 수도로 정했다.

스페인 광장은 마드리드의 상징적인 광장으로 국경일인 콜럼버스 기념일에 맞춰 음식 축제, 히스패닉 축제 등 여러 종류의 축제가 열리는 곳이다.

스페인 광장과 돈키호테 풍차도 보고 왕궁 박물관도 가서 화려한 궁궐의 미술품과 장식품, 전망도 보고 다시 장소를 이동하여 스페인 대표 요리 하몽과 향토 바비큐도 맛보았다. 프라도 미술관은 며칠을 보아도 다 볼 수 없을 것 같았다.

마요르 광장에 있는 보틴 식당은 2025년에 300주년을 맞는 세계에서 제일 오래된 식당이다. 이름 모를 추천 메뉴를 맛있게 먹었다. 스페인

내전 때 참전했던 헤밍웨이가 단골로 다니던 식당으로 『무기여 잘 있거라』를 쓰는 데 여기서 영감을 얻었을지도 모른다는 생각이 든다.

바르셀로나

바르셀로나는 카탈루냐의 수도로 기원전 1세기 로마 식민지 시대 이베리아 거주지 이름으로 붙여진 이름으로 천 년에 걸쳐 다민족의 지배를 받으며 발전을 거듭하고 있다.

사그라다 파밀리아 성당은 1882년부터 건축하기 시작하여 1883~1926년까지 가우디가 건축하고 그 후는 새로운 건축 팀이 공사를 진행하고 있는데 현재도 미완성인 채 세계에서 가장 아름다운 성당이란 찬사를 받고 있다. 가우디 사망 100주년에 완공 목표로 했으나 100년은 더 걸린다는 얘기도 있다.

사그라다 파밀리아 성당은 가우디의 독창적인 건축물로 이제까지의 어둡고 장엄한 분위기 성당과는 다른 밝고 화려한 예술작품 같았다. 첨탑에 올라가 주위의 작은 첨탑들을 바라보니 인간의 작품이 아닌 신의 작품 같았다.

구엘 공원은 가우디의 후원자 에우세비 구엘의 요청으로 최고의 고급 전원주택 단지를 만들 계획이었으나 도심에서 멀고 값이 비싸서 도중에 건설이 중지되었다. 이곳엔 가우디의 집과 건물 두 채와 광장만 방치돼 있다가 1922년 바르셀로나 의회가 사들여 공원으로 조성해 일반에 공개되었다. 1984년 유네스코 세계 문화유산으로 등재된 곳이다.

바르셀로나 시내와 해변까지 내려다보이는 구엘 공원을 보고, 1992년 황영조 선수가 금메달을 땄던 몬주익 경기장도 가보았다. 몬주익 성에 올라가 포대도 보고 시내에서 파스타 요리와 생선 요리를 맛보고 43일간의 산티아고 순례길 여행을 마무리하고 귀국했다.

75 언덕을 넘으며

일장기 시절 태어나
인공기 시절 토지 몰수당하고
쫓겨나 안내자 등에 업혀
38선 넘고 성조기 태극기 시절
서울서 초교 입학하여 6·25 만나
인공기 시절 죽 장군 겪으며
1·4 후퇴 때 화차 지붕 타고
부산까지 왔으니 고향을 물으면 대한민국

마음은 둥글게
성질은 느긋하게
남은 높게
나는 낮게

가훈으로

수신제가(修身齊家) 했으니
내가 할 일은 여기까지
그다음은 내가 할 일이 아니라 생각하여
75 언덕에서
연명 거부 서약하고
시신은 대학병원에 기증 절차 완료했다.

이제까지 소홀했던
가족을 내 몸같이 사랑하고
이웃을 배려하고 감사하는
마음으로 살기로 장수대로 이정표 세웠다.
가족은 울타리, 이웃은 숲이다.

숲 사라지는 치국평천하
내가 살 곳 못 된다.

지상낙원 찾아 전 재산 들고 항구에서 환호와 눈물의 전송받으며
떠난 사람들이 있었다.
지상낙원 보았다는 사람은 아직 없다.

흉년 들어 비장한 각오로 삭막한 항구 떠나 신대륙 간 사람들이
있었다. 가혹한 자연환경과 싸워 첫 수확을 하고 감사 기도 올린 사
람들이 있었다.
아메리칸 드림 아직 계속되고 있다.

맨몸으로 모두 떠났다. 영생 소식 아직도 없다.
길 모르는 영생 내 갈 길 못 된다.

보이는 백 세 시대도 어려운데 모르는 길,
영생은 내가 갈 곳 못 된다.
숙면하고 회춘 있는 지금, 지상낙원이다.

쌍용하나빌리지

두 마리 용 하나 되어 이룬 마을

창틀의 사계절
창틀 대각선 비스듬히 질러가는 앞산 능선 넘어
탁 트인 저 멀리 보이는 덕계 불빛 아잔하고
울산 컨트리클럽 나이트 불빛
이른 봄부터 늦가을까지
골퍼들 열정 옛 추억 되살리고

능선 아래 창틀 비스듬히 질러가는 비탈길
등산객, 눈높이에서 오르내리고
그 아래 숲에 고라니
새벽녘 드나든 적도 있었는데

봄날 저녁 뻐꾸기 슬피 울고

안개비 오는 날
능선 계곡 사이로
안개구름 뚫고 솟아오른 작은 봉우리들
대관령 조망 보는 듯하고
창 저 너머 천성산 위로 검붉은 저녁놀,
황홀한 서사시 한편
비바람 천둥 번개 치는 밤
불벼락 야경, 천지개벽이다.

바람 부는 여름
하늘엔 뭉게구름
아침 햇살 안개 뚫고
바람에 흔들리는
희미하게 보이는 나무숲 물결
바람결 따라
몰려든 먹구름
소낙비 쏟아붓고
햇살 사이로
무지개 원 그리며
천성산 가리고
여름은 구름 잔치의 계절

바닷바람 회야댐 스쳐
앞산 솔밭 쓸어 담아
내려오는 솔 향기
가슴 뻥 터지고
태풍 바람 따라
눈앞에서 파도치는 나무숲 물결

봄날 벚꽃 피는 숲에서
뻐꾸기 산 비둘기 소리
자지러지게 지지대는 새소리에 잠 깨고
한여름 소란스레 울어대던
쓰르라미 어디 가고
매미 소리만 남아 선잠 깨우고
가을 저녁 청아한 귀뚜라미 소리
울렁이는 젊음의 고동 소리

아파트 주위 오르고 내리는
비탈길 세 바퀴
유산소 운동 맞춤이고
앞산 너머 회야댐
왕복 2시간 등산로, 문전옥답이다.

회사 사택 있던 곳인데 조용하고 공기 좋고 앞산 넘어 회야댐까지
등산로도 있어서 은퇴하면 지낼 생각으로 전망 좋은 위치를 물색하

여 북망산천 가는 베이스캠프로 정하고 안방은 황토 벽돌로 황토방
도 만들었다.

713 버스 타고 가족문화센터 간다.

집 앞이 종점이어서 언제나 시간표대로 떠난다.

언제나 앉을 자리가 있다.

Top of the world

Delilah

Can't falling in love

It's now or never

Let me be there

5곡 부르면 법원 앞 정류장이다.

가는 도중 문수초교 정류장에서 한 노파가 손수레 가득 장터에서
팔 채소 자루 싣고, 두 자루의 짐도 가지고 힘겹게 타고 있었다. 이를
본 기사는 "할매, 찬차이 하소, 단디 앉았능교? 카드는 찍었능교? 인
자, 떠나도 되겠능교?" 한다. 부모 대하듯 자상하고 친절한 기사다.

격동초등 담장 너머 아이들의 활기찬 족구 게임을 보며

접동 길 지나 우람한 태고의 원시림 언덕길 너머

가족문화센터 4층 강의실 걸어 올라가면 반가운 학우들 만나 강의
듣고 점심하고 노닥거리다 오면 오늘 하루다.

점심은 옥동 부근에서 하는데 교도소 근처 추어탕 집에서 하잘 때

도 있다. 버스 노선이 없어서 갈 궁리하며 접동 길 언덕 내려오는데 마침 택시가 오길래 잡아타고 갔다.

어떻게 이렇게 빨리 왔냐고 놀라기에 택시로 왔다 했더니 식사 후에 집까지 데려다주려는 걸 사양하고 걸어서 율리 저수지 주변을 산책하고 산 너머 아파트까지 왔다.

명천교 쌈밥집에 가잘 때도 있다. 법원 앞 버스 정류장에 와서 버스나 택시 먼저 오는 순서대로 잡아타야 한다. 버스가 먼저 오면 타고 공업탑까지 가서 택시 정차장에서 택시 타고 가면 차 타고 오는 사람보다는 대체로 빨리 갈 수 있다.

퇴직 후 차를 알아보다가 1972년 면허증으로 평생 차를 운전하고 다녔지만 내 이름으로 차를 사본 적은 없다.

보험상으로는 나이 많은 초보 운전자 자격에 해당하여 불리하고 또 차를 타고 다닐 일도 없어서 버스로 다니고 있다. 교통 카드로 어떤 상황에도 잘 적응하며 지내고 있다.

가는 버스도 자리는 항상 비어 있어 앉아 갈 수 있다. 도중에 문수 실버 정류장에서 늘 타는 예의 바른 노신사가 탄다. 기사는 손잡이를 잘 잡았는지 자리에 잘 앉는지 확인하고 조심스레 출발한다. 믿음직한 모습이다.

고가길 옆 도로에 잠시 정차하여 근무 교대한다. 교통 상황과 차량 점검 상황을 인계받고 수고하라는 인사로 비행 조종석 같은 운전석에 올라 문을 닫고 소지품을 벽에 걸고 출발한다. 씩씩한 직업인의 모습이다.

713 버스 이외에 724, 744 버스와 마을버스 951이 있고 택시가 항상 대기 중이어서 교통이 편리하다.

집에서 바로 시작하는 문전옥답 등산로가 있다.

나 홀로 노래방으로 대중가요, 성악곡, 팝송, 일본가요, 중국가요 가사 속 사연 더듬어 등산로 끝자락에 가면 회야댐 저수지가 내려다보이고 먼 산 너머 저 멀리 바다도 보인다. 어딘가 저수지 건너편에서 트럼펫 소리 외롭게 메아리친다. 소음 신고 피해 생각해낸 나 홀로 트럼펫이다.

또 다른 등산 코스는 석천리로 내려가서 석계 서원과 학성 이씨 종가고택이 있고 밥집에서 점심 먹고 951 마을버스 타고 오면 오늘 하루다.

울산의 대표적 토착 성씨인 학성 이씨의 시조 이예는 태종, 세종 대사람으로 유구 등 사절단으로 40차례 왕래하면서 탁월한 외교 능력을 발휘하여 최초의 한일 외교문서 계해약조를 체결하여 왜구에 잡혀간 조선인 포로 667명을 데려오고 기술, 문화 등에 이바지한 공로로 충숙 시호를 하사받았다. 울산광역시 문화재로 등록된 석계 서원, 근재공 고택은 후손들에 의해 관리되고 있으며 독립운동가도 배출한 자랑스러운 후손들이다. 이 앞을 지나는 노포동 성안을 잇는 이예로가 있어서 후손들을 지켜보고 있다.

한여름이 오면 회야댐 정수장 생태 습지 연꽃단지를 개방하여 연꽃 축제를 볼 수도 있다.

5분 거리에 문수 톨게이트가 있고 2시간 거리에 해운대, 거제, 경주가 있고 해변이 있다. 한여름에도 에어컨은 애들이 올 때나 켤 정도로 도심에서 찾기 어려운 문전옥답 피서지다. 용 두 마리가 하나 되어 이룬 마을, 쌍용하나빌리지다.

회춘 진화한다

한 갑 시대에서 백 세 시대 되었으니 영생에 한발 다가섰는데 축복이라기보다는 걱정이 앞선다. 백 세 살기도 어려운데 영생을 살라고 하면 두려울 뿐이다. 그나마 죽음이 있고 회춘이 있어 얼마나 다행한 일인가?

생각을 바꾸면 행동이 바뀌고 운명이 바뀐다.
유학하고 온 선배가 미국서 건강 진단하러 갔더니 제일 먼저 일주일에 몇 번 하는지 묻는데 당황했다고 한다.
하지 못하는 건강, 쓸모없는 건강이다.

한 갑 시대 갱년기 50이고, 100세 시대 갱년기는 80이 되어야 한다. 사랑하는 마음으로 내 몸 상태를 순발력 있게 교감하며 회춘 본능을 진화시켜야 한다.

균형 잡힌 식습관은 탄수화물은 줄이고 단백질 위주 식사로 매끼 필수 영양소를 골고루 섭취한다.

따뜻한 물을 식사 전 1컵, 식사 후 2컵 소화에 지장을 주지 않는 범위의 따뜻한 물을 많이 마신다.

수면 양말 신는 것을 생활화하고 몸을 따뜻하게 유지하도록 한다.

가슴 펴고 척추가 S자가 되는 자세로 복근을 당기고 빠르게 걷고 언덕 오르기를 규칙적으로 한다.

근력 운동 기구를 실내에 비치하여 근력 운동을 꾸준히 한다.

문틀 철봉을 잡고 발을 바닥에 대고 허리 스트레칭을 가볍게 자주 한다. 매달리면 어깨 통증이 오므로 주의한다.

회춘을 유지하기 위해서 발뒤꿈치 들기를 하면서 허리를 앞뒤로 움직이며 엘리베이터, 버스 기다릴 때 등 시간 나는 대로 하고, 스쿼트 운동을 생활화한다.

복근 당기기는 습관적으로 하면 복부 비만을 줄이고 걷는 자세도 바르게 되어 회춘 유지에 도움이 된다.

하복근 당기기, 복근 당기기로 비만이 해결되고 하복근 당기기를 하는 동안 회춘의 느낌이 간헐적으로 왔다가 없어지기가 반복되는

데, 하복근 조이기가 지속되지 못해서 생긴다는 것을 알게 된다.

앉은 자세, 걷는 자세에서 하복근 당기기를 지속하기 어렵기 때문에 하복근 당기기를 체계적으로 훈련해서 하복근 근력을 보강해야 한다.

앉은 자세 하복근 당기기는 두 발 간격을 어깨너비로 벌리고 의자 앞쪽에 엉덩이를 대고 앉아 두 무릎을 붙인다.
몸을 바로 세워 척추가 S자가 되도록 앉아서 하복근을 느린 호흡에 맞춰 당긴다. 하복근 근력을 강하게 조이면서 조임 정도를 느끼면서 계속한다.

잠자기 전 하복근 A: 회춘에 유효.
반듯하게 누워서 하복근을 어깨가 들릴 정도로 강하게 당기고, 당김을 느끼면서 당긴 상태를 유지한다.
당긴 상태가 느슨해지면 강하게 당겨 당긴 상태를 유지한다.

하복근 당기기 도중에 눈물이 나오는데 하품할 때 나오는 눈물과 같은 것으로, 잠잘 신호로 보고 당김은 계속한다.
잠잘 때는 하복근 B로 한다.

하복근 B: 숙면에 유효.
숙면하려면 새우 자세로 왼쪽 모로 누워서 무릎을 가슴 쪽으로 바싹 당기고 웅크리고 두 다리를 굽히면 복근이 이완된다. 잠들 때까지 당김을 느끼면서 강한 하복근 당기기를 유지한다.

잠들지 못할 때는 다시 하복근 A를 계속하다가 잠잘 때는 하복근 B로 한다.

불면증이 있을 때는 하복근 A, B를 교대로 하면서 잠들 때까지 계속한다.

몇 번 반복하면서 숙면하게 되면 신뢰가 생겨 다음부터는 자연적으로 숙면한다.

하복근 당기기는 구하라, 주실 것이라 믿는 마음으로 언제 어디서나 강하게 당기게 될 때까지 밤잠 깨는 수와 숙면 전립선 개선 기억력 향상과 회춘의 진화도 체감하게 된다.

하복근 당기기, 숙면하고 회춘도 하고.

구하라 주실 것이요, 기도해서 될 일이 아니다.

도랑 치고 가재 잡고 뽕 따고 님도 보고.
도랑 치고 뽕 따는 노력을 해야 가재 잡고 님 본다.

복은 구하고 노력해야 온다.

숙면 회춘, 장수의 등불.

가족을 내 몸같이 사랑하고, 이웃을 배려하는 마음으로 감사하며 살아야 한다.

가족은 울타리 이웃은 숲
울타리는 숲의 일부
치국평천하, 숲이 살아 있어야 한다.

구하라 주실 것이요
기도한다고 될 일 아니다.
노력해야 길이 보이고 답이 있다.
복근 당기기로 복부 비만을 줄이고
하복부 비만을 줄이려고
하복근 당기기를 하다가
간헐적으로 회춘을 경험한다.

그 원인이 하복근을 지속적으로 당기지 못하는 게 원인이란 걸 알게 된다.

걷는 자세에서 하복부에 가해지는 장기 압력으로 하복근 당기는 것이 어려워지므로 잠자기 전에 반듯하게 누워 있는 자세에서 복근이 이완되므로 여기서 하복근 A로 하복근 단련한다.

하복근 A, B를 교대로 하다가 잠잘 때는 하복근 B로 숙면한다. 밤잠 깰 때도 잠들 때까지 하복근 A, B를 계속한다.

하복근 당기기로 회춘 관련 호르몬이 분비되고 숙면으로 체력이 받쳐줘야 회춘되는 맥락을 알게 된다.

회춘 내공이 쌓이면 하복근 당기기로 노인의 사각지대 불면, 밤잠 깨기, 전립선 개선도 체감한다.

하복근 당기기는 앉는 자세, 걷는 자세에서 척추가 S 자가 되어 관절병이 예방되고, 또한 발뒤꿈치 들면서 허리를 앞뒤로 왕복하는 물고기 운동으로, 운동 효과가 배가 되는 즐거움도 체감한다.

하복근 강하게 당기는 게 일상적으로 되는 동안, 숙면과 회춘의 진화도 체감한다.

하복근 당기기, 발전기다.

지상낙원의 열쇠다.

하복근 계속 강하게 당기려면 복근 전부를 당기는 복근 당김을 해야 한다.

Slow and steady wins the race.

된다는 생각으로 천천히 꾸준히 하면 된다.

명상하듯 몰입하면 된다.

교육으로 되는 일이 아니다.

할 수 있는 사람이어야 한다.

휴먼 엔지니어링이다.

복근 당김, 청춘 넘치는 인생의 등불.

불 밝은 항구다.

청춘 없는 인생,

청춘 없는 영생이다.

자연은 음양의 조화인 것을.

청춘 없는 영생, 쓸모없는 영생이다.

구하라 주실 것이요,

된다는 노력으로

황혼의 우울한

요소를 잠재우고

지상낙원에서

활력 넘치는 걸음으로

청춘 찬가 부르며

행복한 영혼 되어 영생 길 가리

만성질환

위장병 오랫동안 겪어오면서 국내 위장약은 다 경험해봤다. 재수하여 중학교에 갈 때 시달리면서 얻은 지병이다. 안현필 저서『불멸의 건강 진리』를 읽고 감식초를 만들어 먹고 있는 동안 어느새 위장약과 멀어지게 되었다.

그러다가 매실 진액을 만들어 먹기 시작하면서 장이 좋아지고 있음을 확실히 체감하고, 자주 나타나던 설사 증세도 사라졌다. 매실 진액은 장을 정상화하는 데 탁월한 효과가 있다고 생각한다. 30년 이상 매실 진액을 먹고 있는데 20년 전에 만들어놓은 진액을 지금도 먹고 있으니 평생 먹고 남을 거 같다. 매실에 관한 전문 일본 책에는 매실은 먹는 양에 무관하게 어떻게 먹든 해롭지 않다 되어 있다.

자주 감기 걸리고 미열이 느껴지는 경우가 자주 나타나곤 해서 감을 잡을 수가 없었다.
콧물이 나기 시작하면 알러지, 약을 먹고 열이 나기 시작하면 감기약을 먹고 하기를 반복하는 수밖에 없었는데 어느 순간 약을 찾는 일이 없어졌다.

생각해보니 따뜻한 물을 마시고 있는 덕분이라고 생각된다. 한방에 몸을 따뜻이 해야 한다는 게 무슨 이윤지 알 것 같다. 비상약으로 늘 준비했던 알러지 감기약도 코로나 이후로는 사라졌다.
따뜻한 물을 계속 마신 덕분인지 가정의가 혈액 검사표를 보며 신장 기능이 엄청 좋아 평생 걱정 안 해도 된다고 했다. 너무 반가운 일이다. 고고 시절 신장염을 앓아서 늘 마음에 걸렸는데 반가운 소식이 아닐 수 없다.

한번 기침이 나기 시작하면 오래가곤 했다.

2주간 치료로 증상이 호전되지 않으면 X레이를 찍어보기도 했지만 낫지 않았다. 한방으로 방향을 돌려 많은 투자를 했지만 해결은 안 되었다. 증세가 기침으로 시작한 거지만 처방으로 해결되지 못한 거다.

가정의에 가서 마른기침이라 했더니 알러지로 치료하고 나왔다. 그런데 가래가 낀 듯한 증세로 노래 부르기엔 부족했다. 그래서 의사와 상의하고, 치료되고 난 후 2주 더 치료했더니 그 이후엔 재발하지 않고 있다. 이젠 나 홀로 노래방 할 만하다.

나 홀로 노래방

나 홀로 있을 땐 나 홀로 노래방 되어 나만의 세계를 거닐어본다. 사랑 노래 부르며 사랑하는 마음으로 세상을 바라보면 모든 것이 아름답고 평화롭게 보인다.

사랑은 때로는 위기를 맞기도 하고 결별할 때도 있지만 사랑으로 해결하려는 순발력도 발휘해야 한다.

쌍용하나빌리지
눈앞 앞산 봄 벚꽃 화려하고
멀리 내려다보이는 덕게 불빛 야경
내려앉는 안개 뚫고

굽이굽이 솟아오른 봉우리
KTX 고속 소음
품에 안은 천성산 위로
장엄한 석양 노을
나 홀로 노래 부른다.

The Young Ones 부르며
젊은이들이여
사랑스러운 젊은이들이여
내일이 오지 않을지라도
두려워하지 마라
살면서 사랑하며
함께 꿈꾸자
세월이 지나고 아이들에게
우리 사랑 얘기를 들려주자

Beautiful Sunday를 부르며
종달새의 사랑스러운 노래로
일요일은 나에게 아름다운 날
나를 기다려주는 누군가 있는 날
아름다운 날
희망이 샘솟는 나의 하루
태양을 향해 가보자
희망을 찾아

사랑을 찾아

Love is a many Splendor Thing 부르며
사랑은
경이로운 것
사랑은 이른
봄에 피는 장미
사랑은
살아가는 이유
바람 부는
언덕에서
사랑을 약속하고
조용한 가슴 열어
노래하게 하고
보통 사람을
왕으로 만들어
주지요!

Casablanca

한여름 젊은 날 추억 더듬어
카사블랑카 불러본다.

불빛 일렁이는
야외극장 뒷자리에서
카사블랑카 보며 사랑 나누고
별빛 아래 팝콘 콜라
샴페인 캐비어로 변해
뜨거운 여름밤 사랑 나누죠

But, A kiss is not a kiss without your sigh.
Please come back to me in Casablanca.
I love you more and more each day
as time goes by.

Changing Partners

Changing Partners 부르며
환상 멜로디로
왈츠 추며 바꾸라는 말에 짝은
떠나가고 텅 빈 가슴만 남아
짝 만날 때까지 바꾸리
황홀하게 춤추다 빨리 헤어져
다시 내 품에 올 때까지
짝 바꾸리, 그 뒤로는

다시는 짝 바꾸지 않으리

Till you're in my arms then Oh my darling I will never change partners again.

잊지 못할

잊지 못할 옛 연인 사찌코를 애타게 그리며 부르는
노래를 불러본다.
어두운 술집
한 구석에서 사찌코
너의 검은 머리 생각하며
네 이름 부르며 기다리고 있지
오늘도 차가운 강변을 혼자 걸으며
너의 눈동자 그리며
네 이름 부르고 있지
사찌코 사찌코
오마에노 수베테오 오레와
이마데모 오마에노 코토오
스키다제 스키다제
이츠 이츠 마데모

꿈속의 사랑

꿈속의 사랑을 불러본다.

사랑해선 안 될 사랑을
사랑하는 죄이라서
소리 없이 이 가슴은
오늘 밤도 울어야 하나?

이렇게 시작하는 우리 노래가
중국 노래에서는 이렇다.

그대 없는 봄은
장미 없는 봄이요
줄 끊어진 하프다.
그대 없는 하루 일 년 같다.

훠짜이 메이요 아이더 런젠
꿔이리 하오샹 꿔이녠
예잉 린젠 통쿠 하오샹
젠져 레이주
워디 몽쭝더 런 알야 니 짜이 허추

나홀로 노래방, 군중 속 대화다.

생활 리듬

일, 운동, 공부, 아니면 잠자는 것. 이것이 나의 생활 리듬으로 자리 잡은 지 오래되었다.

아침에 일어나 침실 창문을 열고 mp3 외국어 회화 들으면서 소금 양치하고 세면하고 따뜻한 물 한잔한다.

침상에 걸터앉아 한 다리를 다른 무릎 위에 올려놓고 올린 다리 무릎 위를 양손으로 눌렀다 놓았다 한다.

다리를 바꿔서 한다.

양 손가락을 깍지 낀 채로 손바닥을 비빈다.
손바닥이 따뜻해지면 양손 손바닥으로
눈꺼풀과 얼굴에 대고 비빈다.
엄지와 약지 사이에 귀 볼을 꼭 끼어 잡고
나머지 손가락으로 관자놀이를 누르면서
손바닥으로 귀와 얼굴을 비빈다.

양쪽 중지를 귓바퀴 뒤에서 귀를 접어 덮고
양쪽 약지는 중지 위에 눌러 얹고
미끄러져 내려오면서 힘 있게 귓바퀴 등을 10번 친다.

양 손가락을 끼고 머리 위로 쭉 뻗어 올리고
머리를 뒤로 하고 어깨를 좌우로 돌려 스트레칭이다.
깍지 낀 양손으로 뒷머리에 대고

어깨를 좌우로 돌리면서 스트레칭이다.

양손으로 목을 잡고 목 주위를 주무른다.

양손으로 어깨 근육을 잡고 양팔을 아래위로 흔들며

어깨 근육을 주무른다.

양 손바닥을 겨드랑에 넣고

양팔을 아래위로 흔들어 손등을 압박하여

림프샘을 자극한다.

손으로 팔 안쪽과 양쪽 겨드랑이를 부드럽게 주무른다.

주먹으로 양쪽 겨드랑이를 가볍게 쳐서

림프샘에 쌓인 노폐물의 배출이 쉬워지게 한다.

침상을 정리하고 mp3 내용을 듣고 받아쓰기한다.

완전히 받아 쓴 문장은 삭제한다.

NHK 시청하면서 아침 식사한다. 세면장 아침 볼일 다 본 후 문틀 철봉에 매달려 스트레칭이다.

아령으로 몸을 푼다.

완력기로 팔 힘을 키운다.

맨손 체조하고 팔굽혀펴기, 스쿼트 운동한다.

오후 귀가하면 중국 방송 시청하며 시간 보내다가 낮잠 잔다. BBC 방송 시청하며 저녁 식사하고 아파트 주변 언덕길을 3바퀴 오르내리고 샤워하고 잠자면 하루다.

송년회

— 80 고개를 넘기는 동문 동기 단톡방에 올린 글 —

대우빌딩에 난방 보일러가 고장 나자 김우중 회장이 기계공학박사 사장을 불러 고치라는 얘기가 있었다는데 태웅 집에 삼성 AS도 해결 못한 TV 문제를 얘기하자, 즉석에서 해결하겠다는 중근 박사, 기억에 남는 수홍 부친 이야기.

전자 시보에 잡목 이론 논문 칼럼을 올려 놀라게 했던 인섭 종씨 형님.

영등포 지검에서 봤던 진 검사의 업무 집행 현장.

후보생 시절 휴식 시간에 단상에 올라, '오 솔레미오'를 부르고 나서 피아노로 가더니 '창살 엄넌 가목인가'를 부르며 피아노를 쳐서 청중을 제압하던 테너 김필규, 선물도 챙겨준 종명 현업회장.

CEO 4년 하고 나서 대표이사는 감옥 문 앞자리라는 교훈을 얻고 제명에 살아남기 위해서는 가업을 해야겠다는 생각에서 안성에 터를 잡고 피폐해진 심신을 회복하기 위해 모든 모임은 정리했다.

현대판 로빈슨 크루소를 멘토로 삼고 72세까지 일을 마치고 80 고개를 넘는 동기 송년회, 추억에 빛나리!

집에 오니 밤 1시.

답글 - 종명 회장
백 도사의 글솜씨는 항상 재치 있고 해학적이고 무언가 느끼게 해주네요. 리스펙트!

답글 - 중근 박사
백 도사 관련 글에 100% 공감입니다. 그 멀리서 우리들의 만남을 위해서 감사합니다.

답글 - 진 검사
저도 공감하고 내 이름도 꼽사리로 끼워주셔서 고맙습니다.
나도 보고 싶은 마음은 똑같은데!
형편이 또 바빠지네요.
좌우간 감사드립니다.

첫 번째 만난 검사.
공비 소탕 야간 작전 중 수하에 불응 도주하다 피격 사살된 공비가 민간인으로 확인되어 군민 합동 현장 검증에서 소대장! 총알이 앞에서 맞았으면 살인죄로 기소하겠소! 비수 같은 한마디 던지던 민간인 검사.

두 번째 영등포 지검.
영감님으로 호칭되며 안내된 진 검사실.

재기발랄하던 공학도, 여유로운 엄한 보안관 자세로 피의자인 듯 풀 죽어 있는 청년을 심문하고 있었다.

그 후 주요 요직을 거치면서 기획통으로 명성 날리며 고속 승진하며 공안부장 검사장을 역임 후 변호사 그 외 몇 개 직함. 경복고 법조인 좌장 격, 현직 장관의 장인.

안 보이는 훈장 달고 혜성같이 나타난 동문을 우리는 무어라 불러야 하나?

법도사?
진법사?
그 외?

답글 - 진 검사
우리는 친구!
백 도사의 나에 대한 기억과 비유, 과분한 판단에 감격하고 그저 우리는 영원한 친구로 기억하면서.

가족문화센터

노래 교실에 등록했다. 총무가 반기며 커피 한잔 인사한다. 선생으로 불리며 신입 인사하고 주위 분과도 인사나 났다. 안면 있는 분들과는 오빠로 불리며 흘러간 구슬픈 노래로 한나절 보내며 옛이야기 회상하며 하루를 보낸다.

김은희 노래 강사의 카리스마 넘치는 열정으로 음정 박자를 꼭 집어내 지도한다. 색소폰도 개인 콘서트 열 정도로 수준급이다. 발라드 교실도 열어 지도하는 팔방미인이다.

신곡이 나와도 열 번 부르기도 전에 나와 부르겠다는 지원자가 줄을 잇는다. 얼마 지나자 한참 만에 나온 지원자가 힘들다며 의자에 앉아 노래 불렀다.

암 수술받고 회복 중이라며 주위의 격려도 뜨겁다. 그리고 요양 중인 큰언니가 라디오 노래자랑에 당첨되어 노래 부른다며 스마트폰으로 듣기도 한다.

장구반에 등록했다. 여기 회원 여사님들 중에는 건물주 사모님도 있고, 재단 이사장 사모님도 있고 용돈이 넉넉한 분들이 많다.

휴식 시간에는 떡, 삶은 달걀, 간식, 막걸리 파티 등으로 푸짐한 휴식 시간을 보내고 점심도 서로 내겠다고 해서 내가 보답할 겨를도 없다. 현역 이장이기도 한 다부진 여장부 홍영숙 강사의 열정을 다한 지도력으로 자진모리 실력을 다져 정월 보름 지신밟기 거리 공연을 두 번이나 치렀다.

문예 창작 교실이다.

시 두 편, 수필 두 편 읽고 이부열 강사의 대학 수준의 강의 해설을 듣고 문법 문제를 풀면 오늘 수업이다.

수업 마치고 근처 식당에서 점심 식사하면 오늘 하루다. 학우들은 현역 시절 한가락 하던 분들로 대화 내용도 품위와 폭도 넓고 깊이가 있는 분들이다.

이부열 선생은 ROTC 1기로 연세대 국문과를 졸업하고 울산 MBC 보도국장을 거쳐 사기업 사장도 지냈다. 학성 이씨 시조 이예 충숙공의 후손으로, 이예로 도로명 제정에 많은 애착을 쏟았다.

학기 말마다 문학 기행을 간다. 원동 매화 축제, 청도 미나리 축제, 선유도 기행 등 많은 추억을 남게 한다.

더욱이 ROTC 대선배이기도 한 이부열 강사를 비롯하여 중공업 박 선생, 예 박사, 오 사장, 신 사장, 정 사장은 산업 전사로서 싸우면서 일하던 동지 의식이 있어 정겨운 추억이 남다르다.

팝송 영어 교실이다.

김선화 강사의 노래 가사 연음 발음을 연습해서 멋진 발음으로 노래하는 법을 열정적으로 지도한다.

Casablanca

Andante, Andante

Don't cry for me Argentina

Changing Partners

Sad Movies

Cats the Musical

Perhaps Love

You mean everything to Me

The green green grass of Home

소프라노 이영옥 왕언니가 'Cats'를 부르며 피아노 반주하면 숨죽이며 경청하고, 테너 이영호의 'Perhaps Love'를 부르면 사랑의 고비를 넘기는 대목에서 여성 팬들은 깜빡 죽는다.

분위기가 무르익어 즉석에서 파티가 벌어지기도 하고 도시락 맞춰서 정자 해변에 가서 라이브 무대로 노래하기도 하는 수준 높은 회원들도 있었다.

일본어 회화 시간이다.
김규옥 강사의 힘찬 '산중의 소년 이야기' 일본 노래 부르며 수업은 시작한다. 가수 수준의 노래 실력이다. 일본 크루즈에서 일본 노래 불렀는데 앙코르를 몇 번 받고 일본 여행객들이 즉석에서 모금한 적잖은 금액의 팁을 받을 정도 실력이다.

세상에 제일 멋진 건 일생 일하는 게 있는 것이다.
세상에 제일 비참한 건 인간적 교양이 없는 거다.
세상에 제일 쓸쓸한 건 할 일이 없는 거다.
세상에 제일 보기 흉한 건 타인 생활을 부러워하는 거다.
세상에 제일 존경스러운 건 봉사하고 생색내지 않는 거다.
세상에 제일 아름다운 건 만사에 애정을 갖는 거다.
세상에 제일 슬픈 건 거짓말을 하는 거다.

후쿠자와 유키로의 명언 7가지를 낭독하고 수업이 시작된다. 선생은 일본에서 살아본 적이 있어서 수많은 노래와 많은 보충 자료의 교수법을 구사하여 회화를 쉽게 할 수 있도록 지도했다.

블루라이트 요코하마
산골 소년 이야기
사치코
미래에
인생은 기다릴 필요 없다
흐르는 강물같이
위를 보고 걷자
당신에게 반했다.
돌아와요 부산항에
축배
연인이여

원어민과 하는 기초 생활 영어 교실이다.

원어민 케빈 선생은 25년 전에 한국에 와서 한국인과 결혼하여 2남 1녀를 둔 가장이다. 장남이 고등학교 졸업하고 미국 ROTC에 지원하겠다고 하자 야단쳤다고 한다.

한국서 태어났으니 한국 군대 가서 충성해야 한다고 했다. 그러나 아들은 미군에 입대하여 미군이 되었는데 케빈은 지금은 잘된 일로 생각하고 있다.

유치원부터 대학까지 지도한 탁월한 경험이 있고 양쪽 국어가 능통하여 전천후 강사다. 교재 없이 대면 강의를 즐겨 하고 어떤 상황에도 잘 적응하여 해법을 찾아내는 탁월한 강사다.

중국어 강의실이다.

천순옥 강사는 한국계 중국인으로 한국 남성과 결혼해 정착해 살고 있다. 양쪽 국어가 능통하여 수업 지도에도 완벽한 재능을 발휘하고 있다.

많은 수업 경험으로 어떤 상황에도 순발력 있게 대응하고 있으며 설명이 어려운 부분도 문법적으로 접근하여 명쾌한 해법으로 해결한다.

노래도 프로급이고 뛰어난 패션 감각과 미모로 강의실을 장악하는 카리스마가 있다. 노래는 한국 가요를 중국어로 번안한 곡을 강의하며 부르고 중국 아동 노래도 강의한다.

허공
신사동 그 사람
처음으로 고독을 느껴보다
남자는 여자를 귀찮게 해
꽃반지 끼고
잊혀진 계절
친구여
애모

가족 문화 센타

걸어서 북망산천 가려는 마지막
걸어서 다니는 사관학교다.
북망산천 가는 길에
만날지도 모르는 귀신들과
몇 마디 인사말이라도 해보려는
바램으로 점심시간에 맞는
외국어 수업만 마지막까지 할 생각이다.

수신제가

일장기 시절
대청마루에 쿵 하는 소리가 들린다.
돌을 보자기에 싼 메시지가 적혀 있다.
언제까지 금액 얼마 돈을 몇 번째 기왓장 밑에 놓을 것.
○○ 독립회 ○○
요청대로 했더니 ○○ 독립회 ○○ 명의로 영수증을 기왓장 밑에
놓았다는 통지가 왔다.
이런 일을 때때로 하느라 마음 졸이며 살다가 해방이 되었다. 해방
되자 인민공화국이 설립되면서 지주 토지가 몰수되어 우리 가족에게
자유가 찾아오게 되었다.

선친께서는 수신제가 실천한 훌륭한 분이시다.

수신제가
가족을 내 몸같이 사랑하고
이웃을 배려하는 마음으로
감사하며 살아야 한다.

가족은 울타리 이웃은 숲
울타리는 숲의 일부
치국평천하 숲이 살아 있어야 한다.

모든 재산 가지고 지상낙원 찾아간 자,
낙원 찾은 자, 아무도 없다.

모든 재산 버리고 자유 찾아온 자,
지상낙원 찾은 자, 여기 있다.